괜찮은 사람

괜찮은 사람

강화길 소설

문학동네

: 차 례 :

호수—다른 사람

갑자기 심장이 빠르게 뛰었다. 나는 그와 같이 걸어가기 싫었다. 나는 혼자 빠르게 걸었다. 그가 뒤처졌다. 문득 실수라는 생각이 들었다. 그를 나보다 앞세워 걸었어야 했다. 그가 뒤에서 따라오고 있고, 내가 그걸 볼 수 없다는 생각이 들자 불안했다. 여기서 벗어나고 싶었다.

오 분도 지나지 않아 나는 그와의 동행이 후회되었다. 마음이 내키지 않으니 걸음이 뒤처졌다. 그가 내게 신경쓰지 말고 계속 앞서 걸었으면 했다. 하지만 그는 걸음을 멈추었고, 뒤를 돌아보며 어서 자신의 곁으로 오라는 듯 미소를 지었다. 내가 그의 곁으로 가기 전에는 절대 움직이지 않을 것 같았다. 나는 그에게 먼저 가라고, 뒤따라 걷겠다고 말했다. 그가 부드러운 말투로 대답했다.

"아니에요, 진영씨. 같이 걸어요."

언젠가 민영은 그가 배려라고 생각해서 하는 행동들이 사실 그녀를 숨막히게 할 때가 있다고 말했다. 지금 민영은 병원에 있다. 의식불명 상태다. 삼 주가 넘었다.

나는 다시 그와 걷기 시작했다. 습기 찬 공기 냄새와 짙은 풀냄새가 뒤섞여 풍겼다. 동네에 거의 다 왔다는 걸 나는 항상 이 냄새로 알아차리곤 했다. 지금 같은 여름이면 냄새는 더욱 진하게 풍겼다. 이렇게 습기를 더듬으며 얼마쯤 걸어가면, 어느 순간 오래된 주공아파트 단지 입구가 불쑥 나타났다. 마치 주문에 불려 나온 듯 느닷없이 펼쳐지는 이 풍경을 보며 민영은 말하곤 했다. 다른 세상으로 들어가는 기분이야.

우리는 이 동네를 좋아했다.

"아, 다 왔네요." 그가 말했다.

그리고 단지 입구를 향해 걸었다. 그는 이곳이 익숙해 보였다. 우리 마을은 안진시 외곽의 낮은 산자락 호숫가에 자리하고 있다. 열두 살 때부터 서른두 살인 지금까지 나는 줄곧 이 동네에서 살았다. 어릴 때부터 나는 호수를 찾아 마을에 놀러오는 외부 사람들을 가끔 마주치곤 했다. 그들은 아파트 단지 주변을 빙글빙글 돌며 한참을 헤매다 겨우 호수를 발견했다. 동네 바깥으로 돌아서 가도록 되어 있는 엉성한 표지판 때문이었다. 나는 단지 내를 가로질러 가면 훨씬 일찍 도착할 수 있다는 걸 알면서도 그들에게 가르쳐주지 않았다. 그건 동네 사람들도 마찬가지였다. 누구도 그들에게 우리가 공유한 비밀을 알려주지 않았다. 남들이 모르는 걸 익숙하게 알고 있다는 감각은 내게 묘한 우월감을 느끼게 해줬다. 나는 그들 앞에서 보란듯 고개를 빳빳이 들고 단지 안으로 성큼성큼 걸어들어가곤 했다. 바로 지금 그처럼.

길 양쪽에는 소나무들이 늘어서 있었다. 무성하게 솟은 잎들이 햇빛을 가렸다. 한껏 올라간 체온이 조금 가라앉는 게 느껴졌다. 나는 바지 주머니에 손을 넣었다. 아침에 출근할 때 챙겨넣은 작은 핀셋이 손에 잡혔다. 무슨 의도가 있어서 들고 나온 건 아니었다. 책상 위에 있어서 그냥 집어들고 나왔다. 최근 생긴 버릇이다. 크든 작든 딱딱한 물건을 손에 쥐면 나는 마음이 편해졌다. 딱딱한 촉감을 느끼면 뭔가에 대비한다는 기분이 들기 때문이었다. 아마 나는 앞으로도 그럴 것이다. 끔찍한 일이 있었으니까. 이곳에서. 나는 잊을 수 없을 것이다.

호숫가에 쓰러져 있던 민영을 발견한 사람은 조깅을 나온 남자였다. 그는 민영이 이미 죽은 줄 알았다고 했다. 핏기 없이 창백한 피부가 마치 얇은 조개껍데기 같았다고, 얼굴이 금방이라도 으스러져내릴 것처럼 보였다고 했다. 그는 말했다. 무서웠다고. 시체를 봤다는 생각에 너무 무서웠다고.

나는 잊을 수 없을 것이다.

그러나 지금 나는 기분이 제법 괜찮았고, 그에게 조금은 농담을 걸어보고 싶은 생각도 들었다. '길을 저보다 더 잘 찾으시네요.' 이렇게.

하지만 말하지 않았다. 그에게는 별 의미 없는 말일 테니까. 민영과 사귀던 날부터 그는 이 동네를 매일같이 드나들었다. 그리고 민영의 사고 후에는 거의 이곳에서 살다시피 하고 있었다. 어쩌면 이제 그는 이 동네에 대해 나보다 더 잘 알지도 모른다.

길의 끝에 다다랐다. 단지 바깥이다. 천변이 보였다. 이번에도 그는 익숙한 걸음으로 그곳에 발을 디뎠다. 나는 그의 뒤를 따랐다. 호수는 여기서 멀지 않다. 천변을 이십 분 정도 걸어가면 산자락으로 이어지는 나무다리가 나오는데, 호수는 바로 그 너머에 있다.

늦은 밤, 잠이 오지 않을 때면 민영과 나는 몰래 집을 빠져나와 호수까지 산책하곤 했다. 새벽 내내 호수 주변을 맴돌며 걷다보면, 어느새 살결이 물을 잔뜩 머금어 말랑말랑해져 있었다. 우리는 흐늘거리는 수초가 된 기분으로 호숫가에 나란히 서 있곤 했다. 때때로 누군가를 보기도 했다. 물가에 앉아 힘없이 빨랫방망이를 두드리던 여자. 사람들은 딸 이름을 따와서 그녀를 미자네라고 불렀다. 나도 그렇게 불렀다. 처음에는 나이 지긋한 할머니를 함부로 대하는 기분이 들어 마음에 걸렸지만, 어느 순간부터는 개의치 않고 미자네라고 부르게 되었다. 우리는 이곳에, 미자네는 저곳에 앉아 함께 시간을 견디곤 했다. 그녀에게 인사를 건넨 적은 한 번도 없다.

"진영씨, 뭐 좀 물어봐도 될까요?"

갑자기 그가 나를 불렀다. 그에게로 고개를 돌리는 순간, 하천의 물비린내가 얼굴로 훅 밀려들었다. 심한 지린내에 나도 모르게 인상을 찡그렸다. 그는 여전히 친절한 얼굴로 나를 내려다보고 있었다. 그가 물었다.

"사고 전날, 민영이 만났을 때 말이에요."

"네."

"그날 대화 중에 생각나는 다른 이야기 정말 없어요?"

나는 고개를 저었다. 지금까지 한 이야기가 전부라고, 더는 없다고 말했다.

"정말 없어요? 다시 잘 생각해보세요."

그가 다시 말했다. 여전히 부드러운 말투였지만, 나는 조금 추궁당하는 기분이 들었다.

"있으면 바로 말했겠죠." 나는 대답했다. "지금까지 말한 게 정말 전부예요. 밥 먹고, 차 마시고, 사는 이야기 했어요."

민영은 내가 거짓말을 하면 티가 난다고 말하곤 했다. 그가 다시 물었다.

"그럼 혹시 제 이야기는 안 했어요?"

나는 기억이 없다고 했다.

"정말 없어요?"

"네, 없어요."

이런 대화가 처음은 아니다. 사고 전날 민영과 나는 저녁을 먹었다. 그는 우리가 그때 무슨 이야기를 했는지 여러 번 물었다. 그날 민영이 이상해 보이지는 않았는지, 그러니까 기분은 어떤 것 같았는지 묻고 또 물었다. 죄책감 때문이었다. 민영이 사고를 당하던 순간, 그는 잠들어 있었다. 서울 출장에서 돌아온 지 얼마 안 된 시간이었다. 그는 너무 피곤했다. 민영에게 자고 일어나서 연락하겠다는 문자만 보내고는 그대로 곯아떨어졌고, 다음날 경찰의 전화를 받으며 일어났다. 그는 민영과 어떤 대화도 나누지 못했다. 대신 그는 민영이 의식을 잃으며 마지막으로 남긴 말만을 전해 들었다.

"호수에 두고 왔어. 호수에."

그게 무엇인지 누구도 몰랐다. 그래서 찾아야만 했다. 민영의 사고와 관련이 있을지 몰랐다. 그 무언가를 찾아낸다면 민영이 그곳에 왜 그렇게 쓰러져 있어야 했는지, 이유를 알아낼 수 있을지 몰랐다. 민영의 가족들은 매일 호수에 가서 무언가를 찾았다. 뭘 찾아야 하는지 몰랐지만 어쨌든 호수를 이잡듯 뒤지고 다녔다. 경찰에 신고도 했고, 잠수부를 고용해서 호수 속까지 살폈다. 아무것도 찾지 못했다. 그러자 그는 민영의 주위 사람들에게 일일이 전화를 해서 그들과 민영이 마지막으로 나눈 대화에 대해 물었다. 그는 대화 속에 호수의 무언가에 대한 단서가 있을 거라고 생각했다.

특히 내게 계속 물었다. 민영과 나는 이십 년을 알고 지낸 사이였고, 서로의 비밀을 조금씩 알았으니까.

나는 민영과 나눈 이야기를 있는 그대로 차근차근 말했지만 그는 계속 되물었다. 정말 그게 전부인지, 기억나는 다른 이야기는 없는지 계속 물었다. 그의 질문은 늘 비슷했다.

"이상한 낌새는 없었어요? 뭔가 다른 느낌을 받지는 않았어요?"

나는 매번 없다고 대답했다. 하지만 그는 만족하지 못했다. 내가 숨기는 이야기가 있다고 생각하는 것 같았다.

사람들은 그의 집요함을 이해해줘야 한다고 말했다. 그의 소중한 사람이 다쳤으니까. 제대로 된 인사도 못했으니까. 어떻게든 진상을 밝히려는 그의 노력을 지지해줘야 한다고 했다. 그러나 나도 진실을 알고 싶은 사람이었다. 나도 궁금했다. 왜 나의 가장 친한 친구가 새벽녘 호숫가에 그런 식으로 쓰러져 있어야 했는지, 알아야만 했다. 오늘 호수에 가기로 결정한 것도 그 때문이다.

이전에도 그는 내게 호숫가에 함께 가달라고 여러 번 부탁했다. 그는 나라면 다른 사람들이 알아보지 못하는 걸 찾아낼 수 있을 거라고 했다. 나는 응하지 않았다. 호숫가에 가고 싶지 않기 때문이다.

어제 그에게서 전화가 걸려왔다.

"뭔가를 찾았어요, 진영씨."

그게 뭐냐고 물어보자 그는 머뭇거리며 대답하지 못했다. 설명을 못하겠다며 말을 얼버무렸다. 그러더니 대뜸 "장도리 같아요"라고 말했고, 이어 "아뇨, 머리핀처럼 생겼어요"라고 말을 바꿨다. 나는 그게 무슨 말이냐고 되물었다. 그는 한숨을 쉬었다. 어떻게 말해야 할지 모르겠다고 하더니 내가 호수에 직접 와서 봐줄 수 없겠냐고 했다. 다른 사람들은 쓸모없는 물건이라고 말하지만 자기 생각에는 살펴볼 필요가 있는 것 같다고 했다.

"그럼 한번 가지고 와보실래요?"

내가 말하자 그가 한숨을 쉬며 대답했다. "그렇게는 못해요."

물건이 보기보다 무겁다고 했다. 그리고 옮기기 복잡한 상황이라고 했다. 직접 보면 자기가 무슨 말을 하는지 알 수 있을 거라고 했다.

"그러니까, 호수에 한번 나와줄 수 있어요?"

나는 대답하지 못했다. 그는 언제든 생각이 바뀌면 말해달라고 하며 전화를 끊었다. 그는 나를 이해한다고 했다. 그도 민영이 쓰러진 곳을 매번 다시 보는 일이 쉽지 않다면서. 그건 사실이었다. 하지만 꼭 그 이유 때문만은 아니었다. 나는 그와 함께 있는 시간이 불편했다.

이전부터 그랬다. 이상한 일이었다. 그는 평판이 좋은 사람이었고, 실제로도 굉장히 좋은 인상을 줬다. 그는 매일 민영을 집까지 데려다줬고, 수시로 연락을 해서 민영을 신경썼으며 가족의 대소사도 꼼꼼하게 챙겼다. 나는 지난겨울에 다른 친구들과 함께 그를 본 적이 있다. 여러 사람 가운데 있자 그가 얼마나 매력적인 남자인지 새삼 알 수 있었다. 그는 예의바르고 잘생겼을 뿐만 아니라 유머 감각도 좋아서 분위기를 잘 이끌었다. 그는 자신이 마음만 먹으면 누구든지 웃길 수 있다고 착각하는 유형의 남자가 아니었다. 그는 정말로 재미있는 남자였다. 그의 주변에서는 계속 웃음소리가 났다. 내가 이상하다고 생각한 건, 정작 민영이 별로 웃지 않는 걸 발견했을 때부터다 뭍

론 그날 민영은 만나기 전부터 피곤하다고 말하긴 했었다. 감기몸살 때문에 며칠간 고생했다고 말이다. 그러면 약속을 미루라고 내가 말하자 민영은 전화 너머에서 힘없이 웃었다. 그가 바빠서 오늘밖에 시간이 안 된다고 했다. 나는 불만스러웠지만, 모임에서 그가 민영을 알뜰히 챙기는 걸 보고 마음이 조금 풀렸다. 그는 사람들과 대화하면서도 민영에게서 눈을 떼지 않았다. 그녀의 기분이 어떤지, 피곤한지 아닌지 계속 살피는 것 같았다. 그녀가 물을 마시고 싶어하면 바로 떠다줬고, 추워하면 외투를 몸에 걸쳐줬다. 카운터에 가서 히터를 세게 틀어달라고 말하기도 했다. 그때마다 친구들이 부러움 섞인 야유를 했다. 민영아 좋겠다. 민영이는 좋겠네. 와, 대단하다. 대단해. 여자친구를 알뜰히 챙기는 일로 왜 그런 놀림을 받아야 하는 건지는 모르겠지만, 어쨌든 다행이라고 생각했다. 그러던 중이었다.

그가 내게 술을 권했다. 나는 거절했다. 그는 웃었다. 그리고 또 술을 권했다. 나는 원래 술을 마시지 않는다고 대답했다. 그는 민영의 남자친구였다. 나는 최대한 정중하고 부드럽게 거절했다. 그러자 그가 다시 웃음을 터뜨리며 말했다.

"여기 재미없게 사시는 분이 한 명 더 있었군요."

그러면서 민영을 바라봤다. 이전에 민영은 그와 술을 마시는 일이 거의 없다고 말했었다. 그가 술을 즐기지 않아서 그런다고 했다. 하지만 함께 시간을 보낼 재밌는 일은 얼마든지 많다며 좋다고 했다. 그의 반응을 보며 나는 민영이 그와 술을 마시지 않는 이유가 내게 말한 것과는 반대라는 걸 눈치챘다. 하지만 이유가 있겠지. 대충 넘어가야겠다고 생각했는데, 옆에 앉은 다른 친구가 큰 소리로 웃으며 말했다.

"민영이가 술을 안 마셔요?"

"네. 안 마시죠. 못 마시잖아요?"

그가 자신만만하게 대답했다. 그러자 친구가 또 웃었다. "와, 속고 계시네요."

순간, 그의 표정이 약간 굳었다.

당시 그 친구는 조금 취했고, 기분이 좋았다. 악의는 없었다. 그 친구는 민영이 대학 시절 술을 마시고 학교 잔디밭에 드러누워 있던 이야기를 꺼냈다. 너무 취해서 친구 둘이 업어가도 정신을 차리지 못했다는 이야기도 했다. 노래방 테이블 위에 올라가 춤을 췄다는 말도 했다. 나도 기억하는 이야기다. 모두 추억이다. 다른 친구들도 한마디씩 보탰다. 물론 모두 좋은 사람들이었고, 민영을 곤란하게 할 만한 이야기는 하지 않았다. 이전 남자친구라든가, 술김에 그녀에게 무심코 고백한 어떤 남자들에 대한 것들을 말이다. 분명 꽤 유쾌한 분위기였다. 그의 굳은 표정은 풀어진 지 오래였다. 솔직히 그의 표정이 딱딱했던 적이 있기나 했는지, 나는 확신이 들지 않는다. 그는 친구들과 농담을 주고받으며 민영의 옛날 일에 대해 듣고 또 들었다. 그러다 내가 민영에게 시선을 돌렸을 때였다. 민영이 무표정한 얼굴로 가만히 앉아 있었다. 피부가 창백했다. 나는 물었다.

"민영아, 왜 그래. 어디 아파?"

민영이 고개를 끄덕이며 괜찮다고 대답했다. 하지만 얼굴은 점점 더 파리해졌다. 긴장한 것 같기도 했고, 어딘가 정말 아파 보이기도 했다. 그녀는 신경쓰지 말라고 했지만 나는 걱정이 되었다. 나는 옆에 앉은 그에게 손을 뻗어 어깨를 툭툭 두드렸다. 그가 얼굴을 돌렸다.

모르겠다. 아마 기분 탓이었을 것이다. 나를 보는 그의 눈길이 서늘했다. 왜 즐거운 시간을 방해하느냐며 나를 귀찮아하는 것 같았다. 하지만 그건 잠시였다. 그는 민영을 보자마자 무척 놀란 표정으로 자리에서 급히 일어났다.

그날 모임은 그렇게 끝났다. 그는 민영을 집에 데려다준다며 먼저 일어났다. 나는 친구들과 한 시간 정도를 더 있었다. 나는 찜찜한 기분에 민영의 술버릇을 공개한 친구를 나무랐다. 왜 그런 소리를 하냐고, 눈치도 없냐고. 그 친구는 그게 뭐 어떠냐며 대수롭지 않아했다. 친구는 그가 겨우 술버릇 가지고 여자친구에게 뭐라고 할 사람 같지 않다고 했다. 다른 친구들도 내게 신경쓰지 말라고 했다. 그들은 말했다. 그는 무척 좋은 사람 같다고. 민영은 행복하다고. 나는 중얼거렸다.

"그건 모르는 거야."

친구는 한숨을 쉬며 고개를 저었다. 그리고 내게 말했다. 제발, 남자를 좀 믿으라고. 나는 아무 말도 더 할 수 없었다. 사실 어떻게 이야기할 수 있는 것도 없었다. 나도 뭐가 뭔지 확신할 수 없는, 그저 느낌에 사로잡혀 있을 뿐이었으니까.

그 일 이후 나는 그가 계속 불편했다. 민영이 폭행을 당한 건 정황상 확실했다. 경찰이 말했다. 그녀가 어떻게 왜 호숫가에 있게 되었는지가 문제였다. 호숫가에서 사고를 당한 것인지, 아니면 다른 곳에서 호숫가로 옮겨진 건지 불확실하다고 했다. 알리바이 때문에 주변 사람들 모두 조사를 받았다. 그도 경찰의 조사를 받았다. 민영이 사고를 당했다고 추측되는 시간 몇 분 전에 그의 차가 거주중인 빌라 주차장으로 들어오는 모습이 카메라에 찍혔다. 그가 차에서 내려 엘리베이터를 타고 집으로 들어가는 모습까지 나왔다. 그는 적극적으로 조사에 임했다. 범인을 잡을 수 있다면, 얼마든지 협조할 수 있다고 했다. 나는 그가 조금 신기했다. 그저 '조사'일 뿐이라는 걸 알았지만, 나는 경찰을 만나는 일이 어렵고 겁이 났기 때문이다. 그는 감시 카메라가 설치되지 않은 빌라 뒷문에 대한 질문에도 당황하지 않고 대답했다고 들었다. 반면 나는 아는 사실을 말할 때도 더듬거렸다.

내내 차분하던 그가 감정적으로 반응한 건 병원에서다. 민영의 몸에는 상처가 많았다. 의사는 모든 상처가 사고 때문인지, 아니면 그전부터 있던 것들인지 정확하게 알 수 없다고 했다. 근래에 생긴 건 분명하다고 했다. 그는 의사들이 무능하다며 화를 냈다. 나는 의아했다. 나는 멍자국이 언제 생겼는지 알아내는 것보다, 왜 생겼는지를 살펴보는 일이 더 중요하다고 생각했기 때문이다. 그러나 그는 상처가 언제 생겼는지, 그러니까 그걸 알 수 있는지 없는지 유별나게 신경쓰는 것 같았다. 나는 아무 말도 하지 않았다. 사람마다 다르게 받아들일 수 있는 거니까. 그리고 내가 그를 보며 떠올리는 생각들은, 어쨌든 그의 슬픔을 모욕하는 일처럼 느껴졌다.

사람들은 말했다. 민영은 그에게 충분한 사랑을 받았을 거라고. 그러니까 그를 도와줘야만 한다고. 그러나 민영을 아끼는 사람은 그 혼자가 아니다. 나는 그와 이야기할 때면 몸의 어딘가에 난 깊고 붉은 상처를 들여다보는 기분이 들었다. 쓰리고 욱신거리는 통증이 묵직하게 몸을 짓누르는 느낌. 하지만 언제 어디서 다쳤는지는 모르는, 나도 모르게 몸에 박힌 상처를 발견하는 기분. 그래서였다. 나는 대부분의 이야기를 반복해서 털어놓았지만 결국 모든 것을 말하지는 않았다.

사고 전날, 민영은 내게 무섭다고 말했다.

그가 걸음을 멈췄다. 나를 또 불렀다.

"진영씨."

그는 이번에도 나를 내려다보고 있었다. 무언가를 물을 때면 그는 꼭 이런 식으로 가까이 다가왔다. 그는 키가 백구십 센티미터에 가까웠고, 때문에 항상 나를 내려다볼 수 있었다. 나는 그를 보기 위해서 고개를 한껏 들어올려야 했다. 그러면 상대가 나보다 얼마나 큰 사람인지 확실하게 알 수 있었다. 게다가 그는 어깨가 넓고 몸 근육이 단단하게 잡힌 덩치가 상당한 남자였다. 그의 앞에 서면 주변 공기가 무거워지는 게 느껴졌다. 그가 나를 내려다보며 말했다.

"그럼 이전에는 민영이가 제 이야기 한 적 없어요?"

나는 미소를 지었다. 화를 내기에 마땅한 이유가 없었기 때문이다. 자신이 원하는 대답을 듣기 전까지 그가 나를 이런 식으로 계속 몰아붙일 거라는 생각이 들었다. 이전에 민영은 그가 매사에 빈틈이 없는 사람이라고 말했다. 그 말을 듣고 나는 민영을 놀렸다. 이제 너는 꼭 잡혀 지내게 될 거라고, 넌 이제 끝났다고.

나는 말했다.

"전에 말했잖아요. 편하고 좋은 사람이라고 했다니까요."

그가 딱딱한 말투로 대답했다. "그랬죠."

"네. 그게 전부예요."

그는 입을 다물었다. 다시 조용했다. 이대로 호수까지 가면 좋겠다고 나는 생각했다. 먼저 발걸음을 옮기는데, 그가 또 물었다.

"그럼 다른 친구 이야기는 한 적 없어요?"

"네?"

"여자들은 그러잖아요. 친구 이야기라고 하면서 자기 이야기를 모두 털어놓죠."

마치 자신이 여자라도 된다는 듯한 말투였다. 나는 그를 가만히 바라보았다. 바로 이 기분이었다. 그는 민영의 이야기가 궁금하다면서, 그녀가 자신을 어떻게 생각했는지 그러니까 그녀가 그에 대해 어떤 말을 했는지 은근슬쩍 캐물었다. 민영이 아니라, 그에 대해 대답하고 있다는 이 느낌 때문에 나는 그를 믿을 수가 없었다. 심지어 그는 나를 잘 속이고 있다고 확신하는 것 같았다. 만일 내가 그라면, 여자친구가 사고로 누워 있는 상황이라면 그녀가 자신에 대해 어떤 말을 하고 다녔는지 캐묻고 다닐 것 같지는 않았다.

"그런 적 없어요."

나는 단호하게 대답했다. 민영은 자기 사생활을 일일이 털어놓는 부류가 아니라고, 누군가를 이용해 자신의 이야기를 하는 '그런 사람'도 아니라고 대답했다. '그런 사람'이라는 단어를 말할 때 나는 목소리에 힘을 줬는데, 민영이 어떤 사람인지 그가 전혀 알지 못한다는 뜻을 전하고 싶었기 때문이다. 그러자 그의 표정이 미묘하게 일그러졌다. 그는 자신이 화가 났고 기분이 좋지 않다는 걸 감추는 사람이 아니라는 생각이 들었다.

나는 주머니에 손을 넣었다. 손안에 꽉 쥐어지는 딱딱하고 작은 핀셋. 오늘 아침 나는 그에게 문자를 보냈다. 퇴근 후 호수에 함께 가자고. 그가 무슨 생각을 하는지 알고 싶었다. 그 물건이 대체 어떻게 생긴 건지 한번 보고 싶었다. 대체 그가 내게 왜 그런 질문들을 하는 건지, 정확히 알고 싶었다. 사람들은 그가 절박하기 때문이라고 말했지만, 내가 보기에는 무언가를 확인하고 싶어 안달난 것 같았다. 내가 아는지 모르는지, 그러니까 민영이 그렇게 된 이유를 내가 찾아낼 수 있는지 없는지 말이다. 때로는 그가 나를 어떻게든 호수로 끌어들이려 한다는 느낌을 받기도 했다. 나는 이런 기분이 싫었다. 그가 나를 시험한다는 느낌에 사로잡혀 있는 것도 싫었고, 남모를 의심을 혼자 간직하는 것도 싫었다. 그래서 내가 직접 확인해야겠다고 생각했다. 호수에서 그가 무슨 말을 하는지 어떻게 행동하는지, 그리고 만일 '무언가'를 찾아낸다면, 그가 어떤 표정을 지을지 보고 싶었다. 그렇다면 이 기분도 어떤 식으로든 분명 해결되겠지. 반드시.

퇴근길, 집에 전화를 걸어 호숫가에 들렀다 가겠다고 말했다. 엄마는 놀라며 나를 말렸다. 그와 함께 갈 거라고 했더니 그제야 안심이 된다는 듯 알았다고 대답했다. 엄마는 말했다.

"그래, 그럼 괜찮겠구나."

괜찮지 않다. 엄마는 바보가 아니다. 그냥 내가 괜찮을 거라고 믿고 싶어할 뿐이다.

민영은 분명 무서워했다.

처음에는 버스 때문이라고 생각했다. 그날 그때 우리는 카페에 있었다. 주문한 커피가 나오자마자 갑자기 민영이 말했다.

"요즘 뭔가 무서워."

"뭐?"

나는 핸드폰을 만지작거리며 다른 생각을 하던 중이었다. 민영의 말에 나는 놀라서 고개를 들었다. 내가 제대로 들은 건지 확인하고 싶었다. 하지만 내 반문에 민영은 대답하지 않았다. 대신 그녀는 아이스 아메리카노가 담긴 유리컵을 손으로 살며시 쥐었다 놓기만 반복했다. 컵에 맺힌 물방울이 민영의 손끝을 적셨다. 그때 민영의 어깨에서 카디건이 흘러내렸다. 민영은 팔뚝 아래로 떨어지는 카디건을 끌어올렸다. 날이 덥다면서 차가운 음료까지 주문해놓고 왜 카디건을 입고 있는 건지 의아했지만 크게 신경쓰지는 않았다. 나는 민영이 먼저 이야기를 하도록 기다리는 중이었다. 민영은 솔직한 친구였지만, 자신의 진짜 감정을 표현하는 데는 서툴렀다. 분위기가 무거워지면 부담스러워하면서 입을 다물어버리는 편이었다. 그래서 나는 민영이 말이 없어도 한참 동안 그냥 기다렸다. 커피를 다 마셔갈 즈음이었던가, 민영이 입을 열었다.

"오늘 버스에서 이상한 남자를 봤어."

버스에서 민영은 앞에서 세번째 좌석에 앉아 있었다. 그녀의 앞에 중학생으로 보이는 단발머리 여자아이가 앉아 있었고, 그 건너편에는 피부가 보기 좋게 그을려 생기 넘쳐 보이는 날씬한 여자가 앉아 있었다. 버스가 커브를 돌자 민영의 자리 쪽으로 햇빛이 내리쬐었다. 앞의 여학생이 빛을 피해 고개를 오른쪽으로 기울였다. 여학생의 단발머리가 찰랑, 흔들렸고 하얀 목덜미에 옅은 주름이 잡혔다. 그 순간이었다.

"아, 씨발!"

뒷자리에서 어떤 남자가 고함을 질렀다.

민영은 돌아보지 않았다. 앞의 여학생도, 건너편의 여자도 뒤를 보지 않았다. 그들 모두 약속한 것처럼 계속 앞을 바라보았다. 버스 기사 아저씨만 룸미러를 통해 뒤쪽을 힐끔 봤다. 그러나 모르는 척했다. 민영은 룸미러도 바라보지 않았다. 그래야 할 것 같았다. 다음 정류장에서 여학생과 여자가 동시에 내렸다. 남은 승객은 민영과 남자뿐이었다. 남자는 계속 욕을 했다. 고함과 짜증이 민영의 귀에 박혀들어왔다. 버스 기사도 그에게 아무 말 안 했다. 귀찮은 일에 휘말리고 싶지 않았을 것이다. 민영은 음악을 들을까 생각도 했지만, 귀에 이어폰을 꽂지는 않았다. 그 상황에서 남자가 무슨 말을 하는지 듣지 않는건 현명하지 못한 선택처럼 느껴졌다. 두 정거장만 더 가면 되었지만, 민영은 결국 다음 정거장에서 내렸다. 벨을 누르고 자리에 가만히 앉아서 기다렸다가, 버스가 멈추자마자 재빨리 일어나 뒷문으로 뛰어내렸다. 남자가 뒷문 바로 앞좌석에 앉아 있다는 걸 그때 알았다. 하지만 그녀는 남자가 어떻게 생겼는지 전혀 기억하지 못했다. 버스가 떠난 뒤에도 민영은 정류장에 내린 자세 그대로, 그러니까 고개를 숙이고 뒤돌아선 자세로 정류장 바닥을 바라보며 한참 동안 서 있었기 때문이다. 남자가 소리를 지르던 순간부터 되뇌던 말을 속으로 계속 중얼거리면서.

눈을 마주치면 안 돼. 눈을 마주치면 안 돼. 눈을 마주치면.

안 돼.

이야기를 마친 후 민영은 가만히 나를 바라보았다. 그녀의 말이 이어지기를 기다렸지만, 내 친구는 무슨 말을 할 듯 말 듯 계속 망설이기만 했다. 그러더니 조심스레 천천히 물었다.

"너도 내가 유난스럽다고 생각해?"

나는 민영의 눈을 가만히 마주보았다. 대답했다. "무슨 소리야? 누가 그런 말을 했어?"

민영은 고개를 저었다. 그런 말을 한 사람은 없다고 했다. 나는 또 물었다.

"민영아, 뭐가 무섭다는 거야? 버스?"

민영은 고민하는 표정으로 나를 바라보더니, 이내 결국 아무것도 아니라고 대답했다. 나는 민영이 무슨 말을 하는지 알 수 없었다. 그녀의 말을 잘못 들은 것 같기도 했다. 그래서 나는 민영이 제대로 다시 말해주기를 기다렸지만, 민영은 그냥 해본 말이라며 신경쓰지 말라고 했다. 그 순간이었다. 민영의 카디건이 아래로 흘러내렸다. 그녀의 가느다란 팔뚝이 내 눈에 들어왔다. 푸르스름하고 동그란 멍자국이 민영의 팔뚝에 찍혀 있었다.

내가 물어보자 민영은 어디서 다쳤는지 모르겠다고 대답했다. 그냥 오다가다 어딘가에 찧은 것 같다고 했다.

"모르겠어. 그냥 실수였던 것 같아."

실수로 다쳤다는 건가, 아니면 다친 일이 실수였다는 건가? 무언가 이상했다. 민영이 대충 넘어가려 한다는 느낌도 들었다. 그러나 내가 재차 따져 묻기도 전에 민영이 먼저 다른 말을 꺼냈다.

"너는 별일 없지?"

"응, 없어."

"뭐야. 또 거짓말하네."

그러고서 민영은 웃었다. 나도 따라 웃었다. 그래야 할 것 같았다. 그날 나는 더는 아무것도 묻지 않았다. 우리가 이야기할 다른 날이 곧

세 다시 오리라 생각했다.

　나는 이 이야기를 경찰에 했다. 그들은 내 말을 듣는 내내 무표정이었다. 그래서 내 이야기가 중요한지 아닌지 알 수 없었다. 다만 그들은 확인하고 싶어했다. 민영이 뭘 무서워한 것인지. 버스 안의 남자를 말하는 건가요? 아니면 다른 사람인가요? 그들은 정확한 대답을 듣고 싶어했다. 처음에 나는 아니라고 대답했다가 나중에는 그렇다고 말했다. 그리고 다시 말을 바꿔서 모르겠다고 말했다. 그들이 나를 믿지 못하는 것이 느껴졌다. 하지만 나는 정말로 헷갈렸기 때문에 그렇게 대답할 수밖에 없었다. 경찰들은 내 이야기가 도움이 되었다고, 참고하겠다고 말했다. 듣기로는 버스 정류장 주변도 탐문하고 그 버스 기사도 조사했던 것 같다. 그 이후 수사가 어떻게 진행되었는지 모르겠다. 그들은 내게 아무것도 알려주지 않았고, 실제로 새로운 소식이 들려오지도 않았다. 내가 별다른 도움이 되지 못한 것 같아 괴로웠다. 아마 내가 혼란스러워했기 때문일 것이다. 내가 조금 더 분명하게 알고 있었다면, 상황을 정확하게 전달했다면 뭔가 달라졌을 것이다. 그러나 지금도 나는 모르겠다. 문제는 뭐였을까. 어디서 잘못된 걸까, 너는. 민영아 너는 어떻게 된 걸까.

　나는 그의 얼굴을 살짝 올려다봤다. 조금 전보다 훨씬 험악한 표정이 떠올라 있었다. 갑자기 심장이 빠르게 뛰었다. 나는 그와 같이 걸어가기 싫었다. 나는 혼자 빠르게 걸었다. 그가 뒤처졌다. 문득 실수라는 생각이 들었다. 그를 나보다 앞세워 걸었어야 했다. 그가 뒤에서 따라오고 있고, 내가 그걸 볼 수 없다는 생각이 들자 불안했다. 여기서 벗어나고 싶었다. 나는 더 빨리 걸었다. 나무다리가 저 앞에 있었다. 나는 거의 뛰다시피 앞으로 걸었다. 그렇게 다리에 도착한 순간이었다.

그가 등뒤에서 내 팔뚝을 거세게 잡아당겼다. 머리 위에서 낮고 차가운 목소리가 들렸다.

"진영씨. 내가 계속 부르잖아요. 안 들려요?"

나는 소리를 지르며 그를 밀쳤다. 그러자 그가 더 거칠게 내 팔을 움켜쥐었다. 엄지손가락으로 팔뚝을 세게 눌렀다. 살이 동그랗게 눌리면서 엄청나게 아팠다. 나는 다시 소리를 질렀다. 그제야 그가 화들짝 놀라며 내게서 손을 뗐다. 내가 그렇게 반응할 줄 몰랐다는 듯 얼굴에 당황스러운 표정이 떠올랐다. 그가 빠르게 주변을 살피는 것이 보였다. 등에 소름이 돋았다. 주위에는 아무도 없었다.

그가 다정하게 말했다. "미안해요, 진영씨."

그리고 한 발짝 뒤로 물러섰다. 마치 내가 그에게 위협을 줘서 물러선다는 태도였다. 기가 막혔다. 그가 또 사과했다.

"정말 미안해요. 내가 경솔했어요."

그는 나를 아프게 할 생각은 없었다고 말했다. 내가 너무 빨리 걸어가서 따라잡으려 하다보니 이렇게 가까이 오게 되었다고 했다. 그는 억울해하며 말했다.

"몇 번이나 진영씨를 불렀어요. 못 들었어요?"

내가 그의 말을 무시하고 계속 걸어가서, 나를 멈춰 세운다는 것이 자기도 모르게 세게 움켜쥐고 말았다고 했다. 준비한 것처럼 자연스러운 이야기였다. 하지만 나는 그가 부르는 목소리를 듣지 못했다. 그가 나를 정말로 불렀는지 의심스러웠다. 그가 간곡한 말투로 다시 말했다. 미안하다고. 정말 미안하다고.

"실수였어요. 이런 일은 다시 없을 거예요."

그는 정말로 내게 미안해하는 것 같았다. 진심으로. 나는 혼란스러웠다. 어쩌면 나는 민영이 세상을 떠날지도 모른다는 생각 때문에 그를 탓하고 있는 건 아닐까. 그렇다면 나는 지금 엄청난 실수를 저지르고 있는 걸지도 모른다. 마음이 물렁하게 움푹 파이는 순간, 나는 정신이 번쩍 들었다. 그날, 내가 멍자국에 대해 물었을 때 민영은 말했다. "실수였던 것 같아."

그래. 모두 실수를 저지르곤 한다. 함부로 실수를 저지르곤 하지. 늘 이곳에 있었던, 새벽녘의 호숫가에서 힘없이 빨랫방망이를 두드리던 여자. 미자네는 항상 낡은 두건을 머리에 푹 눌러쓰고 나오곤 했다. 미자네가 이상해 보였던 나는 어른들에게 물어보곤 했다.

"미자네 집에는 세탁기가 없어? 왜 호수에서 빨래해?"

한동안 누구도 내게 대답을 해주지 않았다. 언젠가 엄마가 지나가듯 이렇게만 말했다. 미자네는 집에 있기 싫어서 그런 거라고. 그 의미를 알아차리는 데 오랜 시간이 걸리지 않았다.

열세 살 초등학교 시절, 호숫가로 야외수업을 갔다. 그날도 미자네를 보았다. 그녀는 얕은 물가에 쭈그리고 앉아 힘없이 방망이를 두드리고 있었다. 짓궂은 남자아이들이 낄낄대며 그녀를 곁눈질했다. 무슨 일이 벌어질 것 같다고 느낀 순간, 남자아이들이 미자네의 두건을 낚아채 달아났다. 그때 나는 소문으로만 듣던 미자네의 머리를 목격했다. 울긋불긋한 두피 위엔 머리카락이 정말로 거의 없었다. 이후, 다른 소문이 났다. 미자네 남편은 이제 더는 움켜쥘 머리카락이 없어서 그녀의 목덜미를 잡고 집안 곳곳으로 끌고 다닌다고 했다. 그날, 황망한 표정으로 호숫가에 앉아 있는 미자네를 보며 민영은 울었다. 그리고 선생님께 일러바쳤다. 남자아이들은 선생님에게 하소연했다. "실수였어요. 실수요. 어쩌다보니 그랬어요." 선생님은 알았다고 대답했다. 그렇게 돌아선 남자애 중 한 명이 민영을 노려보며 말했다.

"야, 너도 세컨드지?" 민영은 울음을 멈추지 않았다.

그런 일이 있었다. 이곳에서.

잊을 수 없을 것이다.

나는 그에게 신경질적으로 물었다.

"민영이에게도 그랬어요?"

"뭘요?"

그가 무슨 소리냐는 듯 반문했다. 나는 손이 떨렸다. 물었다.

"이렇게 무섭게 했냐구요."

그가 황당해하는 얼굴로 나를 봤다. 그 얼굴에는 방금 전까지 나를 불편하게 했던 분위기가 전혀 남아 있지 않았다. 익히 내가 봐왔던 얼굴이었다. 친구들이 민영을 부러워하게 했던, 엄마가 걱정을 덜게 만들었던, 좋은 사람, 좋은 남자. 다정하고 친절한 사람의 얼굴. 누군가를 사랑했고, 그 사람을 잃어버릴까봐 고통에 찬 표정.

"민영이가 그렇게 말했어요?" 그가 말했다.

나는 그를 노려보았다. 그는 절망한 것 같았다. 그렇게 보였다.

"내가 무섭다고 그랬어요? 민영이가?"

그가 물었다. 당당한 눈길을 마주하자 다시 자신이 없어졌다. 나는 그의 시선을 피했다.

"몰라요."

나는 대답했다. 민영은 말했었다. "모르겠어." 그건 내 말버릇이기도 했다. 속내를 털어놓을 자신이 없을 때, 상대의 눈을 피하며 얼버무리는 습관. 민영은 그걸 잘 알았다. 하지만 나는 항상 민영에게 끝까지 모른다고 했다. 스물다섯 살 여름, 사귀던 남자가 내 목을 졸랐을 때, 목에 시퍼런 멍자국이 남아 있는데도 불구하고 나는 민영에게 모른다고 했다.

"여기가 왜 이러지? 어디서 다쳤는지 모르겠어."

작년 즈음 그 남자에게 다시 연락이 오기 시작했다는 말도 나는 하지 않았다.

그가 간절한 말투로 말했다.

"진영씨. 내가 이상해 보이는 거 알아요. 하지만 나는 진짜 궁금해서 그러는 거예요."

그는 말을 이어나갔다. 민영에게 그가 정말 좋은 남자였는지 궁금했다고. 그는 요즘 밤에 침대에 누우면 항상 민영이 생각난다고 했다. 못해준 것들이 생각나고, 그녀를 외롭게 했던 일들이 떠올라서 괴롭다고 했다. 이제 민영에게 직접 물어볼 수 없을 거라는 생각 때문에, 만회할 기회를 영영 잃어버린 것 같다는 생각 때문에 너무 힘들다고 했다.

그가 내게 한 발짝 다가왔다. 나는 뒤로 물러났다.

"그러니까 진영씨. 부탁할게요. 생각나는 게 있으면 제발 말해줘요. 민영이가 나를 무서워했나요? 나한테는 정말 중요한 문제예요."

나는 여전히 그를 믿을 수 없었지만, 동시에 나 역시 실수를 저지르고 있는 것인지 모른다는 생각도 여전히 들었다. 그가 말을 이었다.

"힘들다는 거 알아요. 여기까지 와준 것도 정말 감사하게 생각해요. 여기서 그런 일들이 계속 있었잖아요. 지금 예민할 수밖에 없다는 거, 저는 이해해요."

나는 주머니에 손을 집어넣었다. 핀셋을 잡았다 놓았다. 그의 말은 사실이었다. 여기에 오기로 결정한 건 쉬운 일이 아니었다. 나는 이곳에 서 있는 것이 힘들다. 그래. 끔찍한 일이 있었으니까. 잊을 수 없는 일이. 민영이 두고 온 무언가를 찾는다고 동네 사람들까지 동원된 와중에도 민영의 엄마는 내게 어떤 부탁도 안 했다. 그녀는 내가 호숫가에 가는 걸 싫어하리라고 생각했다. 그건 사실이었다.

이곳에서 벌어진 일은 나와 내 가족들에게도 영향을 미쳤다. 동네 사람들에게도.

작년 여름부터 전 남자친구는 내게 직접 만나서 사과를 하고 싶다는 문자를 보내왔다. 나는 답장하지 않았다. 하지만 계속 연락이 왔다. 나는 이렇게 오랜 시간이 지났는데 그게 무슨 의미가 있느냐며 거절했다. 얼마 뒤 다시 연락이 왔다. 진심으로 미안하다며, 꼭 만나고 싶다고 했다. 나는 그 말에 마음이 흔들렸다. 내가 당한 일을 사과받는다면 오랫동안 마음에 묵혀둔 상처가 사라질 것 같았다. 그가 내게 한 일이 어린 나이에 어쩌다 저지른 실수처럼 느껴지기도 했다. 그런 감상적인 기분에 젖어들자 내가 그를 너무 냉정하게 대한다는 생각이 들었고, 조금 미안해졌다. 나는 그에게 호수에서 만나자고 했다. 이후 내게, 그를 왜 호수로 불러냈느냐고 질책하던 사람들과는 이제 연락하지 않는다. 그는 사과했다. 나는 곧장 사과를 받아들이지는 않았다. 그렇게 쉽게 넘어갈 수는 없는 일이었다. 나는 그에게 뭘 잘못했다고 생각하는 거냐고 따져 물었다. 나는 정확한 말을 듣고 싶었다. 너를 함부로 대해서 미안해. 단지 그 말이 듣고 싶었다. 그 말이 중요했다. 그는 말했다. 내가 장난을 받아주지 못하는 유형의 사람이라는 걸 파악하지 못했던 것 같다고. 그제야 나는 그가 취해 있다는 걸 알았다. 그리고 순식간에 몸이 굳어버렸다. 움직일 수가 없었다. 그가 미소를 지으며 말했다.

"넌 진짜 하나도 안 변했구나." 그가 손등으로 내 볼을 툭, 툭, 쳤다. "장난이잖아. 장난도 못 받아줘?"

나는 가만히 서 있었다. 어느 순간 갑자기 앞이 하얗게 번쩍였다. 나는 가만히 있었다. 바닥에 쓰러졌을 때도, 그 이후에도 가만히 있었다. 습관이었다.

나는 주머니 속 핀셋을 다시 꼭 쥐었다. 지금 그는 나를 이해한다고 말했다. 내가 겪은 일 때문에, 그를 의심하는 걸 말이다. 정말일까. 하지만 팔뚝의 통증이 뚜렷하게 느껴졌다. 그가 애원하는 눈길로 나를 보고 있었다. 오히려 내가 해서는 안 될 짓을 저지른 기분이었다.

"좋아요 그럼." 그가 말했다. 그러고는 내게서 더 멀리 떨어졌다.

그는 자신이 앞에서 걸어갈 테니 내게 뒤에서 따라오라고 했다. 자신을 믿을 수 없다면 막대기든 뭐든 무기로 삼을 만한 걸 들고 와도 좋다고 했다. 그는 내 오해를 풀 수 있다면 뭐든 할 거라는 듯 굴었다. 그는 내 대답을 듣기도 전에 앞서 걸었다. 나는 그의 뒷모습을 바라보다 조심스레 발을 앞으로 내디뎠다. 어쨌든 여기까지 온 건 민영 때문이다. 그녀가 잃어버린 무언가를 찾기 위해서다. 나는 길가에 놓인 나무막대기를 주워들었다. 더 단단하고 강한 물건을 손에 쥐자 마음이 안정되었다. 나는 막대기를 힘껏 쥐었다. 그는 뒤돌아보지 않았다.

다리를 건너자 산길이 나왔다. 여기서부터는 얕은 오르막길이다. 그의 머리 위로 하늘이 보였다. 나무들 사이로 희멀건 안개가 새어들어왔다. 익숙한 냄새가 났다. 물기를 잔뜩 머금은 저녁 공기를 나는 깊이 들이마셨다. 땅바닥이 조금 물러진다 싶은 순간이었다. 호수가 드러났다.

그와 나는 민영이 쓰러져 있던 곳으로 향했다. 그는 눈감으면 저 일대가 환하게 떠오를 정도로 그곳을 자주 들여다봤다고 했다. 그는 말했다.

"낮에는 햇빛이 많이 들어요. 벌레도 없고, 물비린내도 별로 안 나요. 호숫가에서 가장 깨끗한 곳이더라구요."

그는 새로운 사실을 발견한 것처럼 설명했지만 나는 아무 생각도 들지 않았다. 모두 내가 아는 이야기였다. 바로 그곳에서 미자네가 늘 빨래를 했다. 민영과 내가 앉아서 시간을 보냈다. 내가 전 남자친구를 만난 곳도 역시 그곳이다. 그는 다른 의미를 부여하는 것 같았다. 다른 곳도 아니고, 저곳에 민영이 누워 있었다는 건 특별한 뜻이 있는 거라고. 그리고 그 물건도 바로 그곳에 있었다고 말했다.

"무슨 뜻이 있는 건데요?"

나는 물었다. 확신에 찬 목소리가 들렸다.

"뭔가 다른 장소라는 거죠."

틀렸다. 여긴 그냥 물가다. 그의 말대로 햇빛이 많이 들고, 벌레도 없고, 물비린내기 별로 인 니는 깨끗힌 곳이라시 사람들이 많이 드나

드는 곳일 뿐이다. 민영은 특별한 곳에서 발견된 것이 아니다. 매일 드나들며 일상을 보내던 곳에 있었던 것이다. 그러나 나는 그에게 반박하지 않았다. 어쩐지 피곤한 대화가 이어질 것 같았다. 내가 아무 말이 없자 그는 이상했는지 뒤를 돌아보았다. 그는 내 손에 들린 막대기를 보고는 싱긋 미소를 지었다.

"진짜 주웠네요." 그가 말했다.

약간은 서운해하는 것 같기도 했고, 우스워하는 것 같기도 했다. 어쩌면 이곳은 그에게 특별한 장소가 맞을지도 모르겠다. 민영이 발견된 곳. 그녀가 누워 있던 곳. 의식을 잃은 곳.

그건 그녀를 짓밟은 사람에게도 마찬가지겠지. 나는 다시 막대기를 꼭 쥐었다. 하지만 이번에는 마음이 편해지지 않았다. 내가 이걸 들고 있다고 해서 뭘 어떻게 할 수 없다는 건 아마 그가 더 잘 알 것이다. 나도 알고 있다.

그래, 그 여자처럼.

밤이었다. 여자는 친구들과 호프집에서 맥주를 한잔 마셨다. 그리고 일어나 집으로 향했다. 동네 입구에 도착했을 때, 누군가가 뒤에서 따라오는 걸 느꼈다. 남자였다. 여자는 걸음을 빨리했다. 남자의 걸음도 함께 빨라졌다. 열 걸음 너머에 그녀의 아파트가 보였다. 그녀는 뛰었다. 엘리베이터가 일층에 서 있었다. 그녀는 엘리베이터 열림 버튼을 누르고 안으로 들어간 뒤, 재빨리 닫힘 버튼을 눌렀다. 그때 남자가 엘리베이터 안으로 뛰어들어왔다. 그녀는 거의 소리를 지를 뻔했다. 핸드폰 키패드로 112를 눌렀다. 손이 떨렸다. 남자가 말했다.

"저기, 연락처 좀 알 수 있을까요?"

남자는 그녀가 너무 마음에 들어서 술집에서부터 따라왔다고 말했다. 중간에 말을 걸 틈이 없어서 여기까지 왔다고. 그녀는 고개를 저었다.

"안 돼요? 제가 마음에 안 드세요?"

남자가 말했다. 그녀의 집은 십오층이었고, 이제 겨우 오층이었다. 그녀는 숨이 막혔다. 남자는 키가 크지는 않았지만, 운동을 많이 한 사람처럼 팔뚝이 무척 굵었다. 단단해 보였다. 그녀는 더듬거리며 자신의 전화번호를 말했다. 남자가 씨익, 웃으며 들고 있던 핸드폰에 숫자를 입력했다. 그리고 통화 버튼을 눌렀다. 그녀의 핸드폰이 울렸다.

"지금 뜨는 번호가 제 번호예요."

남자가 말했다. 그녀는 아주 오랫동안 멍청한 여자들에 대해 들어왔다. 마음을 함부로 주는 여자들, 쉽게 승낙하는 여자들, 상황을 주도하지 못하고 끌려다니는 여자들. 그녀는 위험한 남자들보다 멍청한 여자들에 대한 경고를 더 많이 들어왔다. 쉽게 보이면 안 돼. 그건 네 값을 떨어뜨리는 일이야. 이제 십삼층이었다. 그녀는 남자에게 애써 미소를 지었다. 그래야 할 것 같았다. 남자가 말했다.

"정말 친절하시네요."

그리고 엘리베이터 문이 열렸다. 여자는 서둘러 내렸다. 남자는 따라 내리지 않았다. 마치 그게 굉장히 신사적인 태도라는 듯이. 예의를 아는 남자라는 걸 보여준다는 듯. 그녀에게 말했다. "조심히 들어가세요." 그리고 연락을 할 테니 꼭 받아달라고 했다. 그녀는 다시 미소를 지으며 고개를 숙였다. 남자는 엘리베이터 열림 버튼을 누르고 있었다. 그녀가 어디로 가는지 모르는 것 같았다. 그녀는 그에게서 최대한 시선을 떼지 않은 채, 그러니까 그가 거절당했다는 느낌을 받지 않도록 따뜻한 표정을 유지하면서 현관문 쪽으로 팔을 뻗었고, 초인종을 미친듯이 눌러댔다. 가족들이 있을 거라고 생각했다. 밖에서는 소리가 나지 않았지만, 집안에는 띵동 하는 소리가 연이어 울려퍼졌다. 띵동 띵동 띵동 띵동 띵동 띵동 띵동 띵동 띵동 띵동 띵동 띵동.

물가에 도착했다.
"그건 어디에 있어요?"
나는 물었다. 그는 대답하지 않았다. 주위를 두리번거리며 중얼거렸다.
"이상하네요. 여기 있었는데."
나는 그에게서 조금 물러났다. 그는 찾아볼 테니 내게 여기서 기다리라고 말했다. 그러고는 앞쪽으로 뛰어갔다. 주변을 둘러보는 모습이 정말로 뭔가를 잃어버린 사람처럼 보였지만, 뭔가 어색했다. 그래도 어쨌든 그가 내게서 멀어지자 속은 편했다. 나는 숨을 크게 들이마셨다. 호수가 눈앞에 있었다. 오랫동안 봐왔던, 손끝만 내밀면 닿을 곳에서 잔잔히 출렁이던 호수가.

이미 많은 사람이 오갔다. 그들이 매번 아무것도 찾지 못한 건 아니었다. 단지 민영이 두고 온 것을 찾지 못했을 뿐, 항상 무언가를 건져올리긴 했다. 정체를 알 수 없는, 그러니까 어디서 어떻게 오게 된 건지 알 수 없는 물건들이 많았다. 목걸이. 귀걸이. 머리카락. 물에 불은 편지. 풀 수 없는 굵은 매듭. 핸드폰. 오르골. 고양이의 뼛조각. 누군가의 옷. 이젠 더는 누군가의 일부였다고는 상상할 수 없는 잡다한 물건들. 이 호수는 얼마나 많은 사람의 사연을 얼마나 깊이 담고 있는 걸까. 이곳에 도착하기 전까지만 해도 내가 뭔가를 찾을 수 있을 거라는 자신이 있었다. 그러나 막상 호수를 앞에 두고 있자 무엇도 보이지 않았다. 내가 뭘 찾을 수 있겠는가. 모든 걸 이야기할 수 있는 사람은 오직 민영뿐이다. 나는 고개를 돌렸다.

앞쪽 저편에 그가 보였다. 이상했다.

그가 호수에서 허우적대고 있었다. 나는 앞쪽으로 걸어갔다. 뛰었다. 그가 나를 발견하고 소리쳤다.

"여기 있어요!"

"뭐가 있는데요?"

그가 물속에 양팔을 넣은 채로 내게 외쳤다. 무언가 들어올리려 하는 것 같았다.

"혼자서는 못하겠어요. 바닥에 꽉 박혀 있어요."

내게 도와달라는 뜻이었다. 나는 당황했다. 그는 무척 흥분해 있고, 상황을 냉정하게 판단하지 못하는 것 같았다. 나는 그에게 물에서 나오라고 소리쳤다. 사람들을 부르겠다고 했다. 그러나 그는 내가 무슨 말을 하건 상관없다는 듯 물건을 들어올리려 애를 쓰더니, 아예 물속에 고개를 처박았다.

나는 집에 전화를 걸었다. 민영의 엄마에게도 전화를 걸었다. 그가 뭔가를 찾았다고, 어서 도와달라고 소리쳤다. 내가 그렇게 말하는 사이 그가 고개를 물 밖으로 내밀었다. 숨을 크게 들이마시고는 다시 물속으로 들어갔다.

나오지 않았다.

"이한씨?"

나는 그를 계속 불렀지만, 물위는 잔잔했다. 나는 고민했다. 어떻게 해야 하지. 어떻게 해야 현명한 거지. 나는 올바른 판단을 하고 싶었다. 올바른 판단을 하는 사람이 되고 싶었다. 내 의지로 판단하고 싶었다. 상황에 휩쓸리는 건 이제 지긋지긋하다. 그러나 그는 물속에 있었다. 나는 신발을 벗고, 바지를 걷어올렸다. 혹시 하는 생각으로 들고 온 나무막대기를 손에 쥐었다. 심호흡을 한번 하고서 나는 물속으로 들어갔다.

금세 물이 허리까지 와 닿았다. 여름이었지만, 호수의 물은 차디찼다. 축축하고 지저분한 촉감이 다리를 휘감아왔다. 바닥은 온통 돌덩이였는데 미끄러웠다. 걸을 때마다 나는 휘청거렸다. 역겨운 냄새가 머리카락에 스며들었다. 나는 그를 불렀다. 조용했다.

수면이 잔잔해진 때, 그가 물속에서 불쑥 튀어나왔다. 나는 놀라서 소리를 질렀다. 그가 후아, 후아, 숨을 몰아 내쉬었다. 나보다 두 배는 거대한 남자가 온몸이 젖은 채, 역겨운 냄새를 풍기며 내 앞에 서 있었다. 나는 돌아가고 싶었다. 그가 말했다.

"바로 밑이에요."

"네?"

내가 서 있는 곳 아래에 물건이 있다고 했다. 그가 내게 물밑을 더듬어보라고 했다. 팔이 닿지 않을 것 같다고 하자, 그는 고개를 저었다. 그는 물건이 생각보다 훨씬 수면 가까운 곳에 놓여 있다고 말했다. 그가 내게 강요하듯 말했다.

"어서 만져봐요."

나는 싫었다. 고개를 저으며 대답했다. 사람들에게 연락했다고. 나는 나가서 기다릴 테니 이한씨도 어서 밖으로 나오라고. 그렇게 몸을 돌리는 순간, 그가 내 손에 들린 나무막대기를 덥석 쥐고는 순식간에 물속으로 잡아당겼다. 내 손도 딸려들어갔다. 무슨 짓이냐고 화를 내려는데, 막대기 끝에 딱딱한 게 닿는 느낌을 받았다. 나도 모르게 막대기를 놓쳤다. 손바닥을 펼쳤다. 그리고 몸을 조금 숙였다. 그곳에 정말로 무언가가 있었다. 딱딱하고 단단한, 길고 얇은 물건이 바닥에 있었다. 위쪽인지 아래쪽인지 모르겠지만 한쪽으로 갈수록 점점 얇아지고 있었고, 조금은 날카로운 느낌도 들었다. 뭔지 알 것 같기도 했고 전혀 감이 오지 않기도 했다. 저녁이었다. 사위는 어둑어둑했고 원래 불투명했던 호수의 색은 더 짙어져 있었다. 물 밖에서는 아무것도 보이지 않았다. 이게 뭔지 종잡을 수가 없었다. 궁금했다. 그러나 물속으로 더 들어가고 싶지는 않았다. 그때 그와 눈이 마주쳤다.

그가 말했다. "그런데 진영씨."

나는 손으로 물건을 계속 더듬으며 대답했다. "네?"

그가 말했다. "민영이가 정말로 나 무섭다고 했어요?"

그 순간, 수면이 흔들렸다. 발이 돌덩이 위에서 미끄러졌고, 나는 중심을 잃었다. 나는 물에 빠졌다. 차가운 물이 온몸을 감싸안았다. 살결이 축축해졌다. 나는 눈을 떴다. 아무것도 보이지 않았다. 시커먼 세상이 나를 짓눌렀다. 차갑고 지저분한 물속에 나 홀로 있었다. 나는 팔을 허우적댔다. 손에 무언가 와 닿았다. 그 물건이었다. 나는 얇고 단단한 그것을 꽉 움켜쥐었다. 딱딱한 촉감이 손바닥에 착 달라붙었다. 마음이 차분하게 가라앉았다. 그리고 많은 것들이, 호수의 무수한 기억이 내 손바닥으로 스며들었다. 호수에 여자가 있었다. 그녀는 강간을 당했다. 두들겨맞았다. 발가벗겨진 채로 발견되었다. 왜냐하면 상대가 원했기 때문이다. 상대가 원했기 때문에 그녀는 원하지 않는 일을 당했다. 여자는 구급차에 옮겨지는 순간 정신을 잃었다. 사람들은 말했다. 구급대원들이 그녀를 일으키자, 여자의 거기에서 돌멩이가 후드득 떨어져내렸다고. 물론, 다른 이야기도 있었다. 밤새 홀로 누워 있던 그녀의 몸이 얼마나 차가웠는지, 그녀가 흐릿하게 맴도는 의식을 어떻게 간신히 붙잡았는지, 어떻게 눈을 부릅뜨고 견뎠는지, 그러나 정작 누군가 도와주려 손을 내밀었을 때는 잔뜩 겁에 질려 몸을 부르르 떨고 말았다는 것에 대해 다들 한 번씩은 이야기했다. 그러나 자잘한 돌멩이들이 바닥에 떨어지며 냈던 그 소리에 대해서만, 오직 그 이야기만 사람들의 입에 끈질기게 오르내렸다. 그러니까 조심했어야지. 그랬어야지. 그래. 그랬어야지. 그러게 호수에 왜 갔느냐고? 왜 왔느냐고?

시큼하고 텁텁한 물이 입속으로 들어왔다. 귓속으로 파고들었다. 차가운 물이 어깨를 무겁게 짓눌렀다. 체온이 식어가는 게 느껴졌다. 머리카락이 흔들렸고 살결이 물에 불어났다. 눈동자에 물속의 벌레들이 달라붙었다. 호수에 왜 갔느냐고? 왜 왔느냐고? 무슨 소리를 하는 거예요. 당신이 원한 거잖아요. 그래서 따라 들어온 거잖아요. 아니에요? 물이 목구멍 너머로 꿀꺽꿀꺽 넘어갔다. 나는 캄캄한 물속에서 기침을 했다. 나는 물건을 쥔 손에 더 힘을 주었다. 물건을 꼭 잡고 다리를 아래로 뻗었다. 발가락 끝이 간신히 바닥에 닿았다. 어깨가 수면 위로 올라가는 게 느껴졌다. 나는 고개를 들어올렸다.

공기가 얼굴로 밀려들었다. 목구멍 속에서 물컹한 것들이 역류해 쏟아져나왔다. 혀끝에 텁텁하고 비릿한 맛이 남았다. 나는 숨을 몰아 내쉬었다. 고개를 들자, 그가 보였다. 그의 왼손에는 내가 내내 들고 있던 막대기가 쥐어져 있었다. 그가 내게 뭔가를 말했다. 그러나 나는 알아듣지 못했다. 귀가 먹먹했고 내 숨소리밖에 들리지 않았다. 오래 전, 미자네는 두건을 빼앗아 달아나는 남자아이들을 보며 황망한 표정으로 호숫가에 앉아 있었다. 그 모습을 보고 민영은 울기 시작했다. 무서워. 무서워. 나는 민영의 어깨를 도닥였다. 신경쓰지 마. 네가 신경쓸 것 없어. 우리와는 다른 사람이야. 완전히 다른 사람이야. 그때, 돌아선 남자아이들이 우리를 노려보았다. 우리를 함께 바라보았기 때문에 정확히 누구를 지목하는지 알 수 없었다. 신경이 팽팽하게 당겨지는 순간, 남자아이 하나가 우리를 향해 외쳤다.

"야, 너도 세컨드지?"

그 남자아이와 내 눈이 마주쳤다. 나는 민영의 어깨에서 슬며시 손을 내려놓았다. 그래야 할 것 같았다. 민영은 울음을 그치지 않았다.

물을 가로지르며 그가 내게 다가왔다. 어두운 그림자가 내 머리 위를 덮었다. 그의 몸에서 호수의 냄새가 났다. 물속에서 꽉 쥐고 있는 물건의 촉감이 선명하게 느껴졌다. 그것은 무척이나 딱딱했다. 그 순간, 그가 내게 말했다.

"내가 유난스럽다고 생각해요?"

나는 천천히 그의 눈을 마주했다. 그리고 해야 할 일을 했다. 그래야 할 것 같았다.

니꼴라 유치원─귀한 사람

원장은 자신을 둘러싼 소문을 알고 있을까. 모르지는 않을 것이다. 불쾌하고 우스꽝스럽고, 그런 소문이 돌도록 상황을 만든 것 같아 수치스럽겠지. 원장이 지금껏 아무 말 하지 않은 것도 이해가 됐다. 누구도 믿어주지 않을 텐데 설명할 일이 구차할 것이다. 그래서 나 역시 민우를 둘러싼 소문에 대해 아무 말 하지 않는 거니까.

재작년과 작년, 우리는 니꼴라 유치원의 선착순 정원 모집에서 모두 떨어졌다. 올해는 일주일하고 이틀 전부터 줄을 서기로 했다. 재작년에는 사흘 전부터 기다렸고, 작년에는 일주일 전부터 줄을 섰으니 훨씬 부지런히 움직였다고 생각했다. 그러니까 이번에는 반드시 기회가 있을 거라고.

하지만 새벽녘, 니꼴라 유치원 앞은 이전보다 훨씬 많은 사람들로 북적였다. 나는 남편에게 줄을 서게 한 후 앞으로 달려가 사람들 수를 세기 시작했다. 하지만 나이와 성별에 따라 어차피 원생 정원이 다른 마당에 우리가 몇번째에 서 있는지 안다고 해서 도움이 되는 건 없었다. 그저 초조할 뿐이었다.

원생 모집 기간에 학부모들이 니꼴라 유치원 앞에 줄을 서는 건, 안진의 흔한 풍경이다. 단숨에 정원이 차버리기 때문에 사람들은 사흘 혹은 나흘, 아니면 일주일 전부터 유치원 앞에서 접수를 기다렸다. 혹보를 열 명까지 받기는 했지만, 그들이 입학하는 일은 드물었다. 자리가 난다면 원생이 어딘가를 다치거나, 몸이 아프거나, 아니면 가족 전체가 다른 도시로 이사를 하는 바람에 '어쩔 수 없이' 그만두게 된 경우였다. 때문에 줄에 새치기를 하거나 눈치 없이 끼어들면 큰 싸움이 벌어지기도 했다. 오죽하면 돈을 받고 몇 달 전부터 줄을 서주는 사람들이 있다는 소문이 나돌 정도였다. 다른 지방 사람들은 이 풍경을 당연히 이해하지 못했고, 때문에 안진 사람들에게 종종 물어보곤 했다. 겨우 유치원일 뿐인데 왜 이렇게 모두 안달이냐고. 그들 대부분은 제대로 된 대답을 듣지 못하거나 역으로 비웃음을 당했다. 안진에서 니꼴라 유치원은 '겨우' 유치원이 아니었다.

1947년이었다. 천주교 신부와 교인들이 자신들이 머물던 니꼴라 성당 건물 구석에 아이들을 모아 공부를 가르친 것이 그 시작이었다. 소작으로 먹고살던 작은 시골이었고 어차피 제대로 된 학교도 없었다. 유치원이라는 말도 유아교육을 공부한 적 있는 신부의 제안으로 다급히 내세운 명칭이었다. 학교라고 부르기는 애매하고, 아이들로 가득하니 어떻게든 구색은 갖춰야 할 것 같아서였다. 급작스러웠던 만큼 사람들은 무관심했다. 말이 좋아 공부지 논에 나간 부모 대신 어린아이들을 돌보는 것이 교사의 주된 업무였다. 첫째 아이의 팔목에 동생들을 줄줄이 묶어 보내는 부모도 있었고, 밭 나가는 길에 막 젖을 뗀 아이를 맡기러 들르는 부모도 있었다. 교사들은 배고픔에 소리지르는 아이들을 어르다 혼이 빠지고는 했다.

배움이 무엇을 어떻게 바꾸어줄 수 있는지 증명하는 데는 그리 오랜 시간이 걸리지 않았다. 유치원을 다닌 아이들이 도시의 국민학교

나 중학교에서 괜찮은 성적을 거두면서, 그중 몇 명이 서울의 대학에 가거나 공무원, 사업가, 학자가 되어 돌아오면서 부모들은 스스로 니꼴라 유치원을 찾아오기 시작했다. 그들은 아이가 자신과 다른 삶을 살 수 있다는 사실에 고무되어 있었다. 안진에 천천히 소문이 퍼져나갔다.

'니꼴라 유치원을 졸업하면 출세한다.'

그리고 이 기관이 교구와 분리되어 정식 유치원으로 설립되었을 무렵에는 누구도 무관심하지 않았다. 초대 원장은 일본에서 유학을 마치고 돌아온 어떤 여자였는데, 그녀는 자신의 여자 후손들만이 유치원을 운영할 수 있다는 유언을 남겼다. 그녀 역시 한때 니꼴라 유치원의 아이였다. 유치원 앞에 부모들이 줄을 서기 시작했다.

그것을 단지 출세한 삶을 욕망했기 때문이라고 말할 수도 있을 것이다. 지갑에서 빳빳한 지폐를 꺼내고, 구김 없이 손질한 양복을 입고, 누군가의 인사를 받으며 책상 앞에 앉는 삶이 무척 강렬했기 때문에 지금까지도 니꼴라 유치원에 사람들이 몰려드는 거라고 말이다. 그러나 땡볕에서 종일 허리를 굽혀 일하고 대부분의 수확을 소작료로 빼앗기면서도 쌀알 몇 톨 제대로 관리 못하는 무지한 것 취급을 받던 이들에게 출세는 단순히 돈을 많이 벌거나 그럴싸한 직업을 갖는 일에 머물지 않았다. 그건 귀한 사람으로 대접받는다는 의미였다. 그러니까 내 아이가 가장 귀하므로 모두가 귀하게 대접해주었으면 하는 마음. 그리하여 내 아이만큼은 귀한 사람으로 자랐으면 하는 마음. 소작을 떼일까봐 평생 걱정하거나, 두들겨맞아도 차라리 입을 다무는 게 낫고, 한참 어린 마름에게 굽실대는 삶을 살지 않아도 된다는 것.

시간이 많이 흘렀고 안진은 더는 농사만으로 먹고살지 않는다. 이제 안진에도 영어 유치원이나 사립 유치원이 들어섰고 어떤 부모들은 니꼴라 유치원이 구식이라고 비판하기도 한다. 그러나 그런 유치원을 선택할 수 있는 이들은 안진에서도 소수에 불과했다. 보통의 부모들에게 니꼴라 유치원은 다른 공립 유치원과 같은 원비로 영어 유치원이나 사립 유치원과 비슷한 성과를 보여주는 곳이었다. 무엇보다 이곳에는 니꼴라 재단이 있었다. 안진에서 가장 가난했던 소작농의 큰아들. 그가 고향으로 돌아와 세운 장학 재단. 이제 그는 지역 신문사의 원로 대표이고 그의 재단은 니꼴라 유치원 출신의 뛰어난 아이들에게 대학 등록금을 지원한다. 어릴 적 가난했던 그가 유치원을 다니며 교사들의 친절한 도움으로 공부할 수 있었던 것처럼.

그러니까 그 검은 세일러복. 네모진 옷깃에 하얀색 두 줄이 선명한 니꼴라 원복을 입힌다는 건 내 아이도 그렇게 되리라는 기대를 입히는 것이었다. 아주 오래전에 같은 옷을 입은 누군가가 자신의 한계를 뛰어넘었듯, 내 아이도 그렇게 될 것이라고.

그래서일 것이다. 안진에는 짓궂은 농담이 있다. 일이 잘 풀리지 않거나 불행하다는 느낌이 들 때, 아무리 노력해도 나를 둘러싼 상황이 나아지지 않을 것 같아서 그저 답답하고 원망스러울 때. 사람들은 피곤한 얼굴로 이렇게 중얼거린다. 다 내가 니꼴라 유치원에 다니지 않아서 그래.

남편과 나도 가끔 그런 농담을 한다.

민우는 남자아이 후보 2번으로 접수되었다.

처음부터 아이를 반드시 니꼴라 유치원에 보내야겠다고 생각했던 건 아니었다. 공부를 잘한다면 좋겠지만 그게 아니어도 상관없다 싶었고 만일 잘하는 것이 있다면 그걸 더 키워주고 응원하는 편에 서자고 남편과 이야기했었다. 아이가 네 살 무렵 한글을 다 읽게 되었을 때도, 유별나게 뛰어나다는 생각은 하지 않으려고 노력했다. 집에 한글 카드도 많이 붙여놓고 글자에 익숙해지도록 나름대로 노력을 한 편이었기 때문에 그 득을 보고 있다고 생각했다. 아이가 시내 간판을 읽느라 정신이 없고 앉은자리에서 동화책 한 권을 다 읽어도 과한 의미를 두지 않으려 했다. 하지만 사람들이 똘똘한 녀석이라고 칭찬해주면 기분은 좋았다. 나도 안진 사람이었다. 아이가 칭찬을 들을 때마다 니꼴라 재단에 대해 고심하지 않을 수 없었다. 이어, 역시 안진 사람이라면 대부분 알고 있는 신문사 대표의 어린 시절 일화가 함께 떠오르곤 했다.

대표는 어딘가의 인터뷰에서 스스로 말하길 똑똑한 아이가 아니었다고 했다. 더디게 배웠고 말귀도 늦게 알아들었다. 하지만 부모는 그를 니꼴라 유치원에 보냈고 교사에게 도시의 학교로 보낼 수 있도록 도와달라고 부탁했다. 그들은 옆집 아이가, 코 흘리며 논두렁을 돌아다니고 있으면 불러 세워 소매로 얼굴을 닦아주곤 했던 그 아이가 훌쩍 커서는 마름이랍시고 찾아와 뒷짐을 지고 논에 침을 탁, 뱉던 걸 뼈저리게 기억했다. 이런 식으로 할 거냐고, 농사지을 생각이 없느냐며 반말을 해대던 그 아이는 니꼴라 유치원을 다녔고 도시에서 중학교를 마쳤다. 부모는 자신의 아들도 니꼴라 유치원에 보내면 수모를 갚을 수 있으리라 믿었다. 그는 영특하지는 않지만 끈질기고 인내

심이 강했다. 부모가 그 때문에 빚을 졌다는 것을, 어쩌면 더 큰 빚을
질 수도 있다는 걸 알았다. 실제로 그랬다. 그래서 열심히 했다. 도시
의 중학교에 진학한 그가 수학시간 내내 질문하다 선생님께 혼이 났
지만, 결국 선생님은 교무실까지 쫓아와 끈질기게 묻는 그에게 이해
가 될 때까지 설명을 해줄 수밖에 없었다는 소문이 안진까지 퍼졌다.
물론 혼이 나던 수업시간 내내 머리통을 두들겨맞았다는 이야기는 전
해지지 않았다. 서울에서 대학을 다니던 시절. 그는 가난했고, 고생스
러웠고, 무엇보다 끝이 없을 것 같아 힘이 들었다. 가장 두려운 건 모
든 것이 부질없게 느껴지는 순간이었다. 이렇게 사는 것이 의미가 있
을까. 모두 그만둬버릴까. 그래. 그만두자. 그러면 그는 내려오는 데
네 시간이 걸리는 기차를 타고 안진으로 돌아오곤 했다. 부모님 얼굴
을 잠깐 본 뒤 다시 네 시간 동안 기차를 타고 서울로 돌아갔다. 그러
면 괜찮아졌다. 밥 한끼를 부모님과 함께 먹고 나면 정말 괜찮아졌다.
집을 나서기 직전 어머니가 손에 다급히 쥐여준 누룽지를 보면, 당신
들의 끼니로도 부족한 그 노란 밥알 덩어리를 보고 있자면 반드시 괜
찮아져야 한다는 의무감이 들었다. 쉰이 넘어 안진으로 돌아오자마자
그는 니꼴라 유치원에 장학금을 기부했고 재단을 설립했다. 그의 회
사가 발행하는 신문에는 니꼴라 재단의 장학금을 받은 아이들이 얼
마나 훌륭하게 성장해서 사회에 기여하고 있는지 실렸다. 니꼴라 재
단의 후원을 받고 신문에 이름을 올리는 것이 안진에서는 일종의 자
부심이 되었다. 말년에 그는 신문사나 대학교 강단, 문화센터, 그리고
니꼴라 유치원 졸업식 같은 행사를 돌아다니며 강연을 했다. 그의 마
지막 말은 늘 같았다. 그 아이들은 오래전의 저와 같습니다. 그리고

앞으로의 나 자신과도 같지요. 모두 그렇게 될 겁니다. 학부모들은 박수를 쳤다.

민우는 적어도 그 사람보다는 똑똑하지 않은가.

"그런데 니꼴라 유치원 사실 좀 이상해요. 아시죠?"

재작년, 다니던 유치원에 재등록한 후 참관수업을 하던 날이었다. 아이들이 자유시간에 노는 모습을 지켜보고 있는데 옆자리 여자가 갑자기 속삭여왔다. 버스를 태울 때 두어 번 마주친 적 있는 동네 여자였다. 어디선가 내가 민우를 니꼴라 유치원에 보내려다 실패했다는 이야기를 들은 모양이었다. 나는 민우가 책을 읽는 걸 가만히 지켜보던 중이었다. 내 아이이지만, 내 아이여서 정말 예뻤고 그 예쁜 아이를 보는 순간을 방해받고 싶지 않았기 때문에 나는 가만히 고개를 끄덕이는 것으로 대답을 대신했다. 그 유치원에는 자유시간이 끝날 즈음 교사가 작은 종을 울려 종료를 알리는 규칙이 있었다. 이제 오 분도 남지 않은 상태였다. 나는 여자가 조용히 해줬으면 했다.

"민우는 집에서도 정말 저렇게 책을 읽어요?"

여자가 말을 이었다.

"애들 중에 사람들이 지켜보면 더 잘하는 척하는 경우도 있더라고요."

그런 것에 속아 글자 가르치는 걸 소홀히 했다가 나중에 학교 가서 고생하는 경우도 있다며 여자는 걱정스레 속삭였다. 나는 못 들은 척하려다가 아니라고 대답했다. 여자가 미소를 지었다. 여자가 왜 이런 식으로 말을 하는 건지 나는 모르지 않았다. 소문 때문이었다. 어떤 학부모들 사이에서 내가 민우를 과하게 공부시킨다는 이야기가 나돈다는 걸 얼핏 들은 적 있었다. 심지어 우리 민우가 그 때문에 정신적으로 조금 이상해졌다는 이야기까지 나돌았다. 그런데 바로 옆에 내가 나타난 걸 보고 이 오지랖 넓은 여자는 어떻게든 한마디하고 싶어 견딜 수 없어진 모양이었다. 여자가 빠르게 말을 이었다.

"저는 우리 애가 거의 영재인 줄 알았다니까요."

자기 아이가 세 살 때 블록으로 어떤 형태들을 제법 잘 만들고, 그림도 잘 그리고, 말귀도 잘 알아들어 남다른 아이라고 확신했다고. 그래서 영재교육기관에 데려가 심리검사에 발달검사까지 온갖 테스트를 다 해봤다고 했다.

"거기에 가면요." 여자가 내게 충고하듯 말했다. "진짜로 뛰어난 아이들이 많아요."

그녀는 자신의 아이가 평범한 아이와 비슷한 수준으로 발달하는 중이라는 평가를 받았다고 말했다. 여자는 입을 가리고 웃었다. 그때 진작 알았으니 다행이라고. 자신의 오해 때문에 아이를 과하게 밀어붙이거나 쓸데없는 기대로 주눅이 들게 할 필요가 없어졌으니 말이다. 듣다 못한 나는 결국 다시 한마디 대꾸를 했다.

"우리 애는 진짜로 글자 다 읽어요."

여자가 고개를 끄덕였다. 얼굴에 안타깝다는 표정이 스쳐지나갔다.

"하지만 할 수 있는 만큼만 해야 편하지 않겠어요?"

나는 그 순간 여자에게 심한 말을 쏟아붙이고 싶은 충동이 들었다. 그러나 여자는 내게 말할 틈을 주지 않았다.

"그래서 니꼴라 유치원이니 뭐니 저는 미련 없어요." 여자는 나를 달래듯 말했다. "그리고 그런 소문이 괜히 돌겠어요?"

나는 어처구니가 없었다. 여자가 말하는 소문이란 안진 사람들이라면 거의 알고 있는 이야기였는데 상식이 있다면 신경쓸 가치도 없는 것들이었다. 니꼴라 유치원은 인기가 많았고 그만큼 소문도 많았다. 유난스런 학부모들을 향한 비아냥거림에서 시작된 것일 수도 있었고 자신의 아이가 유치원에 들어가지 못한 것에 대한 앙심으로 누군가가 퍼뜨린 소문일 수도 있었다. 오래된 기관이라 그런지 전래동화나 희귀한 전설에서 들었을 법한 망측한 것들도 있었다. 나도 몇 가지 알고 있었다. 옆에서 여자가 속삭이는 이야기는 처음 들어보는 것이었지만 다른 소문들처럼 똑같이 유치했다. 남의 험담을 도토리처럼 주워모으며 자기 삶이 평온하다는 위안을 얻고 싶어하는 인간이라니, 안쓰러울 지경이었다.

그때 교사가 종을 울렸다. 아이들이 선생님을 향해 고개를 돌렸다. 그런데 민우는 그대로 책을 보고 있었다. 고개를 숙인 채 눈으로 글자를 따라가고 있었다. 교사가 민우에게 다가가 머리를 쓰다듬었다. 아이는 화들짝 놀라며 뒤를 돌아봤다.

옆에서 여자가 피식 웃는 소리가 들렸다.

여자는 그렇게 큰 소리가 날 줄 몰랐던 모양이었다. 내 눈치를 슬쩍 보곤 태연한 척 앞을 보는 것이 느껴졌다. 옆에 앉은 다른 사람들이 이상한 분위기를 감지했는지 나와 여자를 흘깃거리는 눈길도 느껴졌다. 나는 주먹을 쥐었다. 그때 교사가 웃으면서 민우를 교실 앞으로 이끌었다.

교사는 민우에게 방금 보던 책을 엄마들과 친구들 앞에서 한번 읽어줄 수 있느냐고 물었다. 나중에 교사는 그 여자, 진오 엄마가 내게 불편한 말을 하는 걸 들었다고 말했다. 그래서 교사는 민우가 책을 읽는 모습을 보여줄 생각이었다. 만일 아이가 더듬거리거나 어려워하면 함께 읽으면서 도와주려 했다고도 했다. 평소에는 참 잘하는데 긴장해서 그런 것 같다고, 그래도 이 부분은 평소보다 훨씬 잘 읽었다고, 그런 식으로 칭찬을 해주며 분위기를 풀어보려 했다고 말이다. 그 말을 할 때 교사는 민우가 마치 자신의 아이인 듯 자랑스럽게 웃었다.

"하지만 민우가 참 잘했죠."

교사가 시킨 대로 아이가 책을 읽기 시작했다. 또박또박 한 글자도 빠짐없이. 막힘없이. 물 흐르듯. 그건 오래된 신화였다. 자신을 진정 숭배한다면 아이를 제단에 바치라는 신의 부름에 오랜 고민을 하던 남자가 신만큼 사랑하는 아이를 데리고 신전으로 향하는 이야기. 낭떠러지에서 아이를 밀어뜨리려는 순간 깜짝 놀란 신이 다시는 너를 의심하지 않겠다며 그 손길을 막았고 감동한 부자가 신을 위한 기도를 함께 올렸다는 결말.

나는 내 아이가 그것을 모두 읽어내는 것을 보았다. 옆자리 여자의 호흡이 가라앉고 주변 사람들의 시선이 아이에게 집중되는 것을 느꼈다. 그중 몇 명은 나를 바라보기도 했다. 아이들이 부럽고 신기하다는 표정으로 민우에게 시선을 집중했다. 이야기를 다 읽은 민우가 붉어진 얼굴로 사람들을 바라보았다. 나는 아이를 향해 손짓했다. 나를 발견한 아이가 입을 벌렸다. 나는 입 모양으로 최고야, 라고 말해줬고 잘했다는 뜻으로 엄지손가락을 들어주었다. 그러자 아이가 어깨를 움찔, 하며 살짝 수그렸다. 나는 웃음이 나왔다. 그건 아이가 기분이 좋을 때마다 자신도 모르게 하는 행동이었다. 모두 아이를 향해 박수를 쳤다.

돌아오는 길에 나는 민우에게 물었다.

"칭찬받았을 때 어땠어? 좋았어?"

민우는 그렇다고 대답했다. 나는 아이의 손을 힘주어 잡았다. 이 아이에게는 좋은 것들을 더 많이 알려줘야 했다. 지금보다 더 칭찬받을 수 있고, 칭찬받는 자신을 자랑스러워하면서 살 수 있는 날이 무궁무진하다고 일러줘야만 했다. 나는 아이를 위해 뭐든 할 수 있고, 뭐든 해야겠다는 다짐으로 마음이 충만해졌다. 안진에서 내 아이가 갈 만한 곳은 니꼴라 유치원밖에 없었다. 그곳이야말로 민우에게 어울리는 교육을 해줄 것이다. 괜한 시비를 걸어오는 학부모도 없을 것이고 같이 책을 읽을 친구가 없어서 민우가 외로워할 일도 없을 것이다. 민우가 니꼴라 유치원 계단에 앉아 책을 읽는 모습을 상상하자 이미 모든 것이 완벽하게 느껴졌다. 나는 아이의 손등을 엄지로 어루만졌다. 오늘 엄마는 민우가 정말 자랑스러웠다고, 이렇게 기분좋은 날은 없었다고 가만히 속삭였다. 아이는 부끄러운 듯 웃더니 어깨를 살짝 수그렸다. 행복했다.

그런데 올해 또 정원 모집에서 떨어진 것이다. 아이는 일곱 살이었다. 유치원을 다닐 마지막 나이였다. 두번째 후보라니 더 속이 탔다. 겨울 내내 나는 다른 방법이 없는지 계속 찾았다. 정원에 포함된 아이 중 그만두겠다는 사람은 없는지, 혹시 두번째 후보까지 기회가 돌아온 경우는 없는지. 그러나 돌아오는 말은 대부분 회의적이었다.

봄이 오고 있었다.

이제 지녁 다섯시. 집으로 전화가 걸려왔다. 싱대 안쪽을 긁어내는 듯 잔뜩 쉬어 갈라진 목소리였다.

그녀는 내게 아직도 민우를 니꼴라 유치원에 입학시킬 생각이 있느냐고 물었다.

니꼴라 유치원 건물 내부는 옛날식 붉은 벽돌로 이루어져 있었다. 여러 번 확장 공사를 한 것으로 알고 있는데 최신식 건물이라는 느낌이 별로 없었다. 오래된 본관 분위기와 어울리도록 옛날식 붉은 벽돌을 주문해 공사를 한다더니 정말인 모양이었다. '니꼴라'라는 이름과 어쩐지 잘 어울렸다. 본래는 천주교 교인들에 의해 지어진 오층짜리 서양식 건물이었다. 현관에는 커다란 아치형 문이 있었고 층마다 미닫이 창문이 조그맣게 나 있었다. 건물 꼭대기에는 첨탑이 허공을 날카롭게 찌르듯 솟아 있었다. 안진에서 가장 오래된 건물 중 하나였다. 초대 원장이 자신은 천주교와 아무 관련이 없으면서도 '니꼴라'라는 이름을 유지한 이유는 안진에서 이 건물이 갖는 역사와 의미를 알고 있었기 때문이었다. 니꼴라 유치원은 이 고장의 익숙하고 오래된 어떤 느낌을 고스란히 갖고 있었다. 달라진 점이 있다면 일층 현관 옆 원장실의 벽면이 벽돌 벽이 아니라 밖이 훤히 보이는 유리벽이라는 점이었다.

"혹시 담쟁이가 없어서 서운하세요?"

벽 너머를 물끄러미 바라보고 있는데 원장이 장난스럽게 말을 걸어왔다. 나는 웃으며 고개를 저었다. 원장실 안에서는 유치원 앞뜰이 한눈에 보였다. 작은 놀이터와 그 아래 모래밭, 수돗가까지 보였다. 원장은 아이들이 노는 모습이 멀리까지 보여 마음이 편하다고 했다. 그러더니 그녀는 "이 유리벽에도 담쟁이덩굴이 자라면 어쩌죠?" 하고 다시 농담을 건네왔다. 나는 다시 웃었다. 그건 건물 전면을 뒤덮고 있는 담쟁이덩굴에 대한 소문을 말하는 것이었다. 붉은 벽에 푸른 줄기가 돋아난 것 같은 니꼴라 유치원의 외관은 나름 볼만한 풍경이었다. 그런데 언제부터인가 건물 전체를 감싼 담쟁이덩굴이 벽면 안쪽까지 파고들어갔다는, 그래서 유치원 안쪽 벽이 담쟁이덩굴로 모두 얽혀 있다는 소문이 돌았다. 그림 형제가 썼을 법한 동화 같은 이야기였다. 나는 재미있다고 생각했다. 마녀가 주문을 걸어 굵고 푸른 나무 줄기로 거대한 성을 뒤덮어버렸다는 옛날이야기도 떠올랐다. 아이들이 우글우글 모여 있는 유치원에서 나올 법한 귀여운 소문이었다. 동화 속 성벽 같은 건물을 돌아다니는 기분은 어떨까. 내가 니꼴라 유치원을 다녔다면 조금 독특한 정서를 갖게 되지 않았을까. 부러운 기분까지 들었다.

"그럼 입학 결정하신 거죠?"

원장의 목소리에 나는 시선을 움직였다. 전화로 들은 설명 그대로였다. 한 아이가 유치원을 그만두게 되었고 정원이 비어서 민우에게 연락을 했다는 이야기. 지난 저녁, 나는 곧장 좋다고 대답했다. 내일 민우와 함께 유치원에 찾아갈게요. 그러나 남편은 의심스러워했다. 우리 애는 후보 2번인데 순서가 첫번째 아이가 아니라 민우에게 왔다는 거야? 정말로 유치원 원장하고 통화한 거 맞아? 나는 그렇다고 대답했지만 사실 전화를 건 여자가 유치원 원장이라고 소개를 했는지 아닌지 기억나지 않았다. 정원이 비었다는 말을 듣자마자 알겠다고 대답하느라 정신이 없었던 것이다. 나는 남편에게 신경쓸 필요 없다고 덧붙였다. 설마 니꼴라 유치원 정도 되는 곳에서 실수를 하겠나 싶었다. 그리고 원생을 받는 일인데 당연히 원장이 전화를 했겠지. 나는 아무것도 묻지 말고 일단 흘러가는 대로 있자고 했다. 이것저것 따지다가 긁어 부스럼 만들고 싶지 않았다. 그리고 만일 정말로 유치원 쪽의 실수라면 이걸 핑계로 진짜 입학을 우겨볼 수 있을지도 몰랐다. 그러자 남편이 한심하다는 말투로 대꾸했다. 꼭 그렇게까지 해야겠어? 나는 남편에게 화를 냈다. 애를 나 혼자 키워? 나만 혼자 발 동동 구르고 여기저기 뛰어다니는 동안 당신은 뒷짐지고 있겠다는 거야? 그러다 애 잘되면? 그때는 무슨 말 할 거야? 그렇게까지 열심히 안 했다고? 그럴 필요 없었다고?

결국 남편은 내게 알아서 하라고 대답했다. 대신 만만하게 보이지 말라는 말을 덧붙였다.

"다녀야죠."

나는 원장에게 대답했다. 그녀의 얼굴에 미소가 떠올랐다. 사십대 중반이라는 원장은 몸에 딱 붙는 초록색 원피스를 입고 있었는데 나이보다 훨씬 젊어 보였다. 단발머리는 안쪽으로 둥글게 드라이되어 있었고 머리카락 사이로 하얀색 진주 귀걸이가 보였다. 분홍색 입술이 옆으로 움직일 때마다 볼에 엷은 주름이 살짝 잡혔다. 좋은 사람이라는 느낌이 들었다. 전화로 들었던 것과 달리 목소리는 굉장히 밝고 톤이 높았다. 말을 많이 하는 직업이니만큼 수업이 끝나는 오후가 되면 목소리가 많이 쉬는 모양이었다. 그런데 갑자기 원장의 얼굴에 진지한 표정이 떠올랐다.

"그런데요. 어머님."

나는 긴장했다. 원장이 말을 이었다.

"그 소문 다 거짓말인 거 아시죠?"

순간 조바심이 났던 나는 숨을 길게 내쉬었다. 착오가 있었다는 말이 나올지도 모른다는 생각에 마음을 졸였던 것이다. 아니면 원비가 인상되었다거나 아이 수준을 테스트해봐야 한다는 식의 말이 나올까봐 긴장하고 있었다. 그런데 그 소문이라니. 마음이 진정되면서 예상치 못한 이야기에 헛웃음이 나왔다. 말도 안 되는 소문이었다. 누구도 믿지 않을 거라 여겼기 때문에 신경쓰지 않았는데 당사자에게 직접 듣게 되다니 놀라웠다. 역시 본인 입장에서는 신경이 쓰이는 모양이었다. 원장은 당연히 거짓말이지만 간혹 사실 여부를 물어오는 학부모들이 있어서 요즘 먼저 이야기를 꺼내고 있다고 했다. 나는 대답했다. 그런 이야기는 한 번도 심각하게 생각한 적이 없다고, 우습고 질 낮은 괴소문이라고. 원장이 미소를 지었다.

"그러실 줄 알았어요."

착한 일을 한 아이에게 칭찬을 건네는 것 같은 부드럽고 다정한 말투였다. 순간 나는 묘한 기분이 들었다. 마치 내가 유치원을 의심하지 않을 사람이라는 걸 처음부터 알고 있었다는 말처럼 들렸던 것이다. 갑자기 만만하게 보이지 말라던 남편의 말이 떠올랐다.

원장이 고개를 낮추며 내 옆에 앉은 민우를 바라보았다.

"민우야?"

얌전히 앉아 있던 민우가 슬쩍 고개를 들어 그녀와 시선을 마주했다. 웬일인지 곧장 고개를 돌리지 않았다. 민우는 낯을 많이 가렸다. 처음 어린이집에 갔을 때도 아이들과 쉽게 친해지지 못하고 겉돌아서 걱정을 많이 했다. 아이가 종일 잘 놀았다는 교사들의 대답도 의심스러웠다. 아이를 대충 돌보는 것 같다는 느낌 때문이었다. 한 아이에게만 계속 신경을 쓸 수 없다는 건 알지만 미덥지 않은 건 어쩔 수 없었다. 아이를 진심으로 걱정한다기보다 적당히 사무적이거나 지나치게 친절하다는 느낌이었다. 게다가 나에게 친절하게 대하는 것만으로는 좋은 선생님인지 아닌지 판단할 수 없는 일이었다.

원장이 다시 민우를 불렀다. 주먹 쥔 손을 아이 앞에 내밀었다. 투명한 매니큐어를 발랐는지 손톱이 빛에 하얗게 반짝였다. 민우의 눈에 호기심이 어렸다. 원장이 천천히 손을 펼쳤다. 아이의 얼굴에 반가움이 떠올랐다. 원장의 손바닥에 놓인 것은 갈색빛이 나는 조그마한 쿠키였다. 작고 동그란 쿠키의 바삭한 표면이 먹음직스러워 보였다. 마술 같았다. 원장이 언제 저 쿠키를 집어든 건지 나도 신기했다. 아이가 쿠키를 입에 가져갔다. 한입 베어물고 다시 입으로 가져갔다. 웃었다. 맛이 좋은 모양이었다. 원장은 책상으로 걸어가더니 분홍색 단지의 뚜껑을 열고 같은 모양의 쿠키를 하나 더 꺼냈다. 아이의 시선이 원장의 손끝에서 떨어지지 않았다. 원장은 두번째 쿠키를 건네며 아이의 오동통한 손바닥을 엄지로 슬며시 문질렀다. 아이가 웃었다. 오래전 동화 같은 이야기들 속에 등장하는 요정이나 마법사를 보는 기분이었다. 원장이 내게 눈길을 돌렸다. 소문에 대해 이야기할 때처럼 그녀는 목소리를 슬쩍 낮춰 속삭였다.

"말 좀 듣게 하려고 제가 여기에 뭘 좀 넣었거든요."

분홍색 입술이 양쪽으로 크게 벌어졌다. 농담이라는 걸 알지만 이 말에 웃어야 하는 건지 정색해야 하는 건지 헷갈렸다. 갑자기 이번의 그 소문과는 전혀 관계없는, 오래도록 안진에 떠돌던 다른 소문이 떠올랐다. 원장이 유치원을 운영하는 사람답지 않게 외모를 과하게 꾸미고 다닌다는 이야기였다. 학부모 총회를 하는 날 흰색 블라우스를 입고 나타나서 사람들을 경악시켰다고 했다. 안에 민소매를 입지 않아 검은 브래지어가 훤히 보였다는 것이다. 그리고 며칠 후 어떤 아이가 집에 돌아오자마자 원장 선생님이 예쁜 걸 보여주겠다며 자신의 치맛자락을 들어올렸다고, 그러면서 엄마는 왜 초록색 팬티를 입지 않느냐고 물었다는 이야기가 돌았다. 하지만 그 아이가 누군지, 그 학부모 총회도 언제 열린 건지 아는 사람이 없었다.

나는 원장의 몸을 슬쩍 살펴보았다. 몸에 딱 달라붙는 옷 덕분에 나이답지 않은 날씬한 몸매가 그대로 드러나 있었다. 나는 궁금해졌다. 원장은 자신을 둘러싼 소문을 알고 있을까. 모르지는 않을 것이다. 불쾌하고 우스꽝스럽고, 그런 소문이 돌도록 상황을 만든 것 같아 수치스럽겠지. 원장이 지금껏 아무 말 하지 않은 것도 이해가 됐다. 누구도 믿어주지 않을 텐데 설명할 일이 구차할 것이다. 그래서 나 역시 민우를 둘러싼 소문에 대해 아무 말 하지 않는 거니까. 그때 원장이 다시 아이의 손을 잡았다.

"민우야." 원장이 내 아이를 불렀다. "오늘부터 유치원 다닐까?"

아이가 고개를 끄덕였다. 그리고 원장은 내게 입학 동의서를 내밀었다. 그녀가 손가락으로 서명란을 가리켰다. 굳이 설명할 필요 없지 않으냐는 듯 자연스럽고 당당한 몸짓이었다. 내가 또 오해하는 것일까. 하지만 당혹스런 기분은 쉽게 가라앉지 않았다. 혹시 원장은 나를 대하기 쉬운 학부모로 여기는 것은 아닐까. 어쩌면 원장은 내가 매일 니꼴라 유치원에 입학할 다른 방법을 찾아다녔다는 말을 들었을지도 모른다. 어쩌면 내가 아이 교육이라면 분수도 모르고 나서는 엄마라는 소문도 들었을지 모른다. 자기 분수도 모르고. 사람들은 정말로 그렇게 이야기했다. 몰라서 그렇지 안 해본 학습지가 없다더라. 그런데 시키는 거에 비하면 민우는 별 볼 일 없다던데. 걔가 좀 둔하대. 내가 아닌 남의 아이가 훌륭하게 자라는 일에 대해 사람들은 호의적이지 않았다. 갑작스레 후회가 밀려왔다. 내가 니꼴라 유치원에 대한 믿음을 너무 간절히 보여준 걸까. 그 소문을 믿지 않는다고 너무 쉽게 말해준 걸까. 다시금 남편의 충고가 떠오르며 정신이 날카롭게 섰다. 학부모가 쉽게 보이면 아무리 좋은 선생님이라도 아이에게 신경을 덜 쓰게 되는 법이다. 남편의 말대로 '그렇게까지' 하면서 아이를 니꼴라 유치원에 보내려고 하는 건 겨우 이런 대우를 받기 위해서가 아니었다. 나는 서명하지 않았다. 고개를 들자 유리벽 너머 반대쪽 건물 입구에 붓글씨로 적힌 오래된 현판이 보였다. '내 아이를 가장 귀한 사람으로.'

"그런데요 원장님."

나는 원장에게 딱딱한 말투로 물었다. 정원이 한 명 비는데 왜 첫번째 후보가 아닌 우리 민우에게 차례가 온 것이냐고. 첫번째 아이는 왜 다니지 않는 것이냐고.

"아, 그 아이요."

원장이 심각한 말투로 대답했다. 개인 사정이라 말하기 곤란하다며 말끝을 흐렸다. 나는 원장을 똑바로 바라보았다. 그녀는 고개를 살짝 옆으로 돌려 내 시선에서 조금 비켜난 곳을 보더니, 그 아이에게 어쩔 수 없는 사정이 있었다고 말했다.

"아파요."

사고나 병은 아닌데 몸이 안 좋아서 다닐 수 없게 되었다고. 그애 엄마도 정말 아쉬워했지만 어쩔 수 없이 그만두게 되었다고 했다.

"어디가 아픈 건데요?"

나는 조심스럽게 물었다. 원장은 죄송하지만 남의 일이라서 자세히 말씀드릴 수가 없다고 대답했다. 그러면서 다시 손가락으로 서명란을 가리켰다.

"여기에 서명하시면 돼요."

영화 속 대사를 읊는 듯 말투가 어색하고 딱딱했다. 그러더니 원장의 말이 갑자기 빨라졌다. 그 소식을 전해 듣고서 인연이라는 것이 정해져 있다는 걸 알게 된 것 같다고. 그애가 그만두지 않았다면 어떻게 이렇게 민우를 만났겠어요. 원장은 내가 서명을 마치면 아이와 함께 유치원 내부를 둘러보자고 말했다. 아이가 생활할 교실과 화장실, 급식실, 놀이터를 안내해주겠다고 했다.

"저희 급식이 유명한 건 아시죠?"

원장의 말투는 여유 넘치던 조금 전과 달리 무척 다급하게 느껴졌는데 짧은 시간 안에 물건을 판매해야만 하는 영업사원을 보는 것 같았다. 원장은 손끝으로 서류를 밀어 내 앞에 가까이 놓아주었다. 그 순간이었다. 나는 원장의 손목에서 빨갛게 덴 것 같은 자국을 보았다. 뜨겁고 둥근 인두 조각이 손목 위를 달구고 떨어져나간 듯한 그 선명하고 붉은 자국을.

양슬기. 거짓말쟁이 년.

국민학교 일학년 내내 나는 한글을 잘 읽지 못했다. 제대로 다 배우지 못하고 입학했기 때문이다. 부모님은 학교에 가면 나머지를 배우게 될 거라고 여겼다.

일학년 때 담임이었던 진선생님은 읽기시간이면 내게 교과서를 읽게 시켰다. 수능시험 날, 언어영역만을 보고 시험장에서 나와버린 나는 차갑게 흩날리는 운동장의 모래알을 울음과 함께 삼키며 진선생님이 죽는 걸 보고 싶다고 생각했다. 수업시간마다 진선생님은 내가 제대로 못 읽는 만큼 더 읽게 시켰고 아이들은 웃었다. 나는 혼자였고 외로웠다. 다른 아이들은 앞뒤를 꽉 채운 쪽지도 주고받고 만화책 대사도 바꿔 적으며 낄낄대는데 나는 아무것도 못했다. 쟤는 왜 저렇게 멍청해? 내 뒤에서 양슬기가 말했던 걸 똑똑히 기억한다. 그러나 난 늘 슬기와 함께였다. 그애만이 내게 말을 걸어줬기 때문에, 무조건 네 말이 맞다고 대답하면 다른 아이들이 나를 괴롭히는 걸 막아줬기 때문에. 그애 아빠는 안진의 경찰서장이었고, 그래서인지 선생님들은 슬기에게 정의롭다고 칭찬했으며, 슬기는 역시 그런 아이답게 마음에 드는 아이들에게만 과자와 아이스크림을 사주었고, 사실은 지독한 거짓말쟁이였다. 슬기는 말했다. 니꼴라 유치원에서는 아무도 이를 안 닦아. 대신 아침마다 치약 풍선껌을 줘. 치약을 짜서 입에 넣으면 껌처럼 변해. 그게 입안에서 풍선껌처럼 부풀거든. 본 적 없지?

나는 글자를 못 읽는 거지 말을 못 알아듣는 것이 아니었다. 그러나 슬기의 모든 말에 고개를 끄덕였다. 어느 날 슬기가 또 말했다. 거기 정신병자가 있었어. 진짜 엄청나게 천박해 보였어. 천박하다는 말을 들을 때 아이들 표정이 상기되었다. 우리는 여덟 살이었고 그런 말을 할 때면 몰래 불량식품을 사 먹을 때처럼 은밀한 기분을 느꼈다. 그 여자가 한글 가르치는 시간이 제일 무서웠어. 미호 알지? 걔는 기절했어.

그 선생님은 아이들이 글자를 외우지 못하면 회초리를 공중으로 높이 들어올려 자신의 왼쪽 손목을 향해 힘껏 내리쳤다. 내리치고 내리치다보면 손목에 붉은 줄 여러 가닥이 그어졌다. 그녀는 왜 못 알아듣는 거냐고 소리를 질렀다. 겁에 질린 누군가가 울음을 터뜨리면 더 세게 손목을 내리쳤다. 그러면 누구도 더 울음을 이어나갈 수 없었다. 자기들 때문에 선생님이 죽거나 다칠까봐 너무 겁이 나서. 고요해진 아이들이 지켜보는 가운데 그녀는 회초리를 책상에 얌전히 내려놓으며 너희가 정말 지겹다고 말했다.

그런데 나 그 선생님 죽은 거 봤다.

유치원에 일찍 도착한 날이었다. 슬기는 반에 들어가자마자 책상 위에 왼팔을 뻗은 채 엎어져 있는 선생님을 목격했다. 슬기는 선생님이 피곤해서 잠이 들었다고 여기고 살금살금 옆으로 다가가 조용히 앉았다. 선생님은 아무 반응이 없었다. 얼마가 지났을까. 무심코 선생님의 어깨를 짚은 슬기는 깜짝 놀라 일어섰다. 딱딱했다. 선생님의 몸은 교실 창가에 일렬로 줄을 세워놓은 석고상들처럼 딱딱했다. 그녀는 죽어 있었다. 쭉 뻗은 팔목에 선명하게 그어진 붉은 선들이 슬기의 눈에 박혔다.

여기가 빨갛게 되어 있었어.

슬기가 검지로 손목을 스윽, 자르듯 문질렀다.

그때 나는 궁금해졌다.

왜였을까.

나는 왜 갑자기 그런 게 궁금했던 걸까.

나는 물었다.

버스에서 애들이랑 같이 안 내렸어? 왜 너 혼자 있었어?

왜 물어봤을까. 거짓말 들키는 것을 싫어한다는 걸 알면서.

내가 잘못한 것이 아니라 슬기가 못된 짓을 한 거라는 걸 인정하는데 아주 오랜 시간이 걸렸다.

슬기가 내게 쏘아붙였다.

니꼴라 유치원은 원래 그래. 네가 뭘 알아?

아이들은 그것이 내게 말을 걸어서는 안 된다는 신호라는 걸 단번에 알아차렸고 그렇게 했다. 아침에 학교에 가면 아무도 나를 돌아보지 않았다. 그건 매분 매초 읽을 수 없는 글자를 읽기 위해 교실 한가운데 혼자 서 있는 것과 같았다. 이 시간이 영원히 계속되면 어쩌지? 나는 선생님께 말하고 싶어서 일기에 썼다. 슬기는 거짓말을 한다. 아이들에게 나와 놀지 말라 했다. 그래, 알아볼 수 없는 문장이었을 것이다. 도저히 읽을 수 없는 문장이었을 것이다. 그래서 그랬겠지. 모두 내가 한글을 읽고 쓰지 못해서 그런 것이다. 내 잘못이다. 진선생님은 일기의 모든 문장에 빨간 줄을 그어 돌려주었다.

민우를 가졌다는 걸 알았을 때, 나는 아이에게 해줄 수 있는 건 모두 해주는 부모가 되고 싶다고 남편에게 말했다. 민우가 하고 싶은 걸 다 하면서 살았으면 좋겠다고, 그리고 할 수 있는 건 모두 다 잘하는 사람이 되었으면 한다고. 삶에 무슨 일이 일어나도 자기가 못난 인간이기 때문이라는 생각 따위는 하지 않는 사람으로 자랐으면 좋겠다고.

"어디 다치신 건가요?"

나는 원장의 손목에서 눈을 떼지 못하고 물었다. 원장이 다른 손으로 상처를 덮으며 별것 아니라고 대답했다. 그 순간 나는 원장의 나이를 가늠해보았다. 사십대 중반이라고 했으니 나보다 열다섯 살 정도가 많은 것이고 그렇다면 내가 여덟 살 때 이십대 초반이었을 것이다. 이십대 초반이었다면 유치원에서 충분히 선생님으로 채용될 수 있다. 이런 연상들이 떠오르자 마음이 스산해지는 동시에 스스로가 황당했다. 어릴 적 일을 이렇게까지 기억하다니, 내가 지금 왜 이렇게 예민한지 이해할 수 없었다. 피곤했다. 더군다나 원장의 상처는 작고 둥글었다. 어차피 말이 되지 않는다. 그런데 어릴 적 바로 그날처럼 나도 모르게 말이 흘러나왔다.

"니꼴라 유치원에서만 계속 일하셨어요?"

"거의 그런 셈이죠." 원장이 대답했다. "어머니가 중학교 때부터 일 배우라고 성화셨거든요."

원장은 미소를 지으며 자신은 운이 좋은 편이었다고 말했다. 적성에 잘 맞았다고 말이다.

"다행히도 저는 지겨웠던 적이 없어요."

원장이 민우의 손을 움켜잡았다.

"민우야."

그녀가 내 아들에게 말했다. "니꼴라 유치원 기대되지? 그렇지?"

원장이 민우의 손을 잡은 채 나를 돌아보았다. 그녀의 시선이 아직 서명하지 않은 내 손끝에 살짝 머물렀다. 민우도 그녀가 바라보는 곳을 따라 고개를 들어올렸다. 모두의 시선이 내 손가락 끄트머리에서 얽혀들었다. 문득 그녀의 뜻대로 해줘야 할 것 같은 기분이 들었다. 그러면 이렇게 한쪽에 혼자 서 있는 느낌을 지울 수 있을 것 같았다.

그때였다. 갑자기 원장실 문을 쾅쾅 두드리는 소리가 났다. 손님이 온 모양이었다. 나는 정신을 차리고 서류를 내려다봤다. 민우와 함께 이 유치원에 와 있는 이유와 그간 애쓴 일들이 떠올랐다. 남편과 나는 대출금을 갚는 것 외에 민우 앞으로 된 적금을 붓고 있었다. 나중에 아이가 부족한 과목이 생겨서 과외를 시키거나 수업료가 비싼 학원에 보내게 될 때를 대비한 저축이었다. 민우는 앞으로 뭘 하게 될까. 혹시 법대에 간다고 하지는 않을까. 아니면 운동이나 요리를 하고 싶다고 하지는 않을까. 아이의 미래를 그려보며 남편과 나는 자주 웃었다. 가능한 한 순조롭게 살았으면 좋겠다고 그렇게 살도록 가르쳐주고 싶다고 몇 번이나 말했었다. 그 시작이 니꼴라 유치원이 되기를 얼마나 간절히 바랐던가. 재단 후원을 받게 된다면, 신문에 이름을 올리게 된다면. 그 계획을 실천할 순간이 막상 다가왔는데 나는 말도 안 되는 이유로 망설이고 있었다. 갑자기 걱정이 많아져 머릿속이 복잡해진 모양이었다.

나는 서류에 서명했다.

문밖에서 목소리가 들려왔다.

"원장님 안에 없어요?"

잔뜩 쉬어 갈라지는 소리였다. 성대 안쪽을 긁어내는 듯 투박하고 거칠었다. 원장이 문을 향해 빠르게 걸어갔다. 원장이 문고리를 잡고 비틀었다. 문틈으로 목소리가 비집고 들어왔다.

"그애 엄마 왔어요?"

나는 허리를 꼿꼿이 세웠다. 그건 들은 적이 있는 목소리였다. 어제저녁 집으로 걸려왔던 전화 한 통. 내 귀를 파고들었던 날카로운 목소리.

민우 엄마세요? 나는 대답했었다.

네, 제가 민우 엄마 맞는데요.

문득 이상한 기분에 고개를 옆으로 돌렸다. 자리에 민우가 없었다. 급히 주변을 둘러보았다. 저멀리 아이의 작은 손이 책상의 분홍색 단지로 향하는 것이 보였다. 아이가 단지의 뚜껑을 집어올렸다. 나는 소리를 질렀다.

"민우야!"

움찔 어깨를 수그리며 나를 돌아보는 아이의 손에 쿠키 한 주먹이 들려 있었다. 내가 뭐라고 하기도 전에 아이가 쿠키를 입에 가득 욱여넣었다. 단지 뚜껑이 바닥으로 떨어졌다.

냄새가 났다. 오래된 아파트 현관에서 나는 듯한 묵은 곰팡내. 퀴퀴한 냄새가 나와 아이 앞으로 밀려들었다. 여자는 지긋이 우리를 바라보고 서 있었다. 모르는 사람에게 평가당하고 있다는 불편함과 창피함 때문에 화가 났다. 이제껏 민우는 남의 물건에 손을 댄 일도 없었고 그래도 된다고 가르친 적도 없었다. 식탐이 많은 아이도 아니었다. 오히려 뭔가를 제대로 욕심내는 일이 없어서 염려스러운 편이었는데 갑자기 이렇게 남의 먹을 것에 손을 뻗다니, 창피했다. 내가 아이에게 먹을 걸 제대로 안 챙겨주는 엄마로 보이는 건 아닌지 아니면 아이를 잘 다루지 못하는 엄마로 보이는 건 또 아닌지 걱정들이 얽혀들었다. 내 아이이지만 이렇게 영문 모르는 행동을 할 때면 미칠 것 같은 기분이 들었다.

"어휴. 그러니까 너무 맛있게 만들지 마."

여자가 원장에게 호들갑스레 말하며 소파에 앉았다. "그러니까 그런 이상한 이야기가 나돌잖아요."

원장의 얼굴에 떠오른 어떤 표정 때문에 나는 그녀가 여자를 반기지 않는다는 걸 알 수 있었다. 그러나 특별히 제지하지 않는 것을 보니 함부로 대할 사람은 아닌 모양이었다. 그런 생각을 하는 동안 조금 전까지 뒤통수에 꺼림칙하게 붙어 있던 의심이 사그라졌다. 여자의 목소리를 계속 들어보니 비슷한 말투에 익숙한 목소리이긴 했지만 어제 통화한 사람은 아닌 듯했다. 내가 착각한 것 같았다. 몇 마디 대화를 나누어본 것만으로 상대에 대해 확신할 수는 없는 일이었다.

"다섯시에 오시기로 했잖아요."

여자는 원장의 딱딱한 목소리를 들은 척도 하지 않았다.

어쨌든 여자는 무언가 이상했다. 과하게 들떠 보이는 분위기 때문인지 아니면 수분이 부족해 보이는 푸석한 얼굴 때문인지 모르겠지만 전체적으로 괴이한 인상을 풍겼다. 볼 부근의 화장은 들떠서 버짐처럼 번져 있었고 눈두덩이 푹 들어가 피곤해 보였는데 그 부분에 보라색 아이섀도를 진하게 칠해서 꼭 얼굴에 구멍이 파인 것처럼 보였다. 하지만 단순히 화장 때문에 그런 이상한 느낌이 드는 건 아니었다. 나는 여자를 가만히 바라보았다. 여자 역시 나를 보며 미소를 지었다. 그 순간 나는 여자의 눈에 속눈썹이 하나도 없다는 걸 발견했다.

"내가 여기 10회 졸업생이에요."

여자가 말하며 옆에 서 있는 원장의 손을 살짝 잡았다. 원장이 그 손을 조심스레 뿌리쳤다. 그리고 내게 이제 중요한 일은 끝났고 밖에 나가면 기다리고 있는 교사가 민우와 내게 유치원 내부를 안내해줄 거라고 말했다.

"지금 수업시간이잖아. 누가 안내해?"

여자가 원장과 나의 대화에 끼어들었다. 여자는 다 준비되어 있다는 원장의 대답에도 아랑곳없이 자신이 안내해주겠다고 말했다. 그녀는 니꼴라 유치원에 대해서는 제일 잘 알고 있다고 떠들더니 갑자기 목소리를 낮췄다.

"왜 그 고양이 묻었다는 이야기 알죠?"

옆에서 원장이 한숨을 쉬었다. 그 역시 나도 들은 적이 있는 이야기였다. 한때 유치원 뒤뜰 어딘가에 죽은 고양이떼가 묻혀 있다는 소문이 돌았다. 밤낮을 가리지 않고 유치원 안으로 숨어들어 추위와 더위를 피하고, 음식물 쓰레기통을 뒤적거리는 고양이들이 있었다. 소문에 등장하는 그 아이는 고양이들이 못마땅했다. 아이는 농사짓는 할머니 집에서 몰래 가져온 약을 음식에 섞어 고양이들에게 먹여 죽인 후, 그 사체들을 모두 뒤뜰에 파묻었다. 아이의 열 손가락 손톱에 흙이 잔뜩 끼어 있는 것을 이상하게 여긴 엄마가 무슨 일이 있었느냐고 물으니, 촉감수업 때 뒤뜰로 나가 오후 내내 흙을 만졌다고 태연히 대답했단다.

원장은 다시 한숨을 쉬었다. "지긋지긋하네요."

지금껏 나긋나긋하던 원장의 목소리라고는 믿을 수 없을 정도로 신경질적이고 날카로운 말투였다. 원장은 헛기침을 해서 목을 가다듬었다. 그러고는 니꼴라 유치원은 절대 그런 곳이 아니라고 단호히 말했다. 내게 말하는 건지 여자에게 일침을 놓는 건지 알 수 없었다. 여자가 그 말을 막았다.

"아니긴 뭐가 아니야?"

여자가 이야기를 이어나갔다. 그때 여자는 소문을 듣자마자 사체를 파묻었다는 장소를 찾았다. 매일 아이들이 드나드는 놀이터에서는 조금 떨어진 곳일 거라 생각했다. 또한 손가락으로 팔 수 있을 정도로 흙이 부드러웠다는 말에 습기가 많고 그늘진 곳일 거라 추측했다. 며칠 관찰한 끝에 여자는 그곳이 뒤뜰이 아니라 이 유리벽 너머로 훤히 보이는 저 끄트머리 쪽, 사람들이 잘 지나다니지 않는 나무 뒤쪽이 분명하다고 확신하게 되었다. 그리고 파보았다.

"세상에, 정말 바로 거기였어요."

그렇게 말하며 여자가 검지를 들어올렸다. 손가락으로 내 눈앞에 무언가 묘사하듯 작은 동그라미를 그렸다. 원장이 더는 참을 수 없다는 말투로 여자에게 쏘아붙였다.

"제정신이에요? 적당히 좀 하세요."

원장의 목소리 틈에서 손톱으로 칠판을 긁어내는 것 같은 쇳소리가 흘러나왔다. 그 소리에 민우가 놀라는 것이 느껴졌다. 나는 아이의 어깨를 감싸안았다. 아무래도 우리가 계속 있을 자리가 아닌 것 같았다. 나가보겠다는 말을 남기고 아이와 일어서려는데, 여자가 내 팔목을 잡았다.

"내가 안내해준다니까."

속눈썹이 없는 눈꺼풀이 나를 향해 깜빡였다. 알 수 없는 역겨움이 갑자기 목구멍으로 치솟았다. 여자가 말했다.

"이건 돈 안 받아. 걱정 말아요."

"네?"

원장이 여자의 팔을 잡아당겼다. "그만해요."

그러더니 다른 손으로 전화기를 들고 번호를 눌렀다. 누군가를 부르는 모양이었다. 여자는 그러거나 말거나 아무 상관 없다는 듯 내게 다가오더니 귀에 속삭였다. "내 덕을 본 애들이 좀 많아." 여자의 입김이 내 볼에 뜨겁게 닿았다.

"경찰서장 딸 알지?"

나는 여자의 얼굴을 마주보았다. 여자는 이제 내게 입을 맞출 듯이 다가왔다. 한 달 전부터. 매일매일. 이 앞에 서 있었어. 매일 줄을 섰어. 그렇게 대신 줄을 섰고 그 아이를 첫번째로 정원에 접수시켰지.

"지금 걔가 어떻게 사는지 알아?"

그 순간이었다. 건물 안쪽을 흔드는 듯한 종소리가 들려왔다. 오래된 성당의 거대한 종이 흔들릴 때나 들릴 법한 깊고 큰 울림이었다. 마치 종 안에 들어와 있는 것 같았다. 동시에 유리벽 밖에서 웅성거리는 소리가 번져오는가 싶더니, 검은 옷을 입은 조그만 아이들이 건물 밖으로 뛰어나왔다. 검은 바둑알이 통 안에서 와르르 쏟아지는 것처럼 수십 명의 아이들이 놀이터를 향해 한꺼번에 뛰었다.

민우가 무언가에 홀린 듯 유리벽을 향해 다가갔다. 아이가 양 손바닥을 투명한 벽에 올렸다. 손이 닿은 곳 저편에 아이들이 있었다. 그 중 누군가가 이쪽으로 손을 흔들고 있었다. 그러나 자세히 보니 그건 원장실로 보내는 손짓이 아니었다. 같은 옷을 입은 아이들이 서로를 부르는 신호였다. 그러나 민우는 아이들이 자신을 부르고 있다는 듯 손바닥으로 유리벽을 만지작거렸다. 마치 아이들이 자신을 돌아봐주기를 바라는 것 같았다. 함께 어울리고 싶은 아이들을 향해 민우는 양손을 흔들었다. 하지만 누구도 민우 쪽을 바라보지 않았다. 민우는 세차게 흔들던 손을 갑자기 주머니에 넣더니 무언가를 꺼냈다. 그건 원장의 단지 안에 들어 있던 쿠키였다.

민우가 쿠키를 손에 들고 흔들기 시작했다. 그것으로 저 아이들을 불러들일 수 있다는 듯이, 아이는 유리벽을 두드리며 쿠키를 든 손을 흔들었다. 그 모습에 나는 아이가 할 일을 다 마칠 때마다 과자를 주는 걸 못마땅해하던 남편의 표정이 떠올랐다. 그 일로 나와 남편은 또 싸웠다. 남편은 민우가 보상을 받는 법을 벌써 배울 필요 없다고 말했고, 나는 남편이 주장하는, 그러니까 어떤 보상 없이도 무언가를 하고 싶다는 마음이 우러나야 한다는 말 자체를 이해하지 못했다. 목소리를 높이던 끝에 나는 결국 남편에게 일부러 말을 어렵게 하는 것이냐고, 내가 알아듣지 못하게 하려는 것이냐고 화를 냈다. 남편은 입을 다물었다. 그는 그런 의도가 아니라고 나를 매번 달래주는 일이 지겹다고 말했다.

여덟 살이 되기 전, 부모님은 밤늦게 들어와 내게 한글을 가르쳤다. 나는 기역과 디귿을 잘 구별하지 못했고 겹받침을 외우지 못했다. 부모님이 가장 난감해한 것은 내가 소리나는 대로도 글자를 쓰지 못한다는 사실이었다. 비슷한 글자들을 나열해 어떻게든 외우게 해보려한 방법까지 실패하자 부모님은 내가 보통의 수준보다 떨어진다는 것에 실망했고 앞으로 나를 가르칠 일을 반쯤 포기해버렸다. 미웠다. 부모님이 성적표를 보고 한숨을 쉴 때마다, 혹여 다른 재능이 있지 않을까 싶어 이런저런 학원에 보냈지만 신통치 않음에 또다시 실망하고 나를 집에 불러들일 때마다, 왜 내게 조금 더 노력해주지 않는지 원망스러웠다. 그러나 나는 단 한 번도 부모님에게 속내를 드러낸 적이 없다. 어차피 뭐든 잘해낼 자신이 없었기 때문이다. 잘하지도 못할 거라면 무언가를 하고 싶다는 말은 결코 해서는 안 될 것 같았다.

그래서였다. 나는 아이가 옹알이를 할 무렵부터 한글과 영어, 숫자 등 학습 카드를 모두 벽에 붙여놓고 매일 몇 번씩 일러주었다. 민우는 나보다 머리가 좋았고 빨리 배웠다. 이미 그것만으로 민우는 내게 놀라운 아이였다. 이보다 조금은 더 잘할 수 있지 않을까 하는 기대가 매 순간 떠올랐다. 나는 아이가 잠든 와중에도 책을 읽어주었다. 그러다 민우가 한계에 부딪히면 어떻게 할 거냐는 남편의 걱정에 나는 포기하지 않을 거라고 대꾸했다. 정말이었다.

아이가 사람들 앞에서 책을 읽고 칭찬을 받았던 날, 유치원 교사는 내게 민우가 아기일 때 사진을 갖고 싶다고 말했다. 그녀는 곧 결혼을 할 건데 아이가 먼저 들어섰다고 부끄럽게 고백했다. 교사는 아이를 좋은 사람으로 키우고 싶다고, 그래서 좋은 것만 보고, 좋은 것만 듣고, 좋은 것만 알고 싶다고 말했다.

"그래서 민우 사진을 보고 태교를 했으면 해서요."

나를 본받고 싶다는 진심 가득한 말에 나는 마음이 떨렸다. 누군가가 내게 그런 식으로 말해온 건 처음이었다. 나는 알았다고 대답했고 예쁘게 나온 사진을 주겠다며 웃었다. 그리고 나도 모르게 다음 말이 흘러나왔다. 그 말을 해야만 할 것 같았다.

"민우가 지금보다 어릴 때 쓴 동화가 있어요."

교사가 눈을 크게 뜨며 나를 바라봤다. 나는 이어 말했다.

"애 수준이지만 그래도 귀여워서."

설명이 길어지면 믿지 않을지도 모른다는 생각에 나는 빠르게 말을 이었다.

"그것도 드릴게요. 찾으면 더 있을 거예요."

그녀는 여전히 친절하게 웃으며 다 민우 추억인데 자기에게 줘도 괜찮겠냐고 했다. 나는 고개를 끄덕였다.

"많아요. 집에."

교사가 내 눈을 가만히 바라보았다. 나는 그녀의 손을 잡았다. 여전히 나를 신뢰하고 부러워하는 그 눈빛을 가능한 한 오래도록 바라보고 싶었다. 나는 그녀에게 축하한다고 덧붙였다. 나도 민우를 가졌을 때 정말 기뻐서 잠을 이루지 못했다고. 그녀의 눈에 어쩐지 눈물이 고이는 것 같았다. 나는 그녀의 손을 힘주어 잡고 중얼거렸다.

"다시 태어나는 기분이었어요."

민우는 여전히 밖을 보고 있었다. 우리가 앞으로 시간을 보내게 될 오래되고 아름다운 공간이 투명한 유리벽 너머에 훤히 드러나 있었다. 나는 민우의 뒤에 섰다. 지금까지 이곳에서 어떤 일이 일어났는지 우리는 모르고, 앞으로 무슨 일이 벌어질지 역시 알지 못했다. 얼마 전 신문사 대표의 강연을 들으러 갔을 때, 그는 고향에 돌아오자마자 그 일대 땅을 모조리 사들였던 순간이 가장 통쾌했다고 말했다. 평생 지시를 받고 살던 부모님이 누군가에게 일을 시키며 사는 사람들이 되었다고. 그렇게 살도록 해드렸다고. 그는 사람 좋은 웃음을 터뜨리며 말했다. 이 멍청한 내가 그렇게 해드렸으니 여러분도 그렇게 될수 있어요. 그렇죠? 나는 그를 향해 박수를 쳤다.

　나는 민우의 어깨에 손을 올렸다. 문득 그날 박수를 치며 아릿하게 느꼈던 손바닥의 통증이 다시 강렬하게 기억났다. 그래. 이곳을 지나쳐간 많은 이들이 그들의 한계를 넘었듯 우리 역시 그렇게 할 수 있을 것이다. 나는 민우의 손에 들린 작은 쿠키를 빼들었다. 아이는 순순히 그것을 내게 주었다. 나는 쿠키를 재킷 주머니 속에 집어넣었다. 작은 쿠키는 바삭거리는 감촉조차 없이 내 옷자락 속으로 사라졌다. 저 멀리 경비원이 이쪽을 향해 달려오는 모습이 보였다. 나는 민우의 머리를 쓰다듬었고 고개를 살짝 움직여 다른 곳을 바라보게 했다. 아이는 그 역시 가만히 따랐다. 나는 내 아이의 작은 어깨를, 이제 곧 시작될 작은 기대를 조용히 쓰다듬었다. 그렇게 나는 귀한 사람이 될 것이었고, 그렇게 새로운 소문이 될 것이었다. 아이가 어깨를 작게 수그렸다. 행복했다.

괜찮은 사람

어떻게든 편한 자세를 찾으려 몸을 움직이는데, 그가 왜 그렇게 들썩이느냐
고 말했다. 신경이 쓰였는지 약간 딱딱한 말투였다. 나는 움직임을 멈췄다.
그러자 답답한 감각이 더 뚜렷해졌다. 안전벨트가 가슴을 세게 누르고 있었
고, 치마와 스타킹이 몸에 달라붙어 갑갑했다.

지난 일요일, 그가 나를 밀쳤다. 우리는 그날 하루를 그의 집에서 보냈다. 온종일 짙은 구름이 하늘에 무겁게 떠올라 있었다. 시간은 느리게 흘렀다. 집에 돌아가려 자리에서 일어났을 때는 이미 늦은 밤이었다. 창 너머, 익숙한 풍경이 까맣게 지워진 것을 나는 보았다. 아무것도 보이지 않았다. 그리고 현관문 밖으로 나왔을 때, 계단과 복도를 비추고 있던 불빛이 지직, 소리를 내더니 갑작스레 꺼졌다. 눈앞이 캄캄하게 사라졌다. 나는 어둠 속에서 손을 허우적거렸다. 나는 그를 불렀다. 그를 찾았다. 바로 그 순간이었다. 강한 힘이 내 등을 퍽, 하고 밀었다. 나는 계단 아래로 굴렀다. 계단 모서리에 오른쪽 허벅지를 세게 부딪혔고, 덜컹 하는 느낌과 함께 몸이 아래로 떨어졌다. 시멘트 바닥에 왼쪽 볼이 짓눌리듯 닿았다. 차가웠다. 몸을 움직일 수가 없었다. 나는 그대로 엎드린 채 눈꺼풀을 천천히 깜빡였다.

　　멀리서부터 들려오는 세찬 빗소리가 귓가를 파고들었다. 그러나 그날, 비는 오지 않았다. 엉덩이에서 오른쪽 허벅지로 이어지는 자리에 길고 검은 멍자국이 생겼다. 얼핏 보면 그것은 살 속 깊은 곳까지 도려낸 어둡고 긴 구멍처럼 보였다. 평온한 날이었다.

돌아오는 봄, 우리는 결혼할 것이다.

"몸은 어때?"

동네의 진입로에 들어설 때 그가 물었다. 나는 어떻게 아픈지 설명할 말이 떠오르지 않아 가만히 있었다. 살갗에 문신처럼 박힌 멍자국 모양만 어렴풋이 기억날 뿐이었다. 그때 차가 거세게 덜컹거리기 시작했다. 비포장도로였다. 굵직한 돌부리들이 많아서인지 차가 요란하게 흔들리며 앞으로 나아갔다. 엉덩이가 시트 위에서 들썩였고, 하반신의 멍자국이 계속 부딪히면서 묵직한 통증이 일었다. 나는 얼굴을 찡그렸다. 흔들리는 차창 너머 오늘 하늘도, 당장 비를 쏟을 것처럼 어두웠다. 싸늘하고 습한 공기가 주변에 가득했다.

갑자기, 그가 나를 향해 오른손을 들었다. 나는 목을 움츠렸다. 그러나 곧 나는 그의 손에 들린 작고 네모난 물건을 발견했다. 찜질용 핫팩이었다. 멍자국에 대면 좋다는 이야기에 집에서 챙겨왔다고 그가 말했다. 이어 오늘 차를 꽤 오래 탈 텐데, 혹시 내가 불편할까봐 신경이 쓰여 소염제와 진통제, 그 밖의 다른 구급약품까지 챙겨왔다고 했다. 그렇게 하나씩 챙기다보니 나중에는 챙긴 물건과 빠뜨린 물건이 헷갈려서, 결국 처음으로 되돌아가 일어날지도 모르는 사고의 목록을 만들고 있었더라는 말까지 덧붙였다. 나는 고맙다고 대답했다. 그러나 그렇게 심한 상처도 아니었고 싸늘한 바깥공기와 달리 차 안은 이상하게 후텁지근해서 굳이 뜨거운 찜질을 하고 싶지 않았다. 나는 팩을 무릎 위에 올려놓았다. 그가 물었다.

"안 해?"

나는 통증이 심해지면 쓰겠다고 말했다. 그는 미소를 지으며 내 무릎에서 핫팩을 들어올렸다.

"그러지 말고 지금 해. 안 그러면 너 후회한다."

그는 핫팩을 위아래로 흔들어 내게 내밀었다.

"아픈 거 굳이 참을 거 없잖아."

핫팩을 건네받을 때 그와 눈이 마주쳤다. 나는 따뜻해진 핫팩을 엉덩이에 댔다. 팩이 조금씩 뜨거워졌다. 엉덩이 감각이 서서히 무뎌졌다. 그가 말했다.

"미안해."

나는 고개를 저었다. 일요일. 그건 실수였다. 집에서 하루를 보낸 까닭은 날씨가 좋지 않았기 때문이었다. 우리는 점심을 만들어 먹었고, 저녁에는 DVD로 영화를 보았다. 영화에는 내가 이해할 수 없는 장면이 많았지만, 그가 무척 좋아했다. 하얀 눈이 쏟아지는 가운데 주인공 남자가 갓 사냥한 사슴의 살점을 도려내는 장면이 있었다. 새하얀 눈밭 위로 붉은 핏방울들이 흩뿌려졌다. 잘려나간 사슴의 목덜미에서 뜨거운 김이 솟아올랐다. 그 장면을 보는 내내 그는 자신의 눈가를 손끝으로 어루만졌다. 그 모습을 몰래, 나는 바라보았다. 해가 저물고 밤이 길어지도록 영화는 끝나지 않았다. 농도 짙은 끔찍한 장면들이 자꾸만 반복되었고, 나는 여러 번 숨을 참았다. 그때마다 그의 얼굴에는 알 수 없는 표정이 떠올랐는데 그가 무엇을 느끼고 있는 건지 나는 알 수 없었다. 영화가 끝났을 때는 한밤중이었다. 나는 차를 한잔 마시고 자리에서 일어났다. 그가 신발장에서 구두를 꺼내 내 앞에 놓아주었다. 나는 그의 어깨를 어루만졌고, 현관문 밖으로 나왔다. 그 순간이었다. 전등 불빛이 몇 번 깜빡이고, 짧은 소음을 냈다. 꺼졌다. 모두 그다음에 일어난 일이다. 나는 허공으로 팔을 뻗었고 바닥으로 넘어졌다.

그건 정말로 실수였다. 정전이었다. 그 역시 당황했고, 나를 찾는다며 아무렇게나 팔을 뻗었는데 자신도 모르게 손에 힘을 많이 주고 있었다. 하필이면 그의 손이 닿는 곳에 내가 있었다. 그는 내가 그 앞에 서 있을 거라고 생각하지 못했다는 사실에 괴로워했다. 나는 괜찮다고 했다. 그 역시 어둠 속에 있었으니까.

하늘의 먹구름이 한층 더 짙어졌다. 일기예보에는 비가 온다는 말이 없었는데, 대기는 이미 물기를 가득 머금고 있었다. 사위는 어둡고 축축했다. 그러나 이 음산한 느낌의 원인은 꼭 날씨 때문만은 아니었다. 비쩍 마른 나무들은 송곳처럼 날카로웠고, 그 너머 펼쳐진 논밭에는 베어내고 남은 밑동들만 무성했다. 간간이 솟아오른 잡초들이 바닥에 말라붙어 있었다. 비에 젖은 시멘트 바닥에서나 맡을 수 있는 퀴퀴한 냄새가 창틈으로 흘러들었다. 그가 내게 이 동네를 처음 소개할때, 사계절 내내 좋은 풍경이 펼쳐진다고 설명했었는데 지금까지는 마음에 드는 모습이 전혀 없었다. 흔들리는 차 때문에 자리는 불편했고, 풍경은 지루했다. 문득 옆에서 시선이 느껴졌다. 그가 나를 보고 있었다. 나는 물었다.

"왜?" 목소리가 조금 떨렸다.

"뭐가?" 그가 대답했다.

"지금 나 보고 있었잖아."

"응." 그가 말했다. "그게 왜?"

나는 얼굴을 붉혔다. 아무것도 아니라며 고개를 저었고 창문을 조금 내렸다. 냄새가 좋지 않았지만 그래도 찬바람이 이마에 닿으니 마음이 약간 가라앉았다. 그래. 그가 나를 보는 일이 대체 뭐가 어떻단 말인가. 신경이 괜히 곤두서 있는 것 같았다. 그때 창문이 위로 스윽 올라가 닫혔다. 그가 손끝으로 닫힘 버튼을 누르고 있었다. 그가 미소를 지었다.

"나는 여기 냄새가 별로여서 말이야. 너도 그렇지?"

나는 대답하지 않았다. 그의 손은 여전히 버튼 위에 있었다. 나는 말했다.

"응, 악취가 심하네."

그제야 그가 버튼에서 손을 떼어냈다. 그가 내 볼을 부드럽게 어루만졌다.

"조금만 기다려. 굉장한 걸 보게 될 거야."

그가 집에 대해 이야기한 건, 바로 그 일요일 밤의 일이다. 영화가 끝난 후 차를 마시는데 그가 내게 보여주고 싶은 곳이 있다고 말을 꺼냈다. 오 년 전 경기도 외곽으로 드라이브를 갔다가 발견하고 구입한 집이라고 했다. 초록색 기와가 눈에 띄는 옛날식 주택으로 아담하지만 단단해 보였고, 밖에서 무슨 일이 벌어지더라도 집안으로 결코 침범할 수 없을 것 같았다. 하지만 당장 이사는 하지 않았다. 일단 직장이 서울에 있었던데다가, 무엇보다 그 집에서는 누군가와 함께 살고 싶었다. 그 집에서 함께 살고 싶은 사람을 만나고 싶었다. 그래서 그는 휴가중에만 몇 차례 그 집을 찾았고 필요할 때마다 조금씩 관리를 하며 지금까지 기다려왔다.

"그리고 잘 기다렸다고 생각해."

그가 내 손을 잡으며 말했다. 나는 대답하지 않았다. 드러내놓고 표현하지는 않았지만 나는 사실 그 제안이 조금 당황스러웠다. 나는 회사를 그만둘 상황이 아니었다. 그럴 마음도 없는데다 생활이나 습관도 이 도시에 익숙했다. 물론 결혼을 가볍게 생각한 것은 아니다. 나는 많은 것들을 충분히 고려했고, 스스로 신중한 판단을 했다고 믿었다. 하지만 이런 식의 변화는 예상 못했다. 나는 지금껏 지켜온 생활방식 그대로 살게 되리라고 생각했었다. 그의 이야기를 들으며 내가 결혼을 너무 막연히 생각하고 있었던 건 아닌지 고민이 되었다. 솔직히 말하면 더 좋아질 거라고 기대하고는 있었지만, 정작 내가 뭘 원하는지는 잘 몰랐다. 그저 윤택해지리라는 예감만으로 안심했고 그것으로 충분하다고 생각했던 것 같다. 그는 금융권에 법적 조언을 하는 변호사로, 연봉이 높았다. 그건 내가 이 정도면 사람이 생활하는 데 충분하다고 생각하는 수준을 넘어서는 것이었다. 그는 본래 한국에서 살 생각이 없었다고 했다. 십대 초반을 제외하면 대학까지 미국에서 다녔기 때문에 대부분의 추억이 그곳에 있었다. 부모님도 이민을 고려했을 정도로 삶의 축이 그곳에 있었다. 하지만 오 년 전 부모님이 교통사고로 돌아가시면서 그런 마음들이 사라졌다. 그는 물려받은 재산과 저축을 정리해 한국으로 완전히 돌아왔다. 그는 그 결정 과정을 잃어버린 추억이나 배신, 혹은 가족을 잃은 슬픔 같은 감정으로 설명하지 않았다. 다만 그는 부모님이 돌아가시고 나서, 자신이 원하는 삶이 한국에 더 가까이 놓여 있다는 걸 깨달았다고만 내게 말했다. 왜 그런 느낌이 들었는지, 그리고 그것이 무엇인지는 자세히 말하지 않았다. 가끔 그에게 물어보기는 했지만, 한 번도 정확한 대답을 들은 적이 없다. 오히려 그는 장난스러운 표정으로 내게 되묻고는 했다. "그건 당신이 이미 알고 있지 않아?" 그럴 때마다 나는 부끄러웠고 설렜다. 그 역시도 두근거린다는 듯 왼쪽 눈가를, 그러니까 그곳에 문신처럼 박힌 작은 점을 어루만지며 부드럽게 웃었다. 나는 조금씩 편안해졌고 그를 의지하게 되었다. 안심이 되었다.

　나는 큰딸이었다. 동생 두 명이 사립대학에 다니고 있었다. 아버지는 삼 년 뒤 퇴직할 예정이었는데 그 이후 무엇을 할지 전혀 결정하지 못했다. 아버지가 게으른 사람이어서가 아니다. 회사에서의 삶이 삼 년이 남았든 혹은 시작한 지 겨우 삼 년이 되었든, 돈을 번다는 건 그 이외의 일을 고려할 여유를 가질 수 없다는 의미이기 때문이다. 주어진 현재를 치워가는 일도 벅찼다. 아버지에게 내가 짐이 아닌가 하는 미안함이 들 때가 있었다. 동시에 어머니가 돌아가신 후 몇 년째 혼자 지내는 아버지를 보고 있으면 그 노후가 부담스러웠다. 그러나 나만 특별히 불행하다고 여겼던 건 아니다. 일을 하고, 월급을 받고, 대출금을 분할납부하고, 월세를 내고, 마른빨래를 쥐어짜듯 생활비를 절약하고 조금씩 저축하는 삶이 나는 불만스럽지 않았다. 친구들 대부분이 나와 같은 삶을 살았다. 이건 끊임없이 계속되는 일종의 제자리걷기였다. 누구도 이 걷기가 끝나리라고 쉽게 낙관하지 않았다. 언제까지나 이어지리라는 걸 모두 알았기 때문이다. 누구도 자신이 가장 힘들게 살고 있다고 말하지 않았다. 그런 말은 해서는 안 되는 거였다. 왜냐하면 사실이 아니었으니까. 모두 힘들고, 그래서 모두의 마음은 함께 가난했다. 단지 나만 견딜 수 없는 것이 있다면 불안이었다. 나는 생활을 해나가는 것, 눈앞의 하루를 살아가는 것에 어쨌든 나름대로 자신이 있었다. 잘하고 있다. 앞으로도 잘할 거다. 그러나 내가 이 대열의 끝자락에서 걸어가고 있다는 의심이 몸에 항상 달라붙어 있었다. 남들과 똑같이 살았지만, 나 자신은 누구와도 똑같지 않은 것 같았다. 남들과 나를 비교하면 자신이 없어졌고, 지금껏 이룬 모든 것들이 형편없게 느껴졌다. 나는 그저 괜찮은 사람이 되고 싶었다. 남들이 나를 괜찮은 사람으로 생각하는지 늘 신경이 쓰였다. 누군가가 나에게 조금이라도 실망하거나, 나를 좋아하지 않으면 이 빈약하고 허름한 트랙에서조차 떨어져나갈 것 같은 불안이 밀려왔다. 그러나 나는 이런 마음을 드러내지 않으려 정말 열심히 노력했다. 불안은 순식간에 번지는 곰팡이와 같아서 쉽게 눈에 띄었고, 그러면 공격의 대상이 되기 쉬웠다. 자신을 별 볼 일 없는 사람으로 느끼는 것과 정말로 함부로 대해도 상관없는 사람이 되는 건, 굉장한 차이였으니까.

그를 처음 만났던 날, 그는 이 세상에 온전히 나의 사람이라고 믿을 수 있는 누군가가 있어야 하지 않겠느냐고 말했다. 그는 진짜 자기 모습을 내비칠 수 있는 사람이 있었으면 좋겠다고 했다. 그렇지 않은가요? 그는 말했다. 진실이 어떻든 감당할 수 있는 것이 사랑이 아니겠느냐고도 했다. 그런가요? 당연히 그렇죠. 며칠 후 그는 내게 불안해하지 말라고 했다. 그렇게 애쓰지 않아도 좋다고 말해주었다. 그리고 또 며칠이 지난 어느 날, 그는 내게 아름답다고 말했다.

결혼을 결정한 후, 오랜만에 만난 대학 동기는 내가 운이 참 좋다고 말했다. 사실 그는 내가 소개받기로 한 남자가 아니었다. 만나려던 사람이 약속 전날 자전거에 부딪혀 발목을 다치는 바람에, 그를 소개팅 자리에 대신 내보냈다. 나중에 알게 된 사실인데 두 사람은 친구 사이도 아니었다. 소개팅을 대신 할 사람이 없느냐는 연락이 그들의 친구와 친구를 통해 복잡하게 떠돌아다니다 그에게 우연히 도착했다. 그러니까 동기의 말은 내가 인연이 아닌 사람을 운좋게 만났다는 짓궂은 표현이었고, 내가 만나기에 그가 지나치게 괜찮은 사람이라는 의미였다. 그처럼 괜찮은 사람이 나를 만나는 데는 다른 이유가 있을지도 모른다는 뜻이었다. 나는 그 이야기를 가만히 듣다가, "응, 나도 너처럼 운이 좋은 것 같아"라고 대답했다. 동기는 오 년 동안 공무원 시험을 준비했고, 다 떨어졌다. 그 말을 한 뒤 나는 전혀 미안하지 않았다. 나 역시 농담이었으니까.

"내키지 않으면 가보지 않아도 좋아."

그가 여전히 내 손을 잡은 채 말했다. 하지만 조금 실망한 목소리였다. 내게 가보고 싶다는 말을 기대하는 것이 느껴졌다. 다만 그는 내 의사를 더 중요하게 생각할 뿐이었다. 때때로 그가 내가 원하는 것보다는 원치 않는 것들에 더 신경쓰는 것이 아닌가 싶을 때도 있었다. 나는 그의 손등을 어루만졌다. 지금 결정해야 하는 것도 아니고, 집을 둘러보기만 하면 된다는데, 무조건 싫어할 이유가 없었다. 그가 나로 인해 기분이 좋았으면 했다. 중요한 건 그와 함께하는 삶이지 다른 것들이 아니었다, 나는 그 집에 가겠다고, 가보고 싶다고 말했다. 그때였다. 거실의 밝은 불이 흐릿해지더니 한참 동안 천천히 깜빡였다. 문득, 무언가 이미 많이 변해버렸다는 기분이 들었다.

　그러나 집은 나타날 기미가 보이지 않았다. 차 안에 바람이 고였다. 눅눅한 냄새가, 무거워진 공기가 바닥으로 가라앉았다. 처음부터 차 안에 스며들어 있던 냄새 같았다. 멀미할 때처럼 속이 답답했다. 나는 몸을 움직였다. 다리를 꼬아 올렸다가 풀고 팔을 창가에 기댔다 내려놨다. 다시 팔을 올렸다가 내렸고, 무릎을 붙였다가 풀었다. 자세는 여전히 불편했고 움직일 때마다 엉덩이가 아팠다. 어떻게든 편한 자세를 찾으려 몸을 움직이는데, 그가 왜 그렇게 들썩이느냐고 말했다. 신경이 쓰였는지 약간 딱딱한 말투였다. 나는 움직임을 멈췄다. 그러자 답답한 감각이 더 뚜렷해졌다. 안전벨트가 가슴을 세게 누르고 있었고, 치마와 스타킹이 몸에 달라붙어 갑갑했다. 가장 신경이 쓰이는 건 구두였다. 차의 열기 때문에 발이 줄곧 뜨거웠다. 어느새 땀에 젖은 발이 구두 속에서 부어오르고 있었다. 축축하고 뜨겁고, 불편했다. 나는 견디다못해 구두를 반쯤 벗어 발뒤꿈치를 내놓았다. 시원함은 잠시였다. 압박이 갑자기 풀려서 그런지 온몸이 달아올랐다. 나는 부채질할 거리를 찾아 차 안을 두리번거렸다. 조수석 서랍에 눈길이 갔다. 그러나 서랍을 열기가 조금 망설여졌다. 지금껏 나는 그의 물건에 자유롭게 손댄 적이 없었다. 당연히 지켜야 할 예의라고 생각하기도 했고, 무엇보다 그에게는 물건을 깔끔하게 정돈하는 습관이 있어서 그걸 흐트러뜨리게 될까봐 늘 조심스러웠다. 이전에 단 한 번, 호기심에 이끌려 그의 시계함을 열어본 적이 있었다. 그날 나는 조금 놀랐는데, 브랜드나 크기 같은 기준에 따라 일목요연하게 정리되어 있을 거라는 예상과 달리 시계들이 아무렇게나 제각각 놓여 있어서였다. 하지만 지저분하다거나 정리가 안 되어 있다는 느낌은 없었다. 오히려 매우 가지런하게 보였는데, 무엇을 기준으로 정리한 건지 도저히 알 수 없었다. 나는 무엇엔가 홀린 듯 시계 하나를 들어 그처럼 왼쪽 손목에 채워보았다. 둥근 베젤이 은빛으로 반짝이는 고급스러운 디자인이었다. 시계를 볼 때마다 손목을 부드럽게 돌리는 그의 습관이 떠올랐다. 나는 그를 흉내내었다.

둥글게, 손목을 돌렸다. 거울에 나를 비춰 보며 잠시 그렇게 있었다. 어느 순간 인기척이 느껴져 돌아보았더니 그가 문가에 서서 나를 지켜보고 있었다. 이후 나는 그가 그 시계를 착용하는 걸 보지 못했다. 조심스레 물어보니 그는 잃어버렸다고 대답했다. 어느 날 잃어버리고 말았다고. 그러나 아깝지는 않다고.

나는 조수석 서랍을 바라보았다. 그가 말했다.

"추워?"

그가 히터를 틀었다. 더운 바람이 얼굴에 달라붙었다. 더웠다. 그러나 입 밖으로 아무 말도 나오지 않았다. 나는 계속 서랍을 바라보았다. 그러다가 지금까지 이 안을 한 번도 들여다본 적이 없다는 사실을 떠올렸다. 나는 서랍 덮개의 버튼을 눌렀다.

그러나 열리지 않았다.

나는 반복해서 버튼을 눌렀다. 덜컥거리기만 할 뿐이었다. 나는 한 손으로 서랍을 잡아당기다가 두 손으로 흔들어대기 시작했다.

"뭐해?" 그가 물었다. 귀찮아하는 말투였다.

"서랍이 안 열리잖아."

나는 억울한 기분에 약간 따지는 듯한 말투로 대답했다. 정말로 서랍은 열릴 듯 말 듯 흔들리기만 했다. 나는 버튼을 계속 눌렀지만, 덮개는 꽉 닫혀 있었다. 그의 손이 내 손 위로 다가왔다. 그는 버튼을 누르지 않고 그대로 끌어당겼다. 그러자 버튼이 앞으로 끌려나오며 그 입구를 벌렸고, 서랍이 활짝 열렸다. 그가 웃음을 터뜨렸다.

"이제 서랍도 못 여는 거야?"

목덜미가 화끈거렸다.

"어쩐지 지금까지 손을 한 번도 안 대더라니." 그가 손끝으로 내 어깨를 부드럽게 어루만지며 웃었다. "그러니까 못하겠다 싶으면 미리 좀 말해달라니까."

서랍 안에는 손바닥만한 상자들이 블록처럼 차곡차곡 쌓여 있었다. 날짜를 적은 메모가 붙어 있었는데, 제목은 약자로 쓰여 있어서 내용물이 무엇인지 알 수 없었다. 하나만 건드려도 순서가 엉망이 될 것 같았다. 그때 그의 손이 다가왔다. 그는 서랍을 닫고 내 손을 잡았다.

"여긴 아무것도 없어." 그가 말했다. "찾는 거 있니?"

나는 고개를 저었고, 별일 아니라고 했다. 그러나 그는 왜 그러느냐고 계속 물었다. 나는 그냥, 이라고 대답했다. 불편함과 수치심이 마음에 먼지처럼 들러붙었다. 그런 기분을 느낀다는 사실을 인정하고 싶지 않았고 말하고 싶지 않았다. 하지만 그가 계속 내게 되물었다.

"그냥? 그냥이라니. 그런 말이 어디 있어?"

나는 등받이에 등을 기댔다. 오른손으로 조수석 시트를 꽉 잡았다. 그가 계속 물었다. 나는 정말 아무 일도 아니라고 했다. 나는 손을 차

문과 시트 사이로 더 깊숙이 내렸다. 차가운 공기가 가라앉아 있었다. 손에 찬기가 닿으니 그나마 정신이 들었다. 그때 손 밑에 무언가 잡혔다. 골판지였다. A4용지만한 크기에 구김 없이 빳빳한, 하지만 무언가에 찢겨나간 듯 가장자리가 비뚤비뚤하고 한쪽에 눌린 자국이 있는 갈색 골판지였다. 어디 오래 끼워져 있거나 아니면 누군가 꽉 붙잡고 있었던 것 같았다. 게다가 물이나 다른 음료에 젖었는지 살짝 눅눅했고, 비릿한 냄새가 났다. 결국 나는 참지 못하고 그에게 히터를 꺼달라고 했다. 그제야 그가 뭔가를 알아차렸다는 듯 반응했다.

"더웠어? 그럼 말하지. 진작 껐을 텐데."

"이게 뭐야?" 나는 골판지를 들어올리며 물었다.

그가 골판지를 대충 바라보았다. "모르겠는데? 뭐지?"

"왜 몰라?"

그가 웃었다. 무슨 그런 질문을 하느냐고 했다. 하지만 잠시 생각하는가 싶더니 부채질하는 데 쓴 것 같다고 대답했다.

"누가?"

"누구긴 누구겠어." 그가 귀찮다는 듯 덧붙였다. "나였겠지."

"그런데 이게 뭔지 모른다는 거야?"

그가 나를 다시 돌아보았다.

"갑자기 왜 그래?"

나는 더 묻지 않았다. 그의 예민해진 말투를 듣자마자 목덜미의 살결이 팽팽하게 당겨졌다. 나는 골판지를 다리에 대고 천천히 부채질했다. 비린내가 풍겼고, 눅눅한 촉감이 손끝에 뚜렷했다. 신경쓰지 않으려 할수록 느낌은 더욱 강렬해졌다. 그가 콧노래를 흥얼거렸다. 나는 손을 더 빨리 움직였다. 어서 집에 도착했으면 싶었다. 그때, 그의 콧노래가 약간 더 높아지다 갑자기 끊어졌다. 나는 손을 멈췄다. 그가 차의 속도를 줄이고 있었다. 왜 그러느냐고 묻자, 그는 손을 가볍게 흔들며 내게 조용히 하라는 표시를 했다. 그가 미간을 구기고 앞을 바라보았다.

"이상하네." 그가 중얼거렸다.

"길을 잘못 들었나봐."

그는 아무래도 처음으로 돌아가 길을 다시 찾아야겠다고 했다. 나는 내비게이션을 살펴보라고 했다. 그는 고장나서 소용이 없다고 대꾸했다. 그는 이제껏 길을 잃어버리는 실수를 한 적이 한 번도 없었다. 쓸데없는 물건을 주변에 놓아두는 일도 없었다. 모르겠다는 말을 한 적도 거의 없었다. 고장난 물건을 고치지 않고 들고 다닌 적도 없었다. 나는 그래도 다시 확인해보라고 말하며 내비게이션의 전원을 눌렀다. 그가 내 손을 잡았다.

"고장났다는데 왜 눌러?"

그가 차를 세웠다. 그에게 붙들린 내 손에서 땀이 축축이 배어나왔다. 그는 힘이 셌다. 왜일까. 갑자기 어릴 적 학교에서 벌을 받던 기억이 떠올랐다. 양말이 벗겨진 채 복도로 쫓겨났던 한겨울의 어느 날, 발이 시린 것보다 나를 쫓아낸 교실 안의 사람들이 내게 눈길을 주지 않는 것이 두려워 울음을 터뜨렸던 순간. 나는 눈을 감고 오래된 기억을 밀어내려 애썼다. 그러자 머릿속에서 작고 하얀 불빛 하나가 눈꺼풀처럼 깜빡였다. 왜일까. 나는 생각했다. 왜 이렇게 좋지 않은 냄새가 나는 걸까. 왜 이렇게 날씨가 흐린 걸까.

왜, 그날은 하필 왜 정전이었던 걸까.

칼날에 베이는 것 같은 통증이 엉덩이에서부터 목덜미까지, 빠르게 통과해나갔다. 그 순간이었다. 운전석의 대각선 방향 쪽에 무언가 보였다.

도축장. 붉은 글자가 선명하게 눈에 들어왔다. 다 쓰러져가는 허름한 건물 중앙에 궁서체로 쓰인 간판이 매달려 있었다. 글자는 갓 뽑은 피처럼 붉었다. 나는 늘어진 가축의 몸뚱이와 피에 젖은 바닥을 떠올렸다. 가끔 종이나 칼에 손을 베이면 사람의 살결이 이렇게 쉽게 잘려나갈 수 있다는 사실에 놀라곤 했다. 폐업한 지 오래된 건물이었다. 굳게 닫힌 철문에 쇠사슬이 감겨 있었고, 자물쇠까지 채워져 있었는데 불긋불긋 녹이 슨 자국이 여기저기 박혀 있었다. 건물 쪽에서 갑자기 누군가 나타났다. 남자였다. 키가 작고 깡말랐다. 그 남자는 감시 카메라처럼 고개를 좌우로 천천히 돌리며 주변을 살폈다. 남자가 우리를 발견했다. 몇 초, 남자가 이쪽을 지긋이 바라보더니 발을 내디뎠다. 남자의 손에 무언가 들려 있었다. 바퀴가 달린 손수레였다. 남자는 수레를 끌고 이쪽으로 다가오기 시작했다. 많은 생각들이 머릿속에서 끈끈하게 엉겨붙었다. 나는 그에게 다급히 물었다.

"저 사람 누구야?"

그는 답이 없었다. 오히려 그는 기다리던 사람을 목격한 듯한 표정으로, 움직이는 수레에 시선을 고정하고 있었다. 나는 문손잡이를 잡았다. 그러나 열리지 않았다. 차의 문이 모두 잠겨 있었다. 일요일, 영화 속 장면들을 바라보며 눈가를 매만지던 그의 얼굴이 떠올랐다. 어느새 남자가 차 앞으로 다가왔다. 나는 손잡이를 손에 쥔 채 그대로 있었다. 그때, 남자가 내 쪽의 창문을 두드렸다. 나는 가만히 있었다. 그도 아무 반응을 하지 않았다. 남자가 창문을 다시 두드렸다.

뚝.

뚝, 뚝, 남자는 멈추지 않았다. 점점 더 세게 창을 두드려댔다. 거의 내려치다시피 하고 있었다. 그가 한숨을 깊이 내쉬더니, 창을 내렸다.

남자가 얼굴을 차 안으로 들이밀었다. 남자와 나의 눈이 마주쳤다. 남자가 웃었다. 입안에 침이 고여 있었다. 고기 썩는 냄새가 풍겼다. 남자가 그에게 말을 걸었다.

"오늘도?"

그가 고개를 저었다. "오늘은 그냥 가세요. 괜찮습니다."

그러자 남자가 오른손을 창틀에 올렸다. 창문을 닫지 못하게 하려는 것이었다. 손톱이 썩은 것처럼 새카맸다. 남자는 왼손으로 뒤에 놓인 수레를 끌어당겼다. 그제야 나는 그것이 무엇인지 알아볼 수 있었다.

아이스크림 통이었다. 어릴 적 놀이공원으로 소풍을 가면 볼 수 있었던 아이스크림 장수의 냉동고 수레였다. 남자가 냉동고의 뚜껑을 열었다. 차가운 김이 바깥으로 흘러나왔다. 남자는 냉동고 안으로 팔을 집어넣더니, 스쿱으로 분홍색 아이스크림을 한가득 퍼올렸다. 남자는 아이스크림을 노란색 콘에 올려 내게 내밀었다. 나는 받지 않았다. 콘을 쥐고 있는 남자의 새카만 손가락만이 눈에 들어왔기 때문이다. 그러자 남자는 고기의 살점을 베어물듯 아이스크림을 깨물었다. 그리고 나를 향해 입을 오므렸고, 입김을 내뿜었다. 썩은 내와 들큼함이 뒤섞여 코를 찔렀다. 아이스크림이 녹아 그의 손등을 타고 흘렀다.

끈적한 액체가 손가락 사이사이로 흘러내리더니 바닥에 뚝 떨어져 핏방울처럼 고였다. 남자는 입으로 손목에 묻은 아이스크림을 빨았다.

그가 남자에게 천원을 내밀었다. 남자는 재빨리 돈을 받아 주머니에 쑤셔넣었다.

"이제 가보세요." 그가 말했다.

남자는 손을 창가에서 치우지 않았다. 그가 창문 닫힘 버튼을 눌렀다. 그러나 남자의 손은 올라가는 창을 꽉 붙잡고 있었다. 창이 거의 닫혀가는데도 남자는 팔을 빼내지 않았다. 오히려 남자는 주름 가득한 손을 차창 안으로 더 밀어넣었다. 붉고 끈적끈적한 진액이 묻은 손가락이 내 눈앞에서 움직였다. 나는 급히 지갑에서 지폐를 찾았다. 천원을 남자의 손에 들려주는데, 남자가 돈과 함께 내 손끝을 잡았다. 악, 나는 짧게 비명을 질렀다. 남자가 손을 뗐다. 창문이 닫혔다. 차창에 묻은 남자의 붉은 손자국이 선명했다. 묽은 진액이 창을 타고 아래로 스르륵 흘렀다.

옆에서 그가 중얼거렸다. "오늘은 안 볼 줄 알았더니."

"누군데?" 나는 휴지로 손을 닦으며 약간 신경질적으로 물었다.

"그냥 이 근처 사는 이상한 아저씨야." 그러더니 변명조로 덧붙였다. "좀 귀찮아서 그렇지 나쁜 사람은 아니야."

마주칠 때마다 선심으로 아이스크림을 샀는데, 언젠가부터 당연하게 찾아와서 지난번부터 모른 척 지나가고 있다고 했다. 휴지에서 나온 먼지가 내 무릎에 가득 떨어졌다. 내가 질린 얼굴로 앉아 있는데 설명을 해주기는커녕 자기 혼자 귀찮아하고만 있었다는 사실에 화가 났다. 나는 물었다

"주변에 아무도 안 산다며."

그가 웃었다. "사람이 안 사는 곳이 어디 있어?"

"왜 없어?"

그가 웃음을 터뜨렸다. 그는 내 질문을 심각하게 받아들이지 않았다. 그는 어디서 길을 잘못 들었는지 이제야 알았다며 차에 시동을 걸었다. 나는 손을 엉덩이 밑으로 집어넣었다. 핫팩은 아직 뜨거웠다. 길을 잃었다면서 왜 매번 마주치는 사람을 이곳에서 만났는지, 주변 풍경이 좋다고 해놓고 저 도축장은 무엇인지, 묻고 싶은 말들이 하나둘 떠올랐다. 그러나 속이 울렁거렸고 어떤 말도 밖으로 나오지 않았다. 그가 진입로를 향해 차를 돌렸다. 들어올 때 보았던 상가들이 눈에 들어왔다. 길가에서 한 노파가 쭈그리고 앉아 담배를 피우고 있었다. 화장실에 가고 싶다는 말을 꺼내기도 전에 그가 핸들을 꺾었다. 차는 갈림길의 왼편으로 미끄러져 내려갔다.

길 위에 다시 우리만 있었다.

그리고 내리막길이었다. 나는 손잡이를 꽉 쥐었다. 손목의 힘줄이 튀어나올 듯 도드라졌다. 길은 거칠었다. 자갈과 모래로 가득한 험한 길이었다. 나는 한 손으로는 손잡이를 잡고 다른 손으로는 무릎을 눌렀다. 들썩일 때마다 엉덩이가 아팠다. 그러나 차는 이내 포장된 도로에 진입했고, 금세 놀랍도록 평온해졌다. 바퀴 굴러가는 소리가 잠잠해졌다. 조용해진 엔진의 진동이 발밑에서 느껴졌다. 지금껏 보아온 풍경이 그대로 펼쳐졌다. 나무들, 들판, 길. 그리고 비릿한 냄새. 우리는 여전히 함께 있었다. 창문을 조금만 열면 안 될까. 나는 버튼에 손가락을 대고 누를 듯 말 듯 망설였다. 얼굴을 창에 더 가까이 붙였다. 코끝이 창에 닿았다. 그때 차가운 느낌이 내 목덜미를 매만졌다. 그의 손이었다. 그가 내 뒷목을 단호하게 누르고 있어서 나는 앞을 바라볼 수밖에 없었다. 그가 앞을 더 자세히 보라고 말했다.

"저 집이야. 보이지?"

나는 입으로 숨을 내쉬었다. 입김이 창을 뿌옇게 흐렸다. 안개가 걷히듯 입김은 곧 지워졌다. 그러자 저멀리 어떤 형태가 서서히 드러났다. 집이었다. 삼각형으로 솟은 초록색 기와지붕 아래 회색 벽돌로 쌓은 단단한 벽. 그리고 정면에 자리한 여닫이 창문들이 보였다. 가까워질수록 집의 모습이 또렷하게 눈에 들어왔다. 작은 포치를 이루는 입구 계단과 하얀색 난간이 보였다. 아담하고 단단해 보였다. 저 안에서 무슨 일이 일어나도 밖에서는 아무도 모를 것 같았다. 두 개의 창문 중 하나는 쇠사슬로 묶여 있었고, 자물쇠까지 채워져 있었다. 다른 창은 투명한 유리로만 되어 있었다. 그런데 창 너머에서 동그랗고 붉은 불빛이 반짝였다. 천천히 그리고 흐릿하게 여러 번 깜빡였는데, 내가 어, 하고 손가락을 드는 순간 사라져버렸다. 나는 물었다.

"혹시 집에 누가 있어?" 목소리가 갈라져 나왔다.

"응? 아니."

나는 혹시 관리하는 사람이 다녀간 건 아니냐고 물었다. 그는 고개를 저었다. 집 관리는 그가 혼자 한다고 했다. 아무도 그의 집에 들른 적이 없다고 했다.

"사람 둔다고 하지 않았어?"

"내가? 아니야. 그런 말 한 적 없잖아."

문득 나는 오늘 그가 내 질문에 명확한 대답을 한 번도 하지 않았다는 사실을 깨달았다. 나는 눈앞에 다가오는 어두운 집을 바라보았다. 퀴퀴한 냄새도 강렬해졌다. 저 집이 냄새를 품고 있는 것 같았다. 냉장고에 넣어둔 오래된 살코기처럼, 온몸의 체온이 내려갔고 축축 늘어졌다.

"아니야." 나는 말했다.

"응?" 그가 시큰둥하게 대답했다. 나는 그를 향해 고개를 돌렸다.

"일요일에 그랬잖아. 관리하는 사람을 둬서 깨끗하다고. 당신이 그랬어. 걱정하지 말라고 그랬잖아. 당신이 분명 나한테 그렇게 말했단 말이야."

심장이 뛰는 소리가 들렸다. 집이 가까워지고 있었다. 그가 핸들을 꽉 쥐었다.

"민주야. 나 그런 말 안 했어. 잘 생각해봐."

"지금 무슨 소리 하는 거야? 그럼 지금 내가 거짓말한다는 거야?" 나는 신경질적으로 쏘아붙였다. 그의 말이 황당했다.

"너." 그가 말했다. 그러더니 곧 "아니다"라고 덧붙였다.

"뭐가?"

그가 한숨을 쉬었다. "왜 계속 짜증을 내?"

"내가 들었는데 아니라고 말하니까 그렇잖아. 그리고 언제 내가 또 짜증을 냈어?"

"민주야." 그가 미간을 찌푸렸다. "너 여기 올 생각이 정말로 있었던 거야?"

"지금 그런 말이 아니잖아. 일요일에 당신이 분명 니한데 이아기했다니까?"

그가 창문을 열었다. 바람이 밀려들었다. 그가 손끝으로 눈가를 어루만졌다. 주름진 눈가의 작은 점이 그의 손길 아래 감춰졌다. 그가 말했다.

"너 이번에도 착각한 거야."

아니다. 그가 분명 내게 말했다. 내가 아는 한 그는 자신이 한 말을 기억하지 못하는 사람이 아니었다. 나는 가방에서 핸드폰을 꺼냈다. 액정 불빛이 날카롭게 눈을 찔렀다. 일곱시 이십오분이었다. 통화 불능 상태라는 신호가 떠올라 있었다. 무엇이든 정확하게 계획하고 실행하는 그의 성격이 나는 좋았다. 그러면 나는 그 무엇도 하지 않아도 좋으니까. 그러면 무언가를 열심히 해야 한다고 매일 다짐할 필요가 없었다. 나는 노력이라도 하지 않으면 안 되는 인간이라고 자책할 필요도 없었다. 맨발로 느끼는 차갑고 서러운 감각을 혼자서 견디게 될까봐 두려워하지 않아도 되었다. 가만히 있는 것. 움직이지 않는 것. 나는 도축장에 매달린 거대한 가축 하나를 떠올렸다. 핏물 가득한 살점을 한 부위씩 도려내도 그 몸뚱이는 절대 움직이지 않을 것이다. 가만히 매달린 채 칼날이 안쪽으로 파고들도록 내버려둘 뿐이다. 죽었으니까. 완전히 죽어버렸으니까.

"착각 아니야." 나는 중얼거렸다.

"뭐라고?"

나는 그를 똑바로 바라보며 말했다. "나는 착각한 적 한 번도 없었어."

그가 왼손으로 핸들을 꽉 쥐는 모습이 보였다. 나는 그 손에서 시선을 떼지 않았다.

"민주야."

나는 대답하지 않았다. 그가 비간을 씨푸린 채 숨을 들이마셨다.

"이러지 않기로 약속하지 않았어?"

"뭘 하지 않기로 했는데?" 나는 조금 목소리를 높였다.

"지금 네가 이러는 거 말이야."

그가 단호하게 말했고, 나를 향해 고개를 돌렸다. 우리는 서로를 잠시 바라보았다. 그는 다시 앞을 바라봤다. 한층 가라앉은 목소리로 그가 덧붙였다.

"노력하겠다고 했잖아."

나는 핸드폰을 꼭 쥐었다. 그것은 단단했다. 나는 물었다.

"저 집에 지금 누가 있어?"

그 순간, 그가 핸들을 오른쪽으로 꺾었다.

나는 악, 소리를 내며 천장의 손잡이를 붙잡았다. 몸이 차문에 부딪혔고 다시 부딪혔다. 그러다 머리를 차창에 세게 부딪혔다. 머리에서 피가 나는 것 같았다. 소름이 돋았다. 나는 소리를 질렀다. 차가 오른쪽 논밭을 향해 돌진했고 아래로 고꾸라졌고, 기울었다. 오른쪽 어깨와 팔이 창에 부딪혔고, 그 바람에 핸드폰이 어딘가로 떨어졌다. 차 안의 물건들이 덜그럭거리는 소리가 났다. 나는 손을 휘저었다. 손끝에 딱딱한 무언가가 닿는 것을 느꼈다. 나는 그것을 움켜잡았지만 놓치고 말았다. 조수석 서랍이었다. 그 안의 상자들이 밖으로 와르르 쏟아져나왔다. 차가 오른쪽으로 기울었다. 차창과 문 쪽으로 몸이 밀려났고 상자들이 내 가슴팍으로 쏟아졌다. 차가 다시 한번 거세게 흔들렸다. 엉덩이가 문에 부딪혔다. 통증이 온몸을 꿰뚫고 머리끝까지 솟아올랐다.

차의 움직임이 멈췄다.

나는 손을 떨면서 문손잡이를 잡았다. 문은 뻑뻑해서 열리지 않았다. 나는 팔꿈치까지 동원해서 문을 밀었다. 다음에는 문을 발로 차고 밀었다. 문이 삐걱거리며 조금씩 열리기 시작했다. 나는 더욱 힘을 주었다. 벌컥, 문이 열렸다. 품안에 있던 상자들이 아래로 우르르 떨어져내렸다. 차가 기울어진 탓에 문은 몸이 겨우 빠져나갈 정도만큼만 열렸다. 나는 열린 틈으로 어깨를 집어넣으려 몸을 움직였다. 그 바람에 가슴에 달라붙어 있던 상자들이 함께 흔들렸다. 나는 손으로 상자들을 털어내다 멈췄다. 끈적끈적한 느낌이 손에 달라붙어 있었다. 나는 주먹을 쥐었다. 고개를 들었다. 검은 구름이 머리 위로 다가와 있었다. 빗물로 가득찬 거대한 웅덩이처럼 어둡고 깊었다. 나는 비냄새를 맡았다. 떨었다. 급히 오른발을 차 바깥으로 내디뎠다. 그때였다.

차가운 촉감이 내 손목을 잡아당겼다.

"괜찮아?"

그가 물었다. 숨을 몰아쉬고 있었고, 새파랗게 질려 있었다. 그가 내게 다친 곳은 없느냐고 물었다. 앞에 갑자기 무언가가 튀어나와서 핸들을 꺾었다고 했다. 그런데 잘못 봤다고. 분명 뭔가가 빠르게 지나갔는데 그가 틀렸다고, 아무것도 아니었다고.

"실수였어." 그가 말했다. "미안해."

그가 내 이마를 어루만지며 또 멍이 들겠다고 걱정했다. 나는 이마를 만져보았다. 피는 나지 않았다. 약간 멍했고 조금 아플 뿐이었다. 열린 차문 틈으로 바람이 밀려들었다. 오른발은 아직 차 밖의 바닥에 닿아 있었다. 기울어진 차 안에서 우리는 서로의 손을 잡고 있었다. 추웠다. 나는 그에게서 손을 빼냈다.

"민주야." 그가 나를 불렀다. 그리고 침묵이 길었다. 그가 다시 입을 열었다.

"그냥 돌아갈래?"

나는 젖은 손바닥을 허벅지에 문질렀다. 그가 계속 말을 이었다.

"우리 그러는 편이 좋을지도 몰라."

처음 그를 만났을 때, 나는 그와 다시 만날 일이 없을 거라고 생각했다. 그는 나와 너무 다른 사람이었다. 단지 그가 좋은 직장을 가졌고, 나보다 경제적으로 형편이 좋았기 때문이 아니었다. 그에게는 여유가 있었다. 사람이 집으로 돌아갈 때 방향을 알아봐주는 여유가, 밥을 먹을 때 상대의 속도에 맞춰서 숟가락질을 하는 여유가, 식당에서 머리카락이 나와도 화를 내지 않고 음식을 바꿔달라고 하는 여유가, 길가에서 사람과 부딪쳐도 웃으면서 먼저 미안하다고 말하는 여유가. 누군가를 배려하기 위해 그가 별다른 노력을 하지 않는 것이 나는 놀라웠다. 자신보다 상대를 더 궁금해하고, 누군가를 먼저 배려할 수 있다는 것이. 누군가가 자신을 어떻게 생각하는지보다 자신이 상대를 어떻게 생각하는지가 더 중요하다는 것이. 그래서 타인을 두려워하지 않는 마음이. 그리하여 사랑한다는 말을 진심으로 고백할 수 있다는 사실이. 고백건대 나는 그를 질투했다. 그를 결코 다시 만나고 싶지 않다고 생각했다. 그러나 나에게는 그것 역시 거짓이었다. 사실 나는 그를 만나게 되리라, 그를 매일 보고 싶어하게 되리라는 걸 알았다. 언젠가 그런 일이 벌어질지 모른다는 예감에 그를 보는 내내 두려웠다. 그를 만난다면, 그렇게 되어버린다면 가슴에 무수한 감정들이 끊임없이 밀려들다가 어느 순간 모두 빠져나가버릴 것 같았다. 나는 생각했다. 휑한 바람만이 오가는 텅 빈 가슴으로 돌아다니다 결국 끔찍하게 바스러지고 말 것이라고. 그런 건 그냥 알 수 있는 것이었고, 알게 되는 것이었다. 왜일까. 스스로에게 자신을 갖는 일이 어째서 그를 사랑하는 것보다 더 힘든 일일까. 나는 무슨 일이 있어도 그를 만나지 않겠다고 결심했었다. 분명 그랬었다. 나는 말했다.

"나 저 집 가볼래."

그가 나를 바라보았다. 진심이냐는 표정이었다. 나는 고개를 끄덕였다. 그러나 그건, 적당한 대답이 아니었다. 나는 무슨 말을 해야 할지 몰랐다. 대답하기 위해 노력해야 한다는 생각만 떠오를 뿐이었다. 나는 다시 고개를 끄덕였다. 그러나 그는 내게 대답하지 않았다. 가만히 눈가를 문지르며 생각에 잠겨 있을 뿐이었다.

일단 그는 기울어진 차를 세우자고 했다. 나는 차문을 닫았고, 흩어진 물건들을 정리했다. 그러는 동안 그는 핸들을 돌리고 후진 기어를 넣으려 애를 썼다. 차가 바닥에 박힌 정도가 심각하지 않아 혼자서 할 수 있다고 했다. 바퀴가 그 자리에서 맴도는 소리가 들렸다. 그가 핸들을 꽉 부여잡고 뒤를 바라보았다. 그의 목덜미에 힘줄이 팽팽히 솟아오른 모습이 보였다. 바퀴가 한참을 구르자 조금씩 차가 들썩이기 시작했다. 뒤로 밀려난다 싶은 순간, 차가 공중으로 떠오르더니 도로 안으로 돌아왔다. 우리는 동시에 한숨을 깊이 내쉬었다. 누구도 먼저 말을 꺼내지 않았다. 어차피 차를 돌리려 해도 여기서는 할 수 없었다. 집을 지나쳐 길을 돌아 나오든지, 유턴할 공간을 찾아야 했다.

그가 차를 앞으로 움직였다. 차창에 뿌연 김이 서렸다. 초록색 지붕이 서서히 가까워졌다. 앞서 바라봤을 때보다 훨씬 또렷하게 보였지만, 여전히 어렴풋한 형태만이 눈에 들어왔다. 집의 흐릿한 풍경은 생경하고 낯선 것들이 떠올랐다 사라지곤 하는 그의 옆얼굴을 닮아 있었다. 그를 아무리 지켜보아도 답을 구할 수 없었듯, 이번에도 나는 아무것도 알 수 없으리라는 걸 깨달았다. 그럼에도 나는 시선을 돌리지 않았다. 그것이 늘 나의 최선이었다. 최선을 다했다는 마음만으로 나는 충분히 괜찮은 사람이 된 것 같았다. 그때 집안에서 붉은 불빛이 천천히 깜빡거렸다. 주변을 뿌옇게 흐리는 그 빛은 회색 벽돌과 초록색 지붕을, 공기의 서늘한 물기와 축축한 내음을, 그리고 그곳으로 다가가는 우리를 천천히 빨아들였다. 불빛이 눈 속에 박혔다. 그 순간, 그가 차의 방향을 틀었다. 불빛이 눈동자 안에서 하얗게 번져나갔다. 아무것도 보이지 않았다. 그가 말했다.

"어때?"

멀리, 빗소리가 들려왔다.

평온한 날이다.

돌아오는 봄, 우리는 결혼할 것이다.

벌레들

예연은 '우리 세 사람'이 가깝게 지내기를 원하는 동시에 그녀 자신이 희진과 나 각자에게 '더 친한 사람'이 되기를 원했다. 그러다보니 우리는 예연 앞에서 긴장할 수밖에 없었다. 주고받던 농담이나 장난을 멈추는 건 물론이고, 대화도 삼갔다. 그런 생활이 계속되자 희진이 먼저 짜증을 냈다. 어떻게 해서든 예연의 꼬투리를 잡아보자고 했다. 나는 좋았다. 셋이 함께. 그것도 충분히 좋았지만, 나 역시 그중 어느 누군가에게. 그러니까 희진에게 조금 더 중요한 사람이 되고 싶었으니까.

결국 서랍을 열었다.

뼛조각이 보였다. 엄지만한 크기에 짐승의 송곳니처럼 날카로웠다. 희진이 웃음을 터뜨렸다.

"이게 뭐야? 얘는 공룡뼈라도 수집한대니?"

나는 예연이 이전에 키운 동물의 뼈일지도 모른다고 말했다. 그렇지 않고서야 찬장 서랍에서 뼛조각이 나올 이유가 없지 않은가. 나는 덧붙였다. 예연은 마음이 약하고 미련이 많아서 이런 것들을 쉽게 버리지 못했을 거라고. 희진이 고개를 저으며 말했다.

예연은 동물 따위 좋아하지 않는다고.

"그걸 네가 어떻게 알아?" 나는 물었다.

희진은 그게 뭐가 중요하냐는 듯 어깨를 한번 으쓱, 하고는 다시 서랍을 뒤적거렸다. 서랍이 꽉 차 있어서 손을 넣는 것조차 힘들었다. 오래된 물건들이 대부분이었다. 언제 샀는지 알 수 없는 홍차 상자와 삼 년 전 다이어리, 구식 폴더 핸드폰, 뚜껑이 없는 화장품 통, 속이 텅 빈 방향제, 역한 기름 냄새를 풍기는 싸구려 오르골 같은 쓸데없는 것들로 가득했다. 나는 예연을 잘 안다고 할 수는 없었지만, 적어도 이 물건들이 그녀의 취향과 거리가 멀다는 것 정도는 확신할 수 있었다. 그렇다고 희진의 말대로 유별난 비밀이 있어 보이지도 않았다. 아무것도 특별하지 않았다.

희진이 실망한 표정으로 서랍을 세게 닫았다. 쾅, 하는 소리가 거실을 낮게 울렸다. 그 소리에 나는 움찔 놀랐다. 금방이라도 예연이 집으로 돌아올 것 같아 불안했다.

서랍을 여는 건 금지되어 있었다. 하숙을 시작할 때 예연이 부탁한 규칙 중 하나였다. 한 달에 한 번 같이 식사할 것, 거실과 부엌의 서랍장을 열지 말 것, 우리 방 외 어떤 곳도 들어가지 말 것. 특히 이층에 있는 예연의 방은 절대 들어가선 안 된다. 희진은 처음부터 이 규칙을 비웃었다. 희진은 말했다. 규칙이 많은 건 숨기고 싶은 비밀이 있기 때문이라고.

희진이 이층 계단으로 달려갔다. 나는 희진의 뒤를 따라갔다.

"분명 이층에 뭔가 있어." 희진이 말했다.

나는 속이 탔다. 희진을 말렸다. "이제 그만하자, 응?"

하지만 희진은 이층 계단을 성큼성큼 올라섰고 나도 얼떨결에 계단을 따라 올라갔다. 나무로 된 계단이 삐걱삐걱 소리를 낼 때마다 심장이 쪼그라드는 것 같았다. 그리고 한 번도 올라온 적 없는 이층 복도에 도착한 순간, 나는 거의 숨을 쉴 수가 없었다. 냄새 때문이었다. 생선 썩은 내 비슷한 악취가 복도를 메우고 있었다. 희진이 이층 복도 안쪽으로 걸어들어갔다. 나는 망설이며 난간을 잡았다. 뒤를 돌아보았다. 깨끗한 거실과 통유리 너머 작은 마당이 보였다.

좋다.

순간 나는 그렇게 생각했다.

예연의 집은 시 외곽에 자리한 옛날식 전원주택이다. 예연의 부모님이 갑작스레 돌아가시며 그녀에게 남겨줬다는 이 집에는 방이 다섯 개나 되었지만, 사용하는 건 두 개뿐이었다. 이층에는 예연의 방과 굳게 닫힌 방 두 개가 있다. 일층에는 희진과 내가 쓰는 방이 있고 창고와 부엌, 테라스 그리고 역시 잠긴 방 하나가 있다.

난방과 냉방이 모두 고장났고, 관리가 힘들어서 다른 방들을 폐쇄했다고 예연은 설명했다. 그 방들이 어떻게 생겼는지 궁금하긴 했지만, 집주인이 들어가지 말라고 하는데 계속 캐물을 수도 없었다. 어차피 우리 방은 둘이 써도 불편 없을 만큼 컸다. 게다가 월세가 말도 안 되게 싸고 식비도 받지 않는 이 집에 나는 어떤 불만도 가질 수 없었다.

작년 겨울, 여동생이 대학에 합격했다. 서울의 사립대학이었다. 나도 근처 전문대학에 다니고 있었는데 동생 등록금이 부담스러워진 부모님이 내게 휴학을 권했다. 당연히 해야 할 일을 상기시켜준다는 식이어서 기분이 좋지 않았다. 나는 거절했지만 가족 중 누구도 진지하게 받아들이지 않았다. 아르바이트로 등록금을 모으고 있다고 말해도, 다음 학기를 마치고 자격증 준비를 할 거라고 말해도 소용없었다. 나는 휴학할 생각이 전혀 없으니 네가 알아서 하라고 동생에게 직접 쏘아붙이기까지 했지만 어떤 대답도 듣지 못했다. 새해가 되자 동생

수정이는 아예 내 자취방에 들어와 영어학원에 다니기 시작했다.

싸가지 없는 년. 내가 독한 소리를 내뱉을 때마다 수정이는 엄마에게 전화를 했다. 그러면 엄마는 다시 내게 전화를 했다. 엄마는 공부만 한 수정이가 할 줄 아는 게 뭐가 있냐고, 당분간 나보고 참으라고 했다. 엄마는 말했다. "너 요즘 특별히 하는 일도 없잖아."

대체 무엇이 나를 항상 수정이보다 한가해 보이게 하는 건지 궁금했다.

나는 수정이와 계속 싸웠다. 네가 없어졌으면 좋겠다는 말도 했고, 네가 아무리 노력해봤자 할 수 있는 건 아무것도 없다는 말로 상처를 줬다. 그냥 네가 별 볼 일 없는 인간이라는 걸 받아들이라고 비아냥대기도 했다. 그건 주로 내가 느끼는 것들이었다. 동생은 내 말을 지겨워할 뿐, 그 어떤 것도 나와 똑같이 느끼지 못하는 것 같았다. 어느 날 집에 돌아왔는데, 수정이가 친구와 통화하는 걸 들었다. 수정이는 언니 때문에 미쳐버릴 것 같다고 말했다. 항상 나를 이해할 수가 없었고, 내가 정말 피곤한 사람이라고 했다. 나는 통화를 다 듣지 않았다. "아, 차라리 죽어버렸으면 좋겠어." 수정이가 그 말을 하는 순간, 나는 손에 잡히는 대로 뭔가를 집어던졌으니까. 손톱깎이였다. 수정이 이마에 흉터가 남았다.

"당신은 특별합니다."

사장의 강의는 그렇게 시작했다. 그 말을 듣는 순간까지만 해도 나는 미심쩍었다. 전날 비싼 술을 잔뜩 사주며 돈 버는 건 일도 아니라고 속삭이던 선배에게 혹해 반신반의하는 마음으로 흘러든 자리였다. 숙

취 때문에 머리가 깨질 듯했다. 구부정하게 앉아서 멍하니 앞을 바라보고 있는데, 사장의 목소리가 귓가에 박혀들어왔다. "생각하고 있는 걸 실행하세요. 그러지 않으면 당신은 현실에 갇히고 말 겁니다."

나는 고개를 들었다.

그는 청년들이 어려운 형편 때문에 꿈을 포기하는 일이 안타깝다고 했다. 그는 앞에 앉은 사람들에게 계속 눈을 맞추었다. 그의 눈길이 내게 닿았을 때, 그가 말했다.

"떳떳해지고 싶지 않나요?"

몇 주 후부터 나는 교육에 나갔다. 새벽에 일어나 도시락을 싸고 아홉시까지 출근하듯 교육에 갔다. 내가 뭔가를 하고 있다는 느낌을 받았다. 가치 있는 일. 의미 있는 일. 열심히 하면 보상이 있을 거라고 생각했다. 노트 열 권을 빽빽하게 채우는 동안 내 안에서 많은 것들이 불어나고 자랐다. 돈을 벌면 수정이를 병원에 데리고 가야지. 흉터를 감쪽같이 지워줘야지. 다음에는 엄마에게 용돈을, 아빠에게 선물을, 저축하고 독립하고, 다음에는. 또 다음에는.

교육이 끝나던 마지막날, 나는 열성적으로 박수를 쳤다. 백만원이 또렷하게 인쇄된 교육비 청구서가 날아왔지만 나는 어떤 의심도 안 했다. 그 강의는 그럴 만하다고, 내가 가치 있는 사람이라는 걸 깨닫게 해줬다고, 그러니까 얼마가 되든 상관없다고. 사업을 시작하면 백만원은 아무것도 아니라는 사장의 말을 나는 믿었다.

하늘색 통에 담긴 하얀 알약 백 정. 어떤 병에도 효과가 있고 수술보다 낫다고 했다. 사기성 다단계라고는 생각도 못했다. 친구들이 기겁한 표정으로 나를 맞이하고, 내 이야기를 다 듣지도 않고 전화를 끊어도 의심하지 않았다. 그러니까 내 희망이 말라버린 건, 누군가의 설득이나 욕설 때문이 아니다. 나는 물건을 거의 팔지 못했다. 나는 누군가에게 설득당했지만, 누군가를 설득하지는 못했다.

왜일까.

왜, 나는 아무것도 해내지 못하는가.

몇 달 후 나는 살면서 상상도 해본 적 없는 금액의 빚을 졌고, 사장이 사라졌다는 소식을 들었다. 나는 약 한 통을 다 삼켰다. 심한 복통이 일었다. 구급차 안에서 희미하게 정신을 차렸다. 응급실 비용이 얼마인지 생각했다.

눈을 뜨자 수정이가 옆에 있었다.

수정이가 휴학하겠다고 했다. 부모님한테는 말하지 않을 거라고 했다. 수정이가, 항상 예쁘고 착하고 언제나 현명한 동생이 내 이마를 쓸어넘기며 말했다. 언니, 내 등록금으로 일단 돈을 갚자. 괜찮아, 언니.

차라리 이대로 죽었으면 좋겠다고 생각했다.

그날, 나는 동생 몰래 병원을 빠져나왔다. 그리고 가족이 어떻게든 나를 찾을 거라는 생각에 친구들과도 모두 연락을 끊었다. 처음에는 보증금이 없는 방을 구해서 이 개월을 살았다. 아침부터 저녁까지는 프랜차이즈 카페에서 일했고, 밤에는 보습학원 보조로 일하며 수백 장의 문제집을 만들었다. 잠만 자는데 쓸데없이 돈을 많이 쓴다는 생각이 들어 집을 옮겼다. 고시원 지하로 들어갔다. 그곳에서 삼 개월을 살았다.

지하에서 종종 내가 벌레가 된 꿈을 꾸었다. 벌레는 매일 땅을 파고

들어가 아래로, 아래로 내려갔다. 만일 그 지하 아래 더 저렴한 방이 있었다면, 나는 그곳으로 갔을 것이다.

내 사정이 딱해 보였는지 카페 동료 알바생이 인터넷 매매 사이트를 알려주었다. 온갖 잡다한 물건들을 사고파는 벼룩시장이었는데, 가끔 괜찮은 주거 정보가 올라온다고 했다. 나는 그 사이트를 뒤지다 룸메이트를 구한다는 게시물을 발견했다. 바로 예연의 집이었다. 월세 팔만원이 전부였고, 식비나 관리비도 낼 필요 없다고 했다. 몇 가지 조건이 있긴 했다. 친구가 적고, 조용하고, 수입이 적고, 보호가 필요한 사람. 지나치게 사적인 조건이라 의심스러웠지만, 더는 나빠질 것도 없었다. 나는 밑져야 본전이란 생각으로 예연에게 연락했고 만나고 싶다는 말을 들었다. 버스를 두 번 갈아타고 십 분을 걸어 그 집에 도착했다. 예연은 아이처럼 작고 수줍음이 많았다. 그녀는 내게 직접 만들었다는 따뜻한 매실차를 줬다.

"어릴 때 부모님께서 돌아가셨어요. 집과 건물을 남겨주셨죠. 건물의 세를 받는 것만으로도 충분히 살 수 있지만, 누군가와 함께 살고 싶었어요."

예연은 거기서 말을 멈췄다. 오른손으로 턱을 괴고 생각에 잠겼다. 나는 그녀의 말을 조용히 들어줘야 할 것 같은 이상한 압박을 느꼈다. 다행히 침묵은 길지 않았다.

"제게는 이게 누군가와 함께하는 방법이니까요. 도움을 주고받는 거라고 생각하세요."

그녀는 그 말을 하며 내 눈치를 보았다. 그 순간 예연은 뭐랄까 조금 외로워 보였고, 내가 곁에 있기를 간절히 바라면서도 어떻게든 그

걸 들키지 않으려 애쓰고 있는 것 같았다. 누가 나를 그런 식으로 바라보는 건 거의 처음 겪는 일이었다. 나는 집안을 천천히 둘러보았다. 따뜻하고 이늑해 보이는 곳이 있다. 조용하고 평화로운 느낌이 배어나왔다.

방에는 희진이 먼저 와 있었다. 그게 우리의 첫 만남이었다. 그녀의 얼굴에 피멍이 들어 있었다. 동거하던 남자에게 두들겨맞았다고 했다. 그 남자 때문에 두 번이나 유산을 했고, 몸 다섯 군데가 골절됐었다고 말했다. 무서워서 헤어지자는 말을 못했는데, 월세방 보증금과 통장을 주며 빌자 순순히 물러났다고 했다. 그걸로 끝이라고 생각했지만, 얼마 후 그 남자가 희진의 명의로 보증을 서고 도망갔다는 걸 알았다.

"진짜 재밌지 않아?" 희진이 물었다. 나는 뭐라 대답할 말이 없었다.

그날, 잠자리가 바뀌어서 그런지 잠이 오지 않았다. 두 시간 정도 뒤척였는데 희진도 그런 것 같았다. 조용한 가운데 희진의 목소리가 들려왔다.

"잠 와?"

"아니."

천장을 보던 나는 희진 쪽으로 몸을 돌렸다. 희진이 나를 줄곧 보고 있었다는 걸 알고 조금 놀랐다. 우리는 각자 침대 위에서 서로를 마주 보고 누웠다. 희진이 부드럽게 물었다.

"왜 나를 그렇게 봐?"

나는 들켰다는 생각에 부끄러워 괜히 이불을 뒤척이며 희진의 시선을 피했다. 희진의 웃음소리가 들렸다. 나는 항상 동생과 같은 방을 썼다. 아무리 자매라지만 누군가와 공간을 함께 쓰는 일이 그렇게 마음 편하지 않았다. 하지만 희진은 다르게 느껴졌다. 나는 용기를 내 물었다.

"너는 가족들하고는 연락 안 해?"

희진은 무심하게 대답했다. "나도 내가 싫은데, 우리 엄마라고 내가 좋겠니."

나는 잠시 그대로 있었다. 이번에도 뭐라 대답할 말이 없다고 생각했는데 정말 그랬다. 이해하지 못해서가 아니었다. 나는 희진이 다른 사람처럼 느껴지지 않았다. 눈물이 나는 걸 들키지 않으려 돌아누웠다. 하지만 숨길 수 없었다. 희진이 내 침대로 건너와 어깨를 도닥여줬으니까. 그것이 예연의 집에 들어갈 수 있는 마지막 조건이었다. 가족이 없을 것.

"잠겼네."

희진이 예연의 방 앞에 서서 중얼거렸다. 방문 근처에서 계속 악취가 풍겼다. 나는 희진에게 무슨 냄새냐고 물었다. 희진은 나와 달리 냄새를 이상하게 여기지 않았다.

"음식물 쓰레기 안 버렸나보지."

부엌에 음식물 쓰레기가 있었던가. 기억나지 않았다. 그런데 설사 음식물 쓰레기라고 해도 거실에서는 안 나던 냄새가 왜 하필 이 근처에서 풍기는 건지 아무래도 이상했다. 희진은 방문 여는 일에만 골몰해서 내 생각에 전혀 관심이 없어 보였다.

"진짜 웃기네. 얘 우리 때문에 문 잠그고 다니는 거야?"

희진이 불만스럽게 중얼거렸다. 나는 냄새 때문에 불쾌하기도 했고, 예연이 돌아올까봐 불안해서 견딜 수가 없었다. 희진이 갑자기 아래층으로 뛰어내려갔다. 이번에도 나는 희진의 뒤를 따라 뛰었다. 계단을 밟는데, 허공에 떠오른 판자를 밟는 것처럼 불안했다.

"열쇠를 찾아야겠어."

희진의 목소리가 부엌 쪽에서 들렸다. 나는 한숨이 나왔다.

부엌은 물 한 방울 없이 깨끗이 정돈되어 있었다. 오렌지 향 세제 냄새가 났다. 희진이 싱크대 서랍과 찬장을 열며 열쇠를 찾았다. 나는 부엌을 찬찬히 살피며 음식물 쓰레기가 있는지 찾았다. 깨끗했다. 나는 부엌 안쪽으로 조금 더 걸어들어갔다. 이 집 부엌은 ㄱ자 구조로 되어 있어서, 마음먹고 안쪽까지 들어오지 않는 이상 그 안에 뭐가 있는지 알 수 없었다. 커브를 꺾듯 안쪽으로 들어가자 가스레인지와 오븐, 넓은 조리대가 보였다. 나는 조리대 앞에서 멈췄다.

뼛조각들 수십 개가 정확한 간격으로 줄을 맞춰 늘어서 있었다. 박물관 전시물처럼 깨끗이 닦여 진열되어 있었다. 전날 저녁 메뉴가 갈비찜이었다. 아마 그 뼈들을 정리한 모양이었다. 그런데 우리가 이렇게 많이 먹었던가. 나는 생각했다. 아마 다른 날 먹은 것도 함께 정리한 거겠지. 크게 놀랄 일은 아니었다. 예연은 결벽증 환자처럼 항상 청소를 했고, 전단 하나도 쉽게 못 버렸다. 나는 뼛조각에 붙은 살점을 깨끗이 벗기고 닦아내는 예연의 모습을 떠올렸다. 자연스럽다는 생각이 들면서도 어쩐지 기분이 좋지 않았다.

"진짜 유별나 아무튼."

뒤에서 희진이 질린 목소리로 중얼거렸다. 그 순간, 다른 기억이 떠올랐다.

나는 예연이 컵을 색깔별로 정리한다는 걸 몰랐다. 오른쪽으로 갈수록 점점 진한 색깔의 컵이 놓여 있는 걸 보며 그저 보기 좋다, 라고만 생각했었다. 그런데 내가 언젠가 파란 컵을 쓰고 찬장에 아무렇게나 올려놓자 예연이 서운하다는 투로 말했다.

"수지씨는 알고 있다고 생각했는데…… 주변에 관심이 없으시네요."

처음에는 내가 컵의 배열방식을 모른다는 걸 나무라는 말이라고 생각했다. 그래서 컵을 순서대로 놓는 것에만 신경을 썼다. 그런데 아니었다. 예연은 파란 컵에 대해 이야기한 거였다. 예연은 항상 파란 컵만을 썼다. 오직 그 파란 컵만을. 내가 자신의 컵에 손댔다는 사실을 말하고 싶었던 것이다. 그후 나는 파란 컵을 쓰지 않았다.

"찾았다!"

희진의 손에 열쇠 꾸러미가 들려 있었다. '관심이 없으시네요.' 예연의 목소리가 다시 들려오는 것 같았다. 나는 희진의 손에서 열쇠를 빼앗았다. 희진이 당황한 얼굴로 나를 봤다.

"이제 진짜 그만하자."

"뭐야, 갑자기 왜 그래?"

"예연씨가 우리한테 잘해줬는데 이건 좀 너무하잖아."

희진의 얼굴이 싸늘해졌다. "우리가 그렇게 대해달라고 사정하고 부탁한 건 아니잖아."

그녀는 그렇게 말하고 우리의 방으로 들어가버렸다. 나는 열쇠를 제자리에 돌려놓았다. 희진을 무안하게 만든 것 같아 마음이 쓰였지만 이게 옳다고 생각했다. 방문을 열자마자 날카로운 목소리가 들렸다.

"너도 궁금했잖아. 진짜 싫었으면 처음부터 말렸어야지."

나는 방에서 나와 서실 소파에 앉았다. 희진의 말이 맞았다. 나 역시 예연이 숨기고 있는 게 뭔지 궁금했다. 그게 뭔지 까발리고 싶어질 때도 있었다. 예연은 고마운 사람이었지만 그만큼 피곤한 사람이기도 했다. 예연은 우리에게 베풀고 있다고 여기는 것 같았고, 그 대가로 자신을 떠받들어주기를 은근히 원했다. 대화를 하다 모르는 주제가 나오면 짜증을 냈고, 매일 우리가 밖에서 뭘 했는지 자세히 알고 싶어 했다. 그러다 희진과 내가 밖에서 따로 만나기라도 한 날이면 무척 신경질을 냈다. 그래서 셋이 어울리려 하면, 그건 또 그것대로 피곤했다. 예연은 '우리 세 사람'이 가깝게 지내기를 원하는 동시에 그녀 자신이 희진과 나 각자에게 '더 친한 사람'이 되기를 원했다. 그러다보니 우리는 예연 앞에서 긴장할 수밖에 없었다. 주고받던 농담이나 장난을 멈추는 건 물론이고, 대화도 삼갔다. 그런 생활이 계속되자 희진이 먼저 짜증을 냈다. 어떻게 해서든 예연의 꼬투리를 잡아보자고 했다. 나는 좋았다. 셋이 함께. 그것도 충분히 좋았지만, 나 역시 그중 어느 누군가에게, 그러니까 희진에게 조금 더 중요한 사람이 되고 싶었으니까. 그것만으로 덜 외로웠다. 살아 있는 것 같았다. 하지만, 예연의 눈길이 자꾸만 떠올랐다. 내가 파란 컵을 아무렇게나 쓰고 올려놓았을 때 나를 보던 그 눈길.

저녁 메뉴는 와인에 재워 구운 닭 요리였다. 버터와 후추, 소금과 허브를 섞어 만든 매시트 포테이토와 블랙 올리브 빵, 토마토 샐러드를 곁들였다. 예연이 길고 얇은 칼을 닭다리 사이에 집어넣었다. 칼날이 살점을 부드럽게 썰었다. 뜨거운 김이 위로 올라오며 시야를 잠깐 가렸다. 향긋한 내음이 났다. 나는 마음이 편안해졌다. 희진이 손으로 뼈를 잡고 고깃덩이를 물었다. 육질이 결을 따라 뜯겨나갔다. 채 입에 넣지 못한 고깃덩이가 그녀의 입가에 대롱대롱 매달렸다. 우리는 눈이 마주쳤고, 거의 동시에 웃음을 터뜨렸다. 서먹한 감정이 서서히 가라앉았다.

빵을 집으려 고개를 돌렸을 때 나는 예연이 웃고 있지 않다는 걸 알았다.

그때 희진이 맛있는 부위라며 내 접시 위에 닭고기 몇 조각을 놓아주었다. 나는 포크로 고기를 집으며 예연을 다시 슬쩍 보았다. 예연은 여전히 무표정했다. 뭔가 마음에 들지 않는 것 같았다. 나는 살짝 불안해졌다. 그때 희진이 예연의 접시에도 고기를 올려놓으며 대체 이걸 어떻게 만들었냐고, 너무 맛있다고 칭찬을 늘어놓았다. 예연은 부드러워진 얼굴로 희진을 바라보았고, 이어 나와 눈을 마주쳤다. 그제야 나는 마음이 편해졌다. 소스가 잘 밴 고기는 맛이 풍부했고 감자는 폭신폭신했다.

한 달에 한 번, 나는 이 식사시간이 정말 좋았다. 좋은 음식을 편안하게 먹는다는 것만으로, 누군가에게 내 이야기를 하고 또 내가 누군가의 이야기를 듣는 것만으로, 귀한 대접을 받는다는 느낌이 들었다. 내가 특별한 대우를 받을 가치가 있는 사람이라는 느낌을 받았다.

식사를 마친 뒤 나와 희진은 거실 바닥에 나란히 앉아 따뜻한 매실차를 마셨다. 창 건너, 하루가 저물어가는 풍경이 보였다. 겨울 하늘이 어두워지며 붉은빛과 푸른빛이 서서히 섞이는 광경이. 우리는 매실차를 홀짝이며 밤이 내려앉는 모습을 바라보았다. 내가 다시 찻잔을 입에 가져가는데, 왼쪽 다리를 세워 앉아 있던 희진이 무릎을 내렸다. 그녀의 무릎이 내 허벅지에 닿았다. 나는 그대로 있었다. 차가 서서히 식었다.

밖이 완전히 어두워졌을 무렵, 예연이 우리에게 다가왔다. 분위기가 심상치 않았다.

"이런 말을 하게 되어서 정말 미안해요."

그녀는 다음달까지 우리 중 한 명이 이 집에서 나가줘야 한다고 했다.

"그러니까 하지 말랬잖아."

방에 들어오자마자 나는 희진에게 화를 냈다. 진작 알아챘어야 했는데. 예연은 우리가 그녀의 집을 뒤진 걸 알고 있는 것이다. 그래서 이제 우리가 불편해진 거겠지. 게다가 예연 앞에서 희진과 가까운 티를 속없이 너무 많이 냈다. 그렇다고 이렇게 쉽게 관계를 끊어버릴 수 있는 걸까. 하지만 지금 예연을 원망하는 건 아무 소용이 없었다. 어떻게든 그녀에게 용서를 구해야 했다. 희진도 생각에 잠겨 있었다. 희진이 조용하자 더 불안했다. 평소 같으면 한바탕 불만을 쏟아내고 예연의 욕을 늘어놓고 있었을 것이다. 문득, 희진이 나와 다른 생각을 한다는 느낌을 받았다. 아니, 그러지 않을 것이다. 설마 그럴 리가 없다.

희진이 내게 다가와 어깨를 어루만지며 말했다.

"설득해보자, 좋은 사람이잖아."

그제야 안심이 되었다. 잠시나마 희진을 믿지 못했다는 사실이 미안했다. 그런데 이상하게도 뭔가 어색했다. 나는 일부러 희진의 손을 꽉 쥐며 그렇게 하자고 대답했다. 그렇게 해도 낯선 느낌이 사라지지 않았다. 나는 희진과 눈을 마주치며 말했다.

"응, 어쨌든 앞으로는 그러지 말자. 예연이 뭔가 아는 눈치야."

희진이 고개를 끄덕였다. 그러면서 내 시선을 피했다. 미간을 찌푸린 희진의 얼굴이 조금 슬퍼 보였다. 그건 내 기분과 비슷했다. 평소이 시간이면 하루 일과를 조곤조곤 늘어놓다 잠들었을 것이다. 나는어서 아무 일도 없었던 시절로 돌아가고 싶었다. 불을 끄고 각자 침대에 누웠다. 잠이 오지 않았다.

불안했다.

나는 희진에게 물었다. "잠 와?"

"응." 희진이 대답했다. 나는 눈을 감았다.

"그래. 어서 자자."

잠결에 희진의 목소리를 들었다.

"수지야, 넌 참 착해."

"희진아."

식탁에서 고개를 꾸벅꾸벅 떨어뜨리던 나는 얼굴을 번쩍 들었다. 예연이 희진에게 오늘은 오렌지가 다 떨어졌다며 미안하다고 말하고 있었다. 희진은 괜찮다고 대답하며 식탁 위의 사과를 집어들었다.

언제부터지?

나는 희진이 오렌지를 좋아한다는 사실을 몰랐다. 매일 아침 오렌지를 먹어왔다는 것과 이렇게 늦게 출근한다는 것도. 그러니까 대체 언제부터인 거지? 두 사람은 언제부터 서로에게 말을 놓기 시작한 거지? 오랜만에 오전 아르바이트를 쉬게 되어서 아침식사나 느긋하게 해볼 생각이었는데 식욕이 떨어졌다. 하지만 먹는 것 외에 내가 할 일이 없었다. 두 사람은 계속 대화했고, 내가 끼어들어서는 안 될 것 같았다.

희진은 오늘 옷가게에 출근하지 않는다고 예연에게 말했다. 내 기억에 의하면 지난주에도 두 번이나 쉬었다. 요즘 희진은 자주 쉰다. 이전에 희진은 쉬는 날이 되면 반드시 내게 먼저 말했다. 우리는 맛집을 찾아가거나 맥주를 마시거나 아니면 심야 영화를 봤다.

"예연씨는 오늘 뭐해요?"

그러나 내 질문은 희진의 웃음소리에 막혀 사그라졌다. 희진은 재미없는 농담을 큰 소리로 떠들었다. 예연이 희진의 어깨에 손을 올리고 웃었다. 나는 뭔가 다른 일을 해야 한다는 압박을 느꼈다. 나는 그릇들을 정리했다. 그때, 예연이 나를 돌아보며 말했다.

"내버려둬요 수지씨, 설거지 내가 할게요."

나는 고개를 저었다. "아니에요. 예전부터 도와드리고 싶었어요."

예연이 식탁 위 그릇들을 치우는 걸 도와주었다. 희진의 시선이 내게 닿았다. 못마땅해 보였다. 나는 식탁을 닦고 그릇들을 챙겨 부엌 안쪽으로 들어갔다. 조리대가 눈에 들어온 순간 나는 깜짝 놀라 그릇들을 모두 떨어뜨릴 뻔했다. 조리대 위에 생선 머리 열다섯 개가 일렬로 놓여 있었다. 몸통은 어디로 갔는지 머리만 있었다. 입을 벌리고 혀를 비죽 내민 생선 머리 열다섯 개. 나는 싱크대로 눈을 돌렸다. 아무렇지 않은 척하고 싶었지만 나도 모르게 손이 떨렸다. 예연이 옆에 다가와 있었다. 그녀의 숨소리가 낮게 들렸다. 예연은 내가 정리한 행주를 다시 펼쳤다. 그리고 네 귀퉁이를 맞춰 다시 접었다.

설거지를 하는 일이 겁이 났다. 무엇을 하든 예연의 마음에 들지 않을 것 같았다. 나는 뒤를 돌아봤다. 거실 풍경이 새삼스레 눈에 들어왔다. 두 사람이 서 있는 거실 구석 쪽에 신문, CD, 책 같은 물건들이 차곡차곡 쌓여 있었다. 이전에는 정말 몰랐다. 한가득 쌓인 그 물건들이 금방이라도 엎어질 듯 위태로워 보인다는 것을. 두 사람이 이야기를 시작했다. 내게는 들리지 않았다.

자정이다.

퇴근하고 집에 돌아왔을 땐 이미 아무도 집에 없었다. 나 혼자였다. 나는 뜨거운 물로 샤워하고 침대에 누웠다. 잠이 오지 않았다. 이를 악물고 천장을 노려보았다. 벌써 삼 일째다. 평소 예연은 이 시간에 절대 밖으로 나가지 않는다. 그녀는 겁이 많고 낯선 길을 걷는 걸 좋아하지 않으니까. 누군가 동행하지 않는 이상 밖에 나가지 않는다.

나는 자리에서 일어났다.

희진의 책상 서랍을 열었다. 심야 영화 표 두 장이 보였다. 나는 영화 제목을 손끝으로 따라가며 읽다가 서랍 안으로 던져버렸다. 잠은 멀리 달아났다. 나는 시계를 몇 번씩 확인하며 기다렸다. 둘 중 누구를 기다리는지 나조차 알 수 없었다. 문득 정신을 차리고 보니 나는 희진의 서랍을 다시 뒤지고 있었다. 카페 영수증과 이전에 본 적 없던 파란색 파우치가 보였다. 파우치 안에는 푸른색 상자 하나가 들어 있었다. 비밀번호를 돌려서 맞춰 열리는 상자였다. 문밖에서 두 여자의 웃음소리가 들려왔다. 나는 재빨리 물건들을 제자리에 두고 밖으로 나갔다.

"수지씨 아직 안 잤어요?"

예연이 나를 보자마자 말했다. 예연은 지금껏 본 적 없는 진한 화장을 하고 있었다. 발목까지 내려오는 살구색 원피스를 입고 있었고, 귀에는 푸른빛이 도는 큐빅 귀걸이를 했다. 이전에 희진은 예연이 너무 창백해서 사람 같지 않다고 했다. 송장 보는 기분이 든다고 했었다. 지금 예연은 정말로 사람처럼 보이지 않았다. 두 사람이 내가 알아들을 수 없는 말, 그러니까 차선, 폭발, 추격, 복수, 그런 단어들을 주고받는 동안 예연의 뺨은 더 하얗게 질려가고 있었다. 너무 차가워 보여서 만지면 소름이 돋을 것 같았다. 하지만 놀랍게도 무척 생기 있어 보이기도 했다. 지금 예연은 정말 즐거워 보였다. 예연에게 무슨 이야기를 하는 거냐고 물어보려는 순간 희진이 가로막았다.

"오늘 우리가 본 영화 이야기야."

희진은 '우리'라는 단어에 힘을 줘서 말했다. 거기서 대화는 끝났다. 희진은 방으로 향했고, 예연은 이층 계단을 올랐다. 나는 그 자리에 그대로 서 있었다. 희진이 방문을 닫는 순간, 갑자기 예연이 나를 불렀다. 나는 고개를 들었다. 계단 위에 예연이 나를 내려다보고 있었다.

"수지씨, 할말이 있는데요."

예연이 그렇게 말했을 뿐인데 왈칵 눈물이 쏟아져나올 것 같았다. 제가 나가라는 건가요. 원망스런 말이 목구멍까지 밀려올라왔다. 문득, 나는 예연에 대해서 많은 것을 알지 못한다는 생각이 들었다. 그녀에 대해 알고 싶어하지도 않았고, 때문에 그녀를 알 기회가 별로 없었다는 후회도. 예연이 망설이는 것이 느껴졌다. 그녀가 뒤로 한 걸음 물러났다. 어둠 속에 얼굴이 가려졌다. 나는 그녀를 향해 다가섰다. 그래도 아직 보이지 않았다. 예연이 속삭였다.

"다음에 이야기할게요."

한밤중에 희진이 일어나 서랍을 여는 소리를 들었다. 뭔가를 꺼내는 것 같았는데 아마 파우치일 거라고 짐작했다. 그녀는 내가 자는지 확인하려는 듯 고개를 돌려 나를 살폈다. 나는 눈을 감고 귀를 기울였다. 문이 열리고 닫혔다. 나는 문가로 다가갔다. 계단을 밟는 소리. 나는 문을 조금 열었다. 어둠 속으로 사라지는 발뒤꿈치를 목격했다. 현관문이 열리는 소리. 그리고 웃음소리. 나는 침대로 돌아가 누웠다. 한 시간 후 돌아온 희진의 손에는 아무것도 없었다.

연한 색부터 진한 색 순으로. 컵을 닦아놓았다. 가운데 놓인 파란 컵을 꺼내 다시 닦았다. 잠을 못 자 푸석한 얼굴이 파란 컵에 비쳤다. 새벽녘, 집안은 조용했다. 그들은 아직 일어나지 않았다.

거실 창문을 열자 찬 공기가 밀려들었다. 공기와 먼지 냄새가 콧속으로 함께 스며들었다. 벽면 천장까지 가득 쌓인 신문 때문이었다. 벽 하나가 툭 튀어나와 있다고 할 정도로 잡다한 종이들이 엄청나게 쌓여 있었다. 월간지, 주간지 같은 잡지들도 크기별로 쌓여 있었다. 만화책과 소설책, 시집도 있었다. 나는 예연이 책을 읽는 걸 본 적이 없었다.

신문 한 장이 비쭉 튀어나온 걸 발견했다. 누르스름한 종이에 박힌 연도를 확인했다. 1997년. 2002년. 세월이 느껴지는 숫자였다. 그러고 보니 계속 하숙을 해왔다는데, 예연은 이전에 살았던 사람들에 대해 말한 적이 없었다. 나는 밑에서부터 신문 탑 꼭대기까지 천천히 고개를 올렸다. 먼지 때문인지, 천장에 닿은 시야가 흐릿해졌다. 나는 눈을 깜빡거렸다. 꼭대기에서 하얗고 작은 점 하나가 움직이고 있었다. 먼지인가, 싶은 순간 그것이 내 앞으로 툭 떨어졌다. 손톱만한 벌레였다. 다리가 길고 날개가 짧았다. 한 번도 본 적 없는 괴상한 벌레였다. 나는 반사적으로 손바닥을 내리쳤다. 벌레가 나보다 재빨랐다. 책들 사이로 숨어들어 자취를 감췄다. 놓쳤나 싶어 일어났는데 저 앞에 벌레 두 마리가 빠르게 기어가고 있었다. 벌레들은 부엌 쪽으로 움직였다. 나는 손에 종이를 말아 쥐고 벌레들을 쫓았다. 그것들은 부엌 근처에서 방향을 꺾어, 이층 계단을 타고 올랐다. 나는 멀어지는 두 개의 하얀 점을 노려보았다.

아침식사를 마치자마자 희진은 방으로 들어갔다. 설거지를 하던 나는 아침에 내가 정리한 컵의 위치가 바뀐 걸 보았다. 아마 예연이 다시 정리한 모양인데, 파란 컵 자리가 비어 있었다. 접시를 정리할 즈음 예연이 빨간색 코트를 들고 내려왔다. 그녀는 냉장고에서 찬물을 꺼내 유리컵에 따랐다.

"어디 가세요?"

내 질문에 예연은 희진과 갈 곳이 있다고 말했다. "볼일이 있어요."

"언제 돌아오세요?"

질문이 귀찮은지 예연은 희진의 방문을 자꾸만 돌아봤다. 그녀는 나와 대화하고 싶지 않은 듯했다. 나는 빨간색 외투를 손끝으로 살짝 만졌다.

"예연씨."

그녀는 나를 보지 않았다. 시선은 여전히 희진의 방을 향해 있었다. 나는 말했다.

"예연씨, 미안해요."

그제야 예연이 나를 돌아보았다. 나는 눈길을 아래로 내렸다.

"저는 말렸는데 희진이가 고집을 피워서 어쩔 수 없었어요. 서랍을 열 때부터 말렸어요. 방도 본다는 걸 제가 겨우 말려서 그만두게 했어요."

예연은 말이 없었다. 나는 그녀에게 다가섰다. 빨간 코트에 묻은 먼지를 손가락으로 집어냈다. 먼지도 붉은색이었다. 나는, 부끄럽지 않았다. 그런 느낌은 조금도 들지 않았다. 나는 입을 열었다. 갈라진 목소리가 새어나왔다.

"제가 남으면 안 돼요?"

그 순간이었다. 예연이 손에 든 물컵을 뒤집었다. 물방울이 바닥에 떨어지며 예연의 발을 적셨다. 예연이 아래로 컵을 던지듯 떨어뜨렸다. 유리컵이 산산조각으로 부서지고 흩어졌다. 예연은 흔들림 없는 눈빛으로 나를 바라보았다. 나는 그녀의 눈동자를 가만히 응시했다. 천천히 몸을 굽혔다. 손끝으로 유릿조각을 집고, 그녀 발 위에 떨어진 물방울을 닦았다. 예연이 중얼거렸다.

"저는 이 순간이 제일 좋더라고요."

자리에서 일어났다. 손이 축축했다. 희진이 나를 보고 있었다. 희진은 파란 컵을 들고 있었다. 그들은 함께 밖으로 나갔다.

홍건히 젖은 바닥에 유릿조각들이 잠겨 있었다. 나는 유릿조각을 치우고 바닥을 닦았다. 휴지를 버리러 부엌으로 들어갔다. 생선 머리 열다섯 개가 나를 노려보았다. 몸통은 어디로 갔을까. 이제는 우리의 비밀이 아니었다. 그들의 비밀이다. 나는 모르고, 알 수 없고, 절대 알려주려 하지 않는. 나는 손끝으로 생선 머리 하나를 툭 쳤다. 벌어진 입안에서 하얀 벌레 한 마리가 기어나왔다. 벌레는 조리대에서 뛰어내려 바닥에 착지했다. 그리고 짧은 날개를 펼쳐 낮게 날았다. 나는 그 뒤를 따랐다. 부엌이 끝나는 곳까지. 벌레는 계단 앞에서 멈췄다. 이윽고 하얀 점이 이층 복도 너머로 사라지는 걸 보고 나는 부엌으로 되돌아왔다. 싱크대를 열고 열쇠를 꺼냈다.

줄곧 잠겨 있던 일층의 방문을 열었다. 방 전체에 엄청나게 많은 물건들이 빽빽하게 차 있었다. 사람 한 명이 겨우 지나다닐 틈이 조금 있었고, 그 양옆으로 책, 신문, 접시, 전단, 페트병, 화장대, 부러진 의자, 액자, 인형 같은 잡다한 물건들이 쌓여 있었다. 쓰레기들이 탑처럼 겹겹이 층을 이루고 있었다. 나는 문을 닫고 나와 계단 앞에 섰다.

한 계단을 오를 때마다 뒤를 돌아보았다. 위로 올라갈수록 등뒤는 멀어졌다. 마지막 계단을 밟자 어두운 복도가 보였다. 그 길만이 끝없이 펼쳐지고, 끝에는 아무것도 없는 것 같았다. 나는 앞으로 나아갔다. 방들의 길목을 밟았다. 악취가 코끝을 적셨다.

첫번째 방은 아래층 방보다 훨씬 더러웠다. 물건들은 금방 넘어질 것처럼 위태롭게 쌓여 있었고, 먼지와 머리카락 뭉치가 마치 번데기처럼 그 탑들 사이사이에 걸려 있었다. 서 있기만 했는데 검은 가루가 어깨와 이마에 떨어졌다. 끼익, 끼익 하고 벽을 스치는 기분 나쁜 소리도 들렸다. 두번째 방의 문을 잡았다. 바로 건너편이 예연의 방이었다. 문고리에 뭐가 묻었는지 손이 찐득했다. 몸이 떨렸다. 옅게 번져오던 악취가 얼굴을 감쌌고, 나는 숨을 멈췄다.

힘껏 문을 잡아당겼다. 하얀 벌레들이 내 얼굴로 달려들었다. 나는 비명을 지르며 뒤로 물러섰다. 몇 마리가 날개를 펴고 이층 난간 위를 날았다. 나는 기겁하며 더 뒤로 물러섰다. 방에서 이상한 진액이 흘러나오고 있었다. 냄새는 거기서 퍼지는 거였다. 호흡이 거칠어지고 가슴은 뭔가에 짓눌린 듯 무거웠다. 나는 방문을 급히 닫았다.

이제 예연의 방이었다. 여기서 물러설 생각이라면 올라오지도 않았다. 그들이 아는 거라면 나도 알아야 했다. 알고 싶었다. 열쇠를 꽂고 문을 열었다. 악취가 문틈 사이로 밀려나왔다. 그때였다.

"너 거기서 뭐하니?"

나는 뒤를 돌아봤다. 희진이었다. 그녀는 차가운 얼굴로 나를 쏘아보고 있었다.

"역시, 와보길 잘한 것 같다."

희진은 그 말을 남기고 계단을 내려갔다. 이렇게 그녀를 보낼 수는 없었다. 이런 식으로는 아니었다. 나는 달려가 그녀의 어깨를 붙잡았다.

"희진아, 그런 게 아니야!"

희진이 나를 힘껏 밀쳤다. 나는 바닥에 넘어졌다. 희진이 말했다.

"우리가 이렇게 되어서 정말 다행이야."

그건 우리가 한 달 만에 나눈 첫 대화였다. 그 순간 갑자기 성공하려면 과감해야 하고, 용기가 있어야 한다는 사장의 목소리가 들

려왔다. 왜 지금 그의 말이 떠오르는지는 나도 알 수 없었다. 나는
희진의 머리채를 잡아당겼다. 중심을 잃은 희진이 손끝으로 허공을
긁었다.

"그런 게 아니야."

나는 중얼거렸다. 그리고 힘을 주어 희진의 뒤통수를 밀었다. 난간
의 각진 모서리에 희진의 머리가 부딪혔다. 빽, 하는 소리가 났고 계
단이 오래도록 진동했다. 희진이 바닥으로 굴러떨어졌다. 삐걱삐걱삐
걱. 소리가 멈추지 않았다. 피가 바닥으로 흘러나왔다.

울음을 멈춘 건, 피가 굳어가는 걸 알았을 때다. 나는 걸레로 바닥
을 문질렀다. 닦이지 않았다. 내가 만지는 곳마다 붉게 물들었다. 나
는 희진을 끌어당겼다. 그녀의 몸 아래 더 많은 피가 숨어 있었다. 나
는 희진을 끌어안았다. 그녀의 몸은 따뜻했다. 나는 한참 동안 희진을
그렇게 안고 있었다.

일층 방안에 희진을 밀어넣었다. 위태롭게 쌓여 있던 물건들 몇 개
가 그녀의 몸 위로 떨어졌다. 그때 미약한 신음이 들렸다. 가늘게 들
리던 그 소리는 곧 끊어졌다. 나는 탑의 밑부분을 발끝으로 찼다. 그
러자 부서진 의자와 좌탁이, 인형과 액자가, 창틀과 거울이 아래로,
희진의 몸 위로 떨어졌다. 희진은 그 밑에 묻혔다. 나는 방문을 닫고
열쇠로 돌려 잠갔다. 문 앞까지 희진의 피가 길처럼 묻어 있었다. 나
는 락스를 뿌려 거실 바닥을 닦았다. 이층으로 올라가는 계단과 예연
의 방문 앞까지 꼼꼼히 닦았다. 닦아도, 닦아도 집안에서는 이상한 냄
새가 났다. 나는 세제와 방향제를 집에 가득 뿌렸다. 향이 독해 다시
눈물이 났다.

며칠 후, 몰래 그 방을 열어보았다. 희진은 없었다. 처음 봤을 때처럼, 모든 물건이 탑처럼 차곡차곡 쌓여 있었다.

예연이 새 사람을 들이겠다고 말해왔다. 나는 알아서 하라고 대답했는데, 예연은 방을 떠나지 않았다. 그녀는 나를 뚫어지게 바라보았고 나는 모른 척했다. 예연이 내 곁으로 다가왔다.

"희진이가 수지씨한테도 연락할 거예요."

예연은 희진이 편지를 보내왔다고 말했다. 이 집에는 수지가 남는 것이 옳으니 자신이 나가겠다고 적은 편지를. 예연은 내게 그 편지를 보여주지 않았다. 대신 예연은 희진이 뭐라고 썼는지 여러 번 이야기해줬다. 대체로 같은 내용이었지만 말할 때마다 조금씩 달랐다. 어느 날은 희진이 편지를 직접 주고 갔다고 했고, 어느 날은 희진이 편지를 남겨두고 갔다고 했다. 일부러 다르게 말한다는 느낌이 들기도 했다. 하지만 그건 정말 느낌일 뿐이었고, 설사 그게 사실이라 해도 나는 확인할 용기가 없었다. 예연은 매번 희진이 내게도 곧 연락해올 거라고, 섭섭해하지 말라고 말하곤 했는데 그러면서 내 반응을 살피는 것 같다는 느낌이 들었다. 그건 무섭지도 두렵지도 않았다. 진짜 섬뜩한 건, 예연은 그런 와중에도 희진이 자신에게만 연락을 한다며 내게 뭔가를 과시하고 싶어한다는 거였다.

새로운 사람이 들어오기 전날, 예연과 식사를 했다. 꼬치구이를 먹기로 했다. 나는 식탁에 앉아 예연이 준비한 재료들을 하나씩 꼬치에 끼웠다. 몇 개 만들고 나자 허리가 뻐근했다. 목이 말랐다. 물을 마시러 싱크대 쪽으로 걸어가는데, 식탁 가장자리에 하얀 벌레 한 마리가 더듬이를 움직이고 있는 모습이 보였다. 나는 흠칫 놀라며 뒤로 물러섰다.

벌레는 몰래 뭘 그렇게 먹었는지 통통하게 살이 올랐다. 뒤뚱거리며 앞으로 나아가는데, 뚱뚱한 몸 때문에 잘 움직이지 못했다. 그때 예연이 부엌으로 들어왔다. 나는 예연에게 살충제를 찾아달라고 외쳤다.

"예연씨, 저기 벌레가 있어요!"

예연이 웃으며 벌레를 향해 손을 뻗었다. 벌레가 예연의 손등을 타고 올라갔다. 그것은 곧 그녀의 팔뚝으로 기어올랐다. 금세 떨어질 듯 아슬아슬했지만 예연은 벌레가 잘 움직일 수 있도록 팔을 편안하게 움직였다. 그리고 싱크대 쪽으로 다가왔다. 나는 거의 숨을 쉴 수가 없었다. 예연이 팔을 기울였다. 벌레는 미끄럼을 타듯 팔 아래쪽으로 내려왔고, 싱크대 배수구 밑으로 사라졌다. 예연이 내게 다가와 속삭였다.

"내 곁에 이렇게까지 남아준 사람은 처음이에요."

그녀가 내게 무언가를 건넸다. 파란 컵이었다. 내 얼굴이 푸르고 투명하게 비쳤다.

잠이 오지 않아 거실로 나왔다. 소파에 누워 천장을 한참 바라보았다. 눈앞이 희뿌옇게 흐려졌다. 초점이 여러 개로 흩어졌다 돌아오기를 여러 번 반복했다. 몽롱하고 녹녹한 기분. 서서히 잠에 빠져드는데 어디선가 이상한 소리가 들려왔다. 종이 수백 장이 바닥을 스치는 듯 미세한 소음. 어렴풋이 눈을 뜨니 바닥을 꽉 채운 하얀 벌레떼가 계단을 오르고 있었다. 무수히 많은 하얀 점들이. 나는 몽롱한 눈으로 그

것들이 향하는 곳을 보다 잠이 들었다.

어딘가의 문을 열었다. 그 너머에는.

보이기 전에 나는 문을 닫았다.

당신을 닮은 노래

내 자궁을 적출해야 한다는 진단을 받았던 날, 엄마는 특별히 어떤 반응을 하지 않았다. 내가 많이 당황해 있어서 엄마라도 침착해야 한다고 생각했던 것 같다. 엄마는 내게 '괜찮아'라고 여러 번 이야기해주었다. 너는 젊어. 너는 회복이 빠를 거야. 너는.

내 새끼, 너는 날 닮았으니까.

그즈음, 엄마는 누군가를 쉽게 존경했다. 아홉 손가락으로 피아노를 연주하는 소년, 마흔다섯의 나이로 간호대학에 입학한 가정주부. 엄마는 그러니까 어떤 가능성을 포기하지 않은 이들에 대해 내게 끊임없이 늘어놓았다. 대단하지. 정말 대단하지 않니? 여름이었다. 장마는 길었다. 햇볕은 뜨거웠다. 한낮이면 뒷목이 새빨갛게 달아오르곤 했다. 나의 침묵을 엄마가 영원히 기억하게 될지도 모른다고 생각했다.

늦여름 그 목요일. 나는 엄마를 옆 좌석에 태우고 도시 외곽을 돌아다녔다. 안진 시내를 벗어나자마자 흙먼지가 차창 앞으로 밀려들었던 기억이 난다. 철근과 콘크리트 조각, 간이 건물들과 현수막들이 주변 곳곳에 어지러이 늘어서 있었다. 벽에 무언가를 박아넣는 듯 둔탁한 소음이 울렸다. 한때 안진시에서 가장 번화했던 곳이지만, 내가 태어났을 무렵부터 사람들의 발길이 천천히 끊겼고 이제는 오래된 건물들이 하나둘 철거되는 중이다. 하지만 도시 사람들 대부분에게는 여전히 익숙하고 친근한 동네였다. 그건 옛이야기와 같은 거였다. 부모님의 부모님, 그리고 그들의 부모님을 향해 거슬러올라가는 길목 곳곳에 고인 오래된 이야기 같은 것.

하지만 나는 그곳에서 길을 잃었다. 우리가 찾는 건물은 어떤 선교사의 사택이었던 곳으로 안진에서 가장 오래된 것들 중 하나였다. 주인이 떠난 후에도 이런저런 용도로 많이 사용되었고, 그래서인지 이 동네를 생각하면 가장 먼저 떠오르는 건물이었다. 그런데 막상 찾겠다고 생각해서인지 눈에 들어오지 않았다. 나는 사거리를 맴돌며 낡은 간판들을 일일이 확인했지만, 다닥다닥 붙어 있는 건물들은 모두 비슷해 보일 뿐이었다. 시간이 촉박했다.

"괜찮아, 서두를 것 없어."

창밖을 두리번거리는데 옆에서 엄마가 말했다. 그녀는 손끝으로 내 미간을 살짝 어루만지며 덧붙였다. "그렇게 인상 쓸 것도 없고."

엄마는 선생님께서는 늘 오 분 정도 늦게 들어오시니 걱정할 것 없다고 했다. 그러나 나는 찡그린 얼굴을 펴지 않았다. 오 분을 훌쩍 넘기게 될까봐 걱정이었다. 내 실수로 엄마를 늦게 하고 싶지 않았다. 그즈음, 그러니까 작년 한 해 동안 엄마는 백화점의 문화센터에서 가곡 강습을 받았는데 지각이나 결석을 한 번도 안 했다. 매주 목요일 네시면 엄마는 강의실에 정확히 도착해서 악보를 펴고 사람들을 기다렸다. 강사가 강습시간을 늦춘 날에도 정시에 도착했고, 심지어 휴강을 한 날에도 출석했다.

"무슨 일이든 혹시 모르는 법이니까."

뭘 그렇게까지 하냐며 내가 핀잔을 주면 엄마는 그렇게 답했다. 늘 준비해야 해. 혹시 아니, 선생님께서 마음을 갑자기 바꾸실지.

물론 그런 일은 일어나지 않았다. 강사는 여전히 자주 휴강을 했고 늘 오 분을 늦었다. 달라진 건 없었다. 그날처럼 강의실이 바뀐 일을 제외하고는.

백화점에 누수가 발생했다. 태풍이 몰아치던 날은 물론 장마철에도 아무렇지 않았는데, 구층 내벽 전체에 곰팡이가 슬고 벽 군데군데가 갈라졌다. 깨끗하고 튼튼해 보이는 건물이 안에서부터 썩고 있었다는 사실을 누구도 몰랐다. 누수가 발견되었을 무렵에는 상황이 꽤 심각해서 건물 전체를 며칠간 폐쇄해야 할 지경이었다. 백화점측에서는 가곡수업을 한 주 휴강하고 공사에 들어가면 된다고 생각했던 모양이다. 그러나 연휴의 끄트머리였다. 강사는 휴일 핑계를 대고 이미 이 주 정도 휴강을 했었다. 수업을 또 쉰다는 말에 강습생 몇 명이 항의 전화를 했다. 결국 백화점측은 급히 빈 강의실 하나를 확보한 뒤 사람들에게 연락을 돌렸다.

"얘, 저기 봐라, 저기."

엄마의 목소리를 따라 고개를 돌렸다. 반대쪽 길 끝에 아담한 건물 하나가 있었다. 붉은 벽돌로 쌓은 삼층짜리 서양식 건물이었는데, 낮은 삼각 지붕 밑에 '교양교육원'이라는 간판이 달려 있었다. 근래 지어진 건물들보다 높이가 낮았고, 그에 비해 폭은 넓은 편이어서 전체적으로 약간 납작한 인상이 들었다. 아치형 현관문과 창문들 때문인지 둥근 느낌도 들었다. 낡은 만큼 많은 기억이 있었다. 한때는 마음 붙일 곳 없는 사춘기 아이들이 밤마다 숨어들었고, 선거철이면 가난한 정당의 사무실로 쓰이기도 했으며, 무료 급식소나 방과후 교실이 되기도 했다. 이 년 전, 인근의 전문대학이 건물을 인수한 후에는 시민들에게 음악이나 미술, 글짓기나 네일아트 같은 걸 가르치는 교양교육원으로 사용되고 있었다.

"힘드니까 그만 운전하고 세워라. 여기서 길 건너갈게."

"힘들긴 뭘 힘들어."

나는 여기나 저기나 똑같다고 대꾸하며 도로를 유턴해 가로질렀다. 문 앞에서 엄마가 뒤를 돌아봤다. 나는 손을 흔들었다.

그날 강사는 십오 분을 늦었다. 왜 굳이 외곽까지 가서 수업을 해야하느냐며 백화점과 승강이를 벌이다 그랬다고 했다. 그는 강습생들에게 억울하다는 듯 말했다. "우리가 이런 곳에 있어야겠습니까?"

엄마는 강사를 존경했다. 가난하지만 노력했고 끝내 이탈리아 유학까지 다녀와 대학과 문화센터에서 강의를 하는 그가 정말 대단한 사람이라고 생각했고, 그래서 그의 의견 대부분을 존중했다. 하지만 건물이 후져서 일 분 일 초도 있기 싫다는 그의 투정에는 반대했다. 엄마는 그 건물이 좋았다.

아주 오랜 시간 변함없이 이어져내려온 전통 같은 것, 대물림되는 운명 같은 것이 느껴진다고 했다. 그런 것이야말로 보전돼야 하는 것이 아니냐고 했다. 쓸모없는 것들이 아니라 이런 것들 말이지. 특별하고, 고고하고.

단어들을 고르며 인상을 쓰던 엄마의 표정이 기억난다.

젊은 시절 엄마는 시의 합창단원이었다. 소프라노였다. 독창 부분을 맡거나, 연주자들이 앞다퉈 찾는 단원은 아니었지만 나름대로 나쁘지 않은 목소리였다고 엄마는 자신 있게 말했다. 하지만 합창단 사정이 나빠지면서 최소 인원만을 남기는 방향으로 규모가 축소되었다. 엄마는 마지막 면접까지 남아 있었지만 결국 해고되었다. 재계약을 이어갈 만한 결정적인 이유가 없기 때문이라고 했다. 엄마는 낙담하지 않았다. 젊었다. 무엇이든 할 수 있고, 무엇이든 해야 한다고 생각하던 시절이었다. 그녀는 자신의 재능이 나쁘지 않다고 생각했으며 정해진 미래 같은 것이 있다 해도 얼마든지 바꿀 수 있다고 믿었다. 아빠는 엄마의 그런 면을 좋아했던 것 같다. 젊고 아름답고 순진한 부부였다. 아빠가 돌아가신 후 한동안, 엄마는 매일 아침마다 얼음을 가득 채운 주머니를 눈두덩 위에 올려놓고는 했다. 얼마 후 엄마는 보험 일을 시작했다.

"그러니까 내가 엄마 닮아서 이런 거네?"

엄마가 젊은 시절을 회상할 때면 나는 그런 농담을 했다. 엄마는 눈을 흘기며 대꾸하고는 했다.

"야, 그래도 네가 그만큼 해낸 것도 다 나 닮은 덕이지. 감사한 줄 알아."

우리는 웃었다. 농담이기는 했지만 사실이었다. 나는 작가가 되고 싶었다. 공모전에서 여러 번 떨어졌다. 한번은 최종심에서 아슬아슬하게 떨어졌는데, 내 심사평은 이랬다. "뽑을 만큼 결정적인 이유가 없다." 그때 엄마와 나는 심사평을 읽으며 웃었다. 기막힌 대물림이었고 웃을 일이었다. 낙담하지 않았다. 그것이 내가 가진 것이라면 가진 것이니까.

지금 나는 스물아홉 살이고, 암환자다.

이것도 내가 가진 것이다.

이 년 전, 난소암 진단을 받았다. 4기였다. 아주 많이 전이된 상태고, 회복될 가능성이 희박하다는 의미였다. 항암치료를 열두 번 받았다. 내 몸에는 남아 있는 것들이 많지 않다. 자궁과 위, 갑상선을 제거했고, 간 일부도 잘라냈다. 남은 간 조각이 위의 역할을 한다. 배에 구멍을 뚫어 관을 연결했고, 그것으로 약물을 주입한다. 조만간 폐도 절제할 예정이다. 몸은 늘 부어 있고 입맛은 껄끄러우며 조금만 움직여도 쉽게 지친다. 항암치료를 받는 동안 온몸의 털이 다 빠져나갔다. 털은 드문드문 다시 돋아났지만 결코 이전처럼 풍성한 머리카락을 가질 수는 없으리라는 걸 잘 안다. 수차례의 개복, 화학요법과 표적치료, 입원, 퇴원, 다시 입원. 나는 병원이 제안하는 모든 것을 했다.

"그렇게까지 해야 해?"

여덟번째 항암치료를 받으러 병원에 갔을 때의 일이다. 지하 매점 테이블에서 환자의 지인으로 보이는 어떤 남녀의 대화를 들었다.

목전에 죽음을 두면 마음이 너그러워진다는데, 나는 그 심정을 전혀 모르겠다. 나는 그 두 사람이 죽음 앞에서 가능한 한 많이 고통스럽기를 빈다. 가족을 힘들게 하는 것이 가장 끔찍한 일이라는, 그러니 가능성이 없다면 알아서 포기해야 한다는 말을 그들 스스로도 반드시 지키기를 빈다. 소원대로 우아한 죽음을 겪어보시지.

내 자궁을 적출해야 한다는 진단을 받았던 날, 엄마는 특별히 어떤 반응을 하지 않았다. 내가 많이 당황해 있어서 엄마라도 침착해야 한다고 생각했던 것 같다. 엄마는 내게 '괜찮아'라고 여러 번 이야기해주었다. 너는 젊어, 너는 회복이 빠를 거야. 너는.

내 새끼, 너는 날 닮았으니까.

그날 저녁, 엄마는 삶은 브로콜리와 구운 고등어로 상을 차렸다. 나는 얼음을 얼렸다.

엄마에게 노래를 배우러 다니라고 제안한 사람은 나였다. 투병은 길고 고통스러울 것이 뻔했다. 엄마가 모든 것을 다 접고 내 간호에만 신경쓰지 않았으면 했다. 엄마는 열심히 살았다. 이제 중년이었다. 삶의 보상까지는 아니더라도 위로가 되는 일이 하나쯤 있었으면 했다. 엄마는 처음에는 싫다고 했지만 일 년이 지나고, 병원과 집을 오가는 내 생활에 조금씩 익숙해지자 생각이 바뀌는 것 같았다. 그러더니 작년 봄, 수업을 들어보고 싶다고 했다.

첫날에도 엄마는 정시에 도착했다. 사람들 사이에서 엄마는 혼자 앉아 있었는데, 그들의 대화에 약간의 위화감을 느꼈다. 유기농 식품, 고액 과외, 해외여행과 남편, 자식, 필라테스, 와인. 엄마는 고개를 숙이지 않았다. 미소를 지으며 악보를 봤고, 시계를 봤고, 시선이 마주치는 사람에게는 가볍게 고개를 끄덕여 인사를 했다. 엄마는 자신이 노래를 배우러 왔을 뿐이고, 그 외에는 아무것도 관심이 없다는 걸 어떻게든 드러내려 애썼다. 강의 시간이 거의 다 되었을 즈음이었다. 옆자리 여자가 엄마에게 말을 걸어왔다. 여자는 사십대 초반으로 보였는데, 치아가 유별나게 깨끗하고 희었다. 인사를 나누자마자 여자가 질문을 해왔다.

"혹시, 지난주 봉사활동에 오지 않으셨어요?"

엄마는 여자가 말하는 단체의 이름을 들어본 적도 없었다. 여자는 함께 일한 사람과 엄마의 얼굴이 비슷해서 헷갈렸다며 미소를 지었다. 목요일에는 둘째 딸을 학원에 보내자마자 강습에 오는데, 그래서인지 항상 정신이 없다고 했다. 별일 아니라는 듯 자연스럽고 친근한 말투였다. 엄마는 마음이 편해졌다. 어쩐지 그 여자와 가까워진 기분이 들었다.

"저도 딸이 있어요."

엄마의 말에 여자가 반색했다. "지금 큰딸이 서울에 막 취직했어요. 따님은 어느 동네에 살아요?"

엄마는 당황했다. 무슨 말을 할지 몰라 머뭇거리는데, 여자의 표정이 조금 달라지는 걸 보았다. 엄마는 여자가 상황을 불편하지 않게 만들고 싶어한다는 느낌을 받았다. 엄마는 정작 아무렇지 않은데 말이다. 그냥 어떻게 대답해야 할지 몰라 고민했을 뿐이니까. 여자에게 그럴 필요 없다고 말해줘야겠다 싶었는데, 그 순간 엄마는 자신이 이 여자에게 왜 그렇게까지 설명하려고 하는 건지 알 수 없다는 생각이 들었다. 이런저런 생각에 복잡해진 엄마와 달리 여자는 아무렇지 않아 보였다. 그녀는 어느새 자신이 어울리던 사람들 틈으로 돌아가 즐겁게 대화를 나누고 있었다. 문득 여자가 엄마에게 이름을 묻지 않았다는 걸 깨달았다. 엄마는 불쾌감을 느끼지 못하는 스스로에게 화가 났다. 그녀는 머릿속에서 자신이 했어야만 했던 말들을 하나씩 골랐다. 저는요. 제 딸은요. 아니, 내 딸은요. 나는요. 그러나 그녀와 그녀의 딸, 우리를 수식하는 어떤 단어도 엄마가 원하는 표현은 아니었다.

수업시간은 한 시간 반이었다. 기본적인 발성 연습을 십 분 정도 한 뒤, 지난 시간에 배운 부분을 복습하면서 진도를 나가는 식으로 진행

되었다. 재밌었다. 이십 분을 남겨두고 시작된 독창 연습 전까지 엄마는 그렇게 느꼈다. 독창 연습은 강사가 부르는 사람만이 앞으로 나가 노래를 부르는 시간이었는데, 지목을 기다리는 그 분위기는 미묘하게 경쟁적이었다. 아무도 손을 들지 않았지만 모두 자신을 불러주기를 기다리는 것 같았다.

옆자리 여자가 가장 먼저 나갔다. 여자는 고음을 낼 때 목소리가 갈라졌고, 전체적으로 호흡도 부족했다. 낮은 음으로 내려오면서는 얼굴이 우스꽝스럽게 일그러졌다. 다음에는 가장 앞줄에 앉은 여자가 호명되었는데, 그 수업에서 나이가 제일 많아 보였다. 노래를 부르는 내내 목소리가 바들바들 떨렸다. 아무도 그 여자의 노래에 집중하지 않았다. 강사는 노래를 끝까지 듣지 않았다.

"괜찮아요. 충분히 잘하셨어요."

그리고 그는 길게 한숨을 쉬었다. 강의실이 조용해졌다. 엄마는 이리저리 시선을 돌리며 사람들을 살폈다. 같은 욕심을 내고 있지만 누구도 솔직하지 않은 그 분위기 속에서 엄마는 어떤 표정을 지어야 할지 몰랐다. 그러다 이상한 기분이 들어 고개를 들어보니, 강사가 엄마를 보고 있었다.

"나와보시겠어요?"

엄마는 긴장했다. 꽤 일방적이고 강압적인 부름이라고 생각했다. 하지만 저 사람은 결정적인 순간을 늘 쉽게 넘었겠지. 엄마는 조심스럽게 자리에서 일어났다. 동시에 마음을 다잡았다. 엄마는 자신이 정당한 강습료를 내고 그 자리에 앉아 있다는 걸 생각하려 애썼다. 내가 돈을 내지 않으면, 내가 배우지 않으면 저 사람은 아무 의미가 없어.

엄마는 강사를 똑바로 바라봤다.

노래가 끝난 후 강사가 말했다.

"와, 어머니 목소리 진짜 깨끗하네?"

주위가 조용해졌다. 그가 말을 이었다. "연습 좀 하면 발표회 때 독창도 할 수 있겠어요."

그 말에 자리로 돌아가던 엄마는 뒤를 돌아봤다.

"가능성이 있어요?"

"그럼요." 그가 피아노 위의 악보를 정리하며 덧붙였다.

"그러니까 이제 계속하시는 겁니다."

나는 노래를 잘한다는 것이 어떤 느낌인지 모르고, 가곡도 모른다. 그래도 엄마가 애쓴다는 건 알 수 있었다. 엄마는 매일 노래했다. 그녀에겐 원하는 소리가 있었고, 그 음을 표현하기 위해 매일 연습했다. 가장 낮은 음에서 높은 음까지, 엄마는 깨끗하고 단정한 음정으로 소리내려 노력했다. 한 음이라도 잘못 부르면 처음부터 다시 시작했다. 연습이 마음에 드는 날에는 기분이 좋았고, 마음에 들지 않는 날이면 슬퍼했다. 강사에게 칭찬을 받은 날에는 행복해했고, 지적을 받은 날에는 괴로워했다. 엄마는 늘 질문했다. 수진아, 엄마 오늘은 잘하니? 잘하고 있지?

생각해보면 엄마는 늘 그렇게 애썼다. 그녀는 열한 살 여자아이를 혼자 키워야 했다. 나는 그 시간 동안 엄마가 경험했을 어떤 것들에 대해 함부로 추측하고 싶지 않다. 내가 그녀의 일부였던 것은 자궁 속에 웅크리고 있던 열 달에 불과하다. 이해나 공감은 어디까지나 나라는 인간이 상상할 수 있는 범위 안에서만 가능하다. 나는 아빠 없는 어린 시절에 대해서는 약간의 이야기를 할 수 있지만, 혼자 아이를 키우는 여자의 마음에 대해서는 도저히 말할 수 없다. 최선을 다하고 있는데도 원망 어린 눈길을 보내는 사춘기 딸을 마주해야 하는 아침. 실적이 좋다는 이유로 은근히 배척하는 동료들의 태도. 낮에는 신사적이지만 밤이면 전화를 걸어 음담패설과 욕설을 늘어놓는 남자 고객. 그 상황들을 타개하기 위해 해야만 하는 조치와 판단들에 대해 나는 모른다. 다만 엄마가 어떤 상황이든 시간이 지나면 괜찮아지고, 노력하면 뭐든 나아지리라 믿었다는 점에 대해서는 짐작할 수 있다. 그것은 내가 엄마에게 배운 것이다. 그리고 아빠가 내게 가르친 것이다.

교통사고는 새벽 여섯시에 일어났다. 이제 나는 그런 종류의 일이 느닷없이 아무렇지 않게 일어난다는 걸 누구보다 잘 알지만, 그 시간에 음주운전을 하던 차가 푸른 등이 켜진 횡단보도로 달려들었던 사실은 여전히 받아들이기 힘들다. 아빠가 매번 산책하던 길이었다. 그 끝에는 지금의 신시가지가 시작되는 아파트 단지가 있었다. 그 동네를 지나갈 때면 아빠가 하던 농담을 기억한다. 수진아, 우리 저 아파트에서 살까? 불가능하다는 걸 아빠가 몰랐을 리 없다. 그랬으면서 아빠는 그 거리를 매일 걸었다.

첫 수술 후, 항암치료 결과가 좋지 않았다. 나는 의사에게 가능한 모든 치료를 받겠다고 말했다. 그리고 밖으로 나와 오래도록 산책했다. 매일 산책하고 있다.

돌이켜보면 꽤 괜찮은 여름이었다. 꾸준한 연습 덕분인지 엄마의 노래는 매끄러워졌다. 강사는 엄마에게 잘하면 발표회에서 독창을 할 수 있다고 용기를 줬다. 나는 피로한 날이 드물었다. 아침 일찍 일어났고, 매일 운동을 했고 잘 먹었다. 기분좋은 날이 이어졌다. 장마철에는 집안 청소를 했고, 열대야에는 반신욕을 했다. 잠을 푹 자는 날도 많았다. 이런 식으로 살겠구나, 살아지겠구나 싶었다.

그런데 백화점에는 왜 누수가 생겼을까. 왜 아무도 몰랐을까. 그날이었다. 내벽이 부스러진 백화점 문이 닫히고, 사람들이 도시 외곽을 더듬더듬 찾아가던 날.

나는 암이 폐로 전이되었다는 소식을 들었다.

시내를 빠져나오는 동안 엄마는 말이 없었다. 나는 '이제 뇌만 남았네'라는 농담을 하려다 관뒀다. 나에게만 아무렇지 않은 농담이 있다는 걸, 가끔 잊을 때가 있다. 대신 나는 수술 과정에 대해 상세히 이야기했다. 암세포가 폐의 어디에 달라붙어 있고, 어떻게 제거해야 하며, 그후에는 또 무엇을 해야 하는지. 엄마는 내 이야기를 듣기만 했다. 사실 엄마도 다 아는 내용이었다. 수술을 앞둔 시기마다 반복되는 엄마의 침묵이 나는 두려웠다. 나는 엄마에게 계속 말을 걸었다.

"독창할 사람은 뽑았어?"

엄마는 고개를 저었다.

"많이 늘었잖아. 이제 엄마 정도면 할 수 있지 않을까?"

그러나 모두 하고 싶어하니 어려울 거라고 엄마는 대답했다. 가곡반 발표회가 가을이었다. 엄마는 소프라노를 맡아서 제법 바빴다. 독창은 정해진 바 없었다. 강사가 시간을 두고 조금 더 지켜보겠다고 했기 때문이었다. 나는 그때 처음으로 강사가 가곡반을 운영하는 방식이 조금 이상하다고 생각했던 것 같다. 원래 그게 선생님 방식이야, 라는 엄마의 설명도 우스꽝스럽게 느껴졌다. 별것도 아닌 일에 유난을 떠는 것 같았다. 이 조그만 촌도시 구석에서 말이다. 하지만 엄마는 진지했고, 노래에 집중했다. 어쨌든 잘하는 사람을 고를 수밖에 없을 테니 내가 노래를 잘하면 될 일이다. 그렇게 생각하는 듯했다.

그날 엄마에게 무슨 일이 일어날지 미리 알았다면 좋았을 것이다. 그랬다면, 노래를 부르면 엄마 기분이 조금 나아질 거라는 멍청한 생각은 하지 않았을 것이다. 뭐든 알았다면 좋았을 것이다. 아마 나는 엄마를 차에 태우고 먼지 냄새로 가득한 그 거리를 지나 가능한 한 먼 곳으로 갔을 것이다. 엄마는 굳이 누군가의 칭찬을 받을 필요가 없다고, 이건 그럴 만한 가치가 없는 일이라고 말해주었을 것이다.

엄마는 들어가자마자 종이 한 장을 받았다. 발표회 이후 조직할 예정이라는 합창단 명단이었다. 사람들 대부분이 서명한 걸 보고 자신의 이름을 적으려던 엄마는 그 합창단이 가곡반과 별개로 운영될 모임이라는 걸 알았다. 발성 연습이 끝나자마자 강사는 명단을 훑어봤다. 그가 엄마를 불렀다. 왜 서명하지 않았느냐고 물었다. 저는 가곡반 하나로 충분해요. 엄마의 대답은 강사의 웃음소리에 묻혀 가라앉았다.

"에이, 그러면 이번 발표회는 같이 못하는데?"

엄마는 그의 말뜻을 알아듣지 못했다. 강사는 개의치 않는 듯했다.

"독창도 못해요. 이거 하는 사람 중에 뽑을 거야, 어머니."

강사가 그녀의 이름을 적고 서명했다. 그가 명단을 책상 위에 올려놓는 모습을 엄마는 가만히 지켜봤다. 노래가 시작되었다. 엄마는 도

입 부분을 세 번 연속 놓쳤다.

쉬는 시간이 되자마자 엄마는 자리에서 일어났고, 강사에게 합창단에 들어가고 싶지 않다고 말했다. 엄마는 발표회 때문에 그렇게 하고 싶지는 않다, 라는 문장을 삼켰다. 그런 표현은 옳지 않다고 생각했다.

"정당하게 가려주실 거잖아요."

이후 내게 이야기해줄 때 엄마는 그 순간 강사의 얼굴에 떠올랐을 어떤 기분들을 매번 다르게 추측해 설명했다. 나는 이야기를 들으며 강사의 얼굴을 상상했다. 실망과 신경질이, 짜증과 서운함이 드러난 표정을 가만히 떠올리다보면, 그 많은 감정들은 사실 강사와는 무관한 것은 아닌지 그러니까 온전히 엄마의 것은 아닌가 싶을 때가 있었다. 실제로 엄마는 떨었다고 했다. 강사에게 그렇게 항의한 뒤 손이 너무 떨려서, 양손을 맞잡고 있어야 했다. 이어 엄마는 독창 무대는 노래를 정말 잘 부르는 사람이 올라가야 한다고 말했다.

"정말로 가능성이 있는 사람 말이에요, 선생님."

엄마는 얼굴이 뜨겁게 달아오르는 걸 느꼈다. 자신의 말이 잘못되지도, 이상하지도 않았는데 마치 부끄러워하는 사람처럼 보일지도 모른다는 생각에 엄마는 약간 억울했다. 그래서 더욱 그 자리에서 움직이지 않았다. 게다가 뒤에서 사람들이 웅성거리는 소리가 들렸다. 엇갈린 의견들이 조금씩 오가고 있었다. 엄마는 옳은 일을 했다는 생각이 들었다. 그때 그가 입을 열었다.

"특이한 생각을 하고 계시네."

정말 좋은 목소리였다. 그는 갑자기 자리에서 일어나 가방을 뒤적였다. 녹음기가 그의 손에 들려 나왔다. 잘 들어보라는 말과 함께 노

래가 들리기 시작했다. 수업시간에 사람들에게 독창을 시키면서 하나
씩 녹음을 한 모양이었다. 그가 말했다.

"박자는 어긋나고, 감정은 인위적이고."

녹음기에서 울려 나오는 목소리가 엄마의 것이라는 걸 알기까지는
그리 오랜 시간이 걸리지 않았다.

"어때요. 이게 좋아요?"

그가 엄마에게 물었다. 그리고 사람들에게 물었다. 엄마는 그후의
일들에 대해서는 말을 아꼈다. 내가 상처받을 거라고 생각한 것이다.
나도 묻지 않았다. 엄마가 겪은 일들을, 굴욕적인 일들을 굳이 설명하
게 하고 싶지 않았다. 그런데 엄마는 내가 그런 식으로 생각하는 게
불편했는지 자꾸 변명을 했다. 내가 나이를 먹었잖니. 기억이 잘 안
나. 그래도 엄마는 강사의 마지막 말은 기억한다고 했다. 그는 사람들
에게 자신이 허튼짓을 할 것 같으냐고 농담처럼 말했다고 한다. 이어
서 그가 한 말은 이랬다.

"저 공부 많이 한 사람입니다."

엄마는 기억 못하는 척하면서, 저 말은 해줬다. 나는 한 시간은 웃
은 것 같다. 근래 그렇게 웃어본 적이 없었다. 그럴 줄 알고 말해준 거
겠지.

강사는 이어 독창자를 정하는 방법을 계속 생각하고 있다고 말했다.
그는 다음주에 사람들의 노래를 다 들어보고 결정하겠다고 말했다.

뭐든 확인받아야만 하는 사람들에 대해 들은 적이 있다. 호의를 의
심하고, 칭찬을 믿지 않으며 잘못한 일은 오래도록 기억한다고 했다.

나는 웃었다. 나를 가리키는 것 같았기 때문이다. 이어, 그 말을 전한 이는 그들이 정말로 확인받고 싶어하는 것은 아주 단순한 것이라고 했다. 잘못한 선 아무것도 없다는 것. 지금 정말 잘하고 있다는 것. 나는 역시 또 웃었다.

그 수업이 끝난 후 엄마는 아무렇지 않은 표정으로 집에 돌아왔다. 엄마는 약간 상기되어 있었다. 나는 엄마가 노래를 너무 많이 해서 그런 거라고 생각했다. 우리는 함께 저녁을 먹었고 텔레비전을 봤다. 나는 십 분에 한 번 채널을 돌렸다. 순대를 먹는 사람들이 나왔다. 허파를 입에 넣는 그들을 내가 유심히 바라보는 동안, 엄마는 방으로 들어갔다. 노래가 들렸다.

그다음 주 목요일은 입원 전날이었다. 나는 엄마를 배웅하러 문 앞에 섰다. 잘해, 라는 말을 하고 나니 딱히 할말이 없었다. 그래서 엄마 뒤에 서서 신발을 신는 걸 지켜봤다. 그녀가 주름진 오른쪽 발등을 신발 속으로 밀어넣었다. 신발은 낡았다. 오래 걷기에 편치 않아 보였다. 간신히 들어간 발등에 푸른 혈관이 툭 불거져 나왔다.

"엄마 신발 좀 사야겠다." 내가 말했다.

"어, 나중에 살 거야."

"언제?"

"그냥, 좀 있다가. 나중에."

잠시 나는 그대로 서 있었다. 그리고 방으로 들어가 마스크와 모자를 챙겨 나왔다. 차 열쇠는 주머니에 있었다.

"왜 그래?" 엄마가 물었다.

나는 못 들은 척 현관문을 열었다. 뒤에서 엄마가 다시 나를 불렀다. 더는 후회할 일을 만들지 말자고 생각하면서도, 대답하는 건 늘 어렵다.

시내 중간부터 차가 막혔다. 앞에서 접촉사고가 발생한 모양이었다. 경적과 고함이 이쪽으로 떠밀려왔다. 엄마와 나는 조용히 있었다. 차 안은 건조했고, 날숨이 닿은 마스크는 축축했다. 나는 마스크를 턱 아래로 내렸고 모자도 이마 뒤로 조금 당겨 썼다. 나란히 붙어 선 차들이 걸음보다 느린 속도로 나아갔다. 문득 옆에 선 차에서 시선이 느껴져 고개를 돌렸다. 대여섯 살 정도 되어 보이는 여자아이가 창에 얼굴을 가까이 대고 나를 바라보고 있었다. 나와 눈이 마주치자 아이는 움찔, 놀라며 몸을 수그렸고 엄마 품으로 파고들었다. 아이가 손끝으로 자신의 눈썹을 가리키며 무언가 말하는 것이 보였다. 나는 마스크와 모자를 썼다.

그래. 어쩔 수 없다는 걸 안다.

길이 뚫렸는지 앞차가 속도를 내며 앞으로 나아갔다. 뒤따르는데 옆의 차가 끼어들려는 듯 달라붙었다. 나는 경적을 울렸다. 소음이 주위를 에워쌌다. 옆 차가 계속 다가왔다. 나는 자리를 내주지 않았다. 옆 차를 운전하는 남자가 나를 힐끗 보더니 욕을 했다. 소리는 들리지 않았지만 입 모양으로 무슨 말인지는 알 수 있었다. 병자, 여자, 그보다 조금 더 험악한 단어 몇 개. 순간 나는 사고가 나도 상관없다고 생각했다. 나는 양보하지 않고 버텼다. 차라리 사고가 났으면 좋겠다고 생각했다. 그래, 마스크와 모자를 벗고 밖으로 나가주지. 그러자 묘한 기대감에 갑자기 마음이 두근거리기 시작했다. 나는 핸들을 꽉 잡았다. 그러나 옆 차는 경적 울리는 걸 멈추더니, 내 뒤로 향했다. 곧 모든 차가 한 줄로 멈춰 섰다. 도로는 기어가듯 천천히 움직였다. 조금 더 앞으로 나아가자 옆 차선의 사고 현장이 한눈에 들어왔다. 승용차 한 대가 전봇대를 들이받았다. 그 뒤로 차 두 대가 연달아 부딪쳤다. 꼬리를 문 차들이 종이를 구겨놓은 것처럼 찌그러져 있었다. 구급차가 보였다. 들것을 든 사람들도 보였다. 엄마는 밖을 보지 않았다.

백화점에 엄마를 데려다주고 나자 기운이 빠졌다. 나는 준비해온 약을 먹고 시트에 머리를 기댔다. 엄마는 집으로 돌아가라고 했지만, 시내를 다시 가로지를 생각을 하니 막막했다. 갑자기 스테인리스 수술대의 차가운 감촉이 떠올랐다. 나는 손바닥으로 어깨를 문질렀다. 조금 따뜻했다.

물을 마시고 있는데 엄마가 백화점 계단을 내려오는 모습이 보였다. 그 뒤로 아주머니 몇 사람이 더 내려왔다. 엄마는 그들의 얼굴을 제대로 보지도 않고 손을 흔들었다. 그러고서 길가를 두리번거렸는데 택시를 잡으려는 것 같았다. 나는 경적을 울렸다. 다가오는 엄마의 표정이 심각했다.

"거기 좀 가자." 엄마가 차에 타자마자 말했다. "신시가지 공연장 쪽."

"무슨 일인데?"

"그럴 일이 좀 있어. 빨리 가."

"그러니까 그게 뭔데?" 나는 짜증을 냈다.

"선생님 집이야."

"왜? 수업은?"

"휴강이야."

"왜?"

엄마는 차에 탈 때부터 계속 울리던 핸드폰만 봤다.

"안 가?"

엄마가 고개를 들며 말했다. 우리의 눈이 마주쳤다. 엄마는 고개를 젓더니, 양손으로 얼굴을 감싸며 중얼거렸다. "아, 내가 정말 미쳤지."

나는 엄마를 불렀다. 그녀는 대답하지 않았다. 주섬주섬 짐을 챙기더니, 내게 먼저 돌아가라고 말했다. 도저히 이해할 수 없는 상황이었고 신경질도 났다. 나는 엄마의 핸드폰을 빼앗아 들었다. 핸드폰은 엄마와 수업을 받는 아주머니들이 주고받은 문자들로 가득했다.

"이게 뭐야?"

강사가 외부 강습료를 받고 강습생 몇 명에게 과외를 해줬다고 했다. 노래를 들어본다고 한 건 시늉만 하려는 거였다고 했다. 독창자는 이미 정해졌다. 그 사실이 들통났기 때문인지 강사가 급작스럽게 휴강을 했다는 것이다. 문화센터 쪽에 항의를 한다는 사람도 있었고, 그들끼리라도 모여 과외를 받자는 사람도 있었고, 무슨 일인지 확실해지기 전까지는 기다려보자는 사람도 있었다.

엄마는 선생님을 만나야겠다고 했다.

"왜?"

엄마는 대답하지 않았다.

"세상에." 나는 말했다. "혹시 노래 들어봐달라고 할 거야?"

엄마는 역시 대답이 없었고, 나는 기가 막혔다.

"그러니까 먼저 가." 엄마가 내 손등을 두어 번 두드렸다. "꼭 밥

먹고 나서 약 먹어."

나는 차의 시동을 걸었다.

"집에 가라니까." 엄마가 말했다.

내가 혼자 어떻게 찾아갈 거냐고 묻자 엄마는 또 답이 없었다. 그녀는 혼란스럽고, 무척 울적해 보였다. 나는 엄마의 편이 되어주어야 한다는 것을 알고 있었지만, 어떻게 하는 것이 엄마를 더는 슬프게 하지 않을지 몰랐다. 노래하는 일이 엄마에게 위로가 되었으면 했을 뿐이다. 혀 아래로 수많은 말이 모여들었지만, 뱃속으로 삼킨 약들처럼 텁텁하기만 했다. 나는 결국 아무 말도 안 했다. 어차피 신시가지까지는 그렇게 멀지 않았다.

"오늘 목소리가 정말 깨끗했어." 엄마가 말했다. "하루하루가 달라. 내일도 오늘처럼 목소리가 나올지 자신이 없어."

강사는 전화를 받지 않았다.

길게 반복되는 연결음을 엿들으며 나는 길가에 차를 세웠다. 이 동네에 이렇게 깊숙이 들어와본 건 처음이었다. 고층 아파트가 숲의 나무들처럼 솟아 있었다. 복합상가와 개인 병원, 약국 등 크고 작은 건물들이 주위를 에워싸고 있었다. 생경한 분위기 때문인지 아니면 시간이 좀 지났기 때문인지 모르겠지만, 엄마는 약간 진정이 된 것 같았다. 엄마는 두 번 더 전화를 걸었다. 강사는 받지 않았다. 엄마는 문자를 입력하기 시작했다. 지웠다 썼다를 반복했다. 나는 엄마가 그에게 문자를 보내는 것을 내버려뒀다. 문자를 보내고 나서 엄마는 한숨을 쉬었다. 어느새 오후 다섯시였다. 손이 저렸다. 나는 차창에 이마를 댔다. 마스크 안의 온기가 코 아래 축축하게 고였다. 손을 쥐었다가 폈다. 다시 손을 쥐려 하니 기운이 없었다. 어깨가 저렸다. 나는 엄마를 봤다. 그녀의 시선은 저멀리 어딘가에 닿아 있었다. 나는 그 눈길을 따라 고개를 돌렸다. 끝에 고층 아파트의 한 층이 닿아 있었다. 나는 물었다.

"엄마는 아빠 보고 싶을 때 없어?"

엄마는 새삼스레 무슨 말이냐고 했다.

"있다고 뭐 달랐겠니." 엄마의 시선은 계속 그곳에 닿아 있었다. "글쎄. 마음은 좀 편했으려나."

나는 아빠의 마지막 얼굴을 떠올렸다. 병원 천장을 향해 벌어진 입. 고통스러워 보이던 마지막 숨. 나는 아빠의 손을 계속 붙잡고 있었다. 차가웠다. 그러나 내 손이 닿은 곳은 따듯했다. 누군가 울었다. 듣기 싫었다. 그러다 어느 순간, 어디선가 와장창 커다란 소리가 들렸다. 물컵이 바닥에 떨어져 있고, 누구야, 누구. 누가 그랬어. 대체 누구 때문이야? 외치는 소리들. 놀란 나는 아빠에게서 손을 떼고 잠시 서 있었다. 아주 잠깐이었을 뿐인데. 다시 붙잡은 아빠의 손은 차갑게 식어 있었다.

"아빠 보고 싶냐?"

엄마가 물었다. 나는 가만히 있었다. 엄마가 손끝으로 차창 너머를 가리켰다.

"우리 나중에 저 아파트에서 살까?"

나는 소리내 웃었다. 진짜 웃겼다. 손을 쥐었다 폈다. 이제 손끝까지 저려오고 있었다. 그때 엄마의 핸드폰이 울렸다. 강사의 문자메시

지였다. 개인적인 사정이 있으니 다음 시간에 이야기했으면 좋겠다는 내용이었다. 엄마는 핸드폰을 들고 밖으로 내렸다.

사이드미러에 전화를 거는 엄마의 모습이 보였다. 얼마 후, 통화에 성공했는지 엄마가 말을 하기 시작했다. 얼굴을 찡그렸다가, 웃었다가, 다시 찡그렸다. 나는 차라리 그가 엄마에게 아무 희망도 없다고 말해주기를 바랐다.

전화를 끊는 엄마의 표정이 환했다.

"왜 또 거기야?"

알았다고 대답하고 차를 돌리긴 했지만 약이 올랐다. 뜬금없이 교양교육원으로 오라니, 처음에는 엄마가 잘못 들은 줄 알았다. 날은 어두워졌고, 몸은 뻐근했다. 그래도 일단 가보기로 했다. 그 잘난 얼굴을 한번 보고 싶다는 생각도 들었다. 무슨 정신으로 그곳까지 운전해 갔는지 모르겠다.

건물 문은 닫혀 있었다. 나는 더 핸들을 움직이지 못할 정도로 피곤했다. 엄마는 차에서 내리더니 길가에 서서 지나가는 차들을 확인했다. 나는 그 모습을 잠시 보고 있었다. 곧이어 나도 내렸다. 건물에서는 오래된 먼지의 냄새가 났다. 계단에 걸터앉자 진한 냄새가 뒤에서부터 나를 감싸안았다. 역하고 비린 그 내음은 피냄새를 닮아 있었다. 나는 몸을 돌려 건물을 봤다. 저녁이 다가온 탓인지 건물의 색은 이전에 찾아왔을 때보다 한층 어두워 보였다. 하지만 그것으로 세월을 숨길 수는 없었다. 군데군데 둥글게 파인, 무너져내린 벽의 구멍이 보였고 건물 벽면에서 옥상으로 이어지는 둥근 모서리에는 전선들이 혈관처럼 달라붙어 있었다. 고개를 돌릴 때마다 비릿한 내음이 몸안으로 훅훅 밀려들었다. 나는 계단을 손으로 짚었다. 먼지가 죽은 세포처럼 묻어 나왔다. 손바닥을 바지에 문질러 닦았다. 그러자 내 몸에서도 같은 냄새가 났다.

다리와 허리가 묵직했고, 졸음이 밀려왔다. 나는 무릎으로 조금씩 걸어 문 앞으로 다가갔다. 머리와 등을 문에 기댔다. 무수한 소리들이 나를 통과해 지나갔다.

"거기 왜 그렇게 있어."

엄마가 나를 보고 있었다. 나는 엄마에게 괜찮다고 대답했다. 엄마가 천천히 내게 걸어왔다. 내가 어떻게 보일지 잘 알고 있다. 드문드문한 눈썹과 부어오른 얼굴. 까만 피부 위에 거뭇한 기미가 번져 있고, 아무리 틈틈이 립밤을 발라도 몇 초면 입술은 거칠게 말랐다. 나는 언제 어디에서도 환자로 보였다. 저녁 어스름이 내려앉았다. 건물의 냉기가 무릎 위로 흘러내렸다. 내게 냄새가 났다. 나의 몸이었다.

"여기 이렇게 앉아 있지 마."

그녀가 내 손을 잡아당겼다. 나는 다른 손으로 그 팔을 붙잡았다.

엄마.

그녀가 고개를 저었다.

"가능성이 있다고 했었어."

"응, 알아."

우리는 함께 문 앞에 나란히 앉았다. 익숙한 일이었다. 어린 시절, 엄마는 내가 넘어지기만 해도 얼굴이 하얗게 질려서 달려왔다. 나는 그것이 좋았고, 그래서 일부러 넘어지고는 했다. 온전히 누군가의 사랑을 독차지하고 있다는 기분. 나를 지켜보는 사람이 있다는 안도. 나는 그녀에게서 나를 사랑해주는 사람을 대하는 법을 배웠다.

첫 항암치료를 끝냈던 날이다. 모든 치료를 다 빈을 수 있다고 말하는 내게 의사는 씩씩하다고 했다.

"뭐, 유전이니까요." 나는 정말로 꽤 씩씩하게 대꾸했다.

방에는 엄마도 함께 있었다. 의사가 미소를 지었다. 이후 엄마는 그날 일을 기억하지 못하는 것처럼 굴었지만, 그녀가 또렷하게 기억한다는 걸 나는 안다. 나는 모두 안다. 어릴 적 매일 만화영화 비디오테이프를 되감기해서 내가 좋아하는 장면을 반복해 보여줬던 것처럼, 엄마가 그날 일을 머릿속에서 매일 되감기해본다는 걸 안다. 나는 안다.

의사는 말했다. 내가 난소암 유전자를 갖고 있다고.

나는 되물었다. "제가요?"

의사가 대답했다. "그래요."

나는 아무 말도 하지 않았다. 그 순간 엄마가 물었다.

"왜요?"

누구도 아무 말 하지 않았다. 엄마 혼자 중얼거리듯 계속 물었을 뿐이다.

애가요?

왜요?

대체 왜요?

"꼭 그 때문만은 아닐 거야." 어둑한 저편을 바라보며 엄마가 말했다. "그것만 있을 리 없어."

"응, 알아."

162

나는 엄마의 시선을 따라갔다. 그곳은 여전히 어두웠고, 아무것도 보이지 않았다. 나는 벽에 등을 기대고 저린 어깨를 주물렀다. 시큰한 통증이 등을 타고 내려갔다. 천천히 눈을 감았다. 언제였던가. 나는 한 아이의 작고 보드라운 손을 잡는 꿈을 꾸었다. 내가 한 번도 만난 적 없는 그 아이는 세상의 어떤 가능성과도 상관없는, 그러나 모든 가능성으로 가득한 그 작은 손으로 내 둥근 머리를 오래도록 쓰다듬어 주었다. 나는 오래도록 평온했다. 그건 내게 가장 익숙한 체온이었고, 가장 오래된 기억이었다.

방

그녀의 목소리는 말하는 대로 뭐든지 할 수 있고 될 것 같은 이상한 착각을 불러오곤 했다. 나는 우리가 살게 될 따뜻하고 넓은 방을 생각했다. 돌아가면 우리는 그 방에서 함께 살게 될 것이다. 같이 아침을 먹고 같이 잠들 것이다, 이곳보다 밝고 따뜻한 그 방에서. 울음이 고인 가슴이 조용히 가라앉았다.

우리는 이 도시에 함께 도착했다.

　오늘, 나는 혼자 복숭아 통조림을 먹었다. 멀리서 들려오던 사이렌 소리가 창 밑으로 가까워진다. 이 소리는 늘 빛과 함께 나타난다. 어두운 옥탑방에 붉은 빛이 안개처럼 가라앉는다. 바닥이 붉게 흔들린다. 나는 무릎을 세우고 앉는다. 등이 차가운 벽에 닿는 순간, 깊고 날카로운 통증이 오른손 중지를 관통한다. 양손으로 얼굴을 감싼다. 입김이 손을 데운다. 나는 손에 담긴 복숭아 향을 맡는다. 통증이 더 심해진다. 손목이 아릴 때마다 나는 수연에게 팔을 내밀곤 했었다. 싫은 내색 한 번 없이 그녀는 내 손목을 정성스럽게 어루만져주었다. 우리는 늘 손을 맞잡은 채 잠들었다. 사이렌 소리가 덜컹대는 차바퀴 소리와 함께 창 밑을 지나간다. 쇳소리가 귀를 긁자 손가락의 아픔이 사그라진다. 한 달째, 나는 방을 떠나지 않았다.

*

　―이 방이라 두 달이나 살 수 있었던 거예요.

　방의 전 주인이었던 여자가 말했었다. 나는 고개를 숙이고 수연의
등뒤로 숨었다. 여자는 왼쪽 목선이 오른쪽보다 길었다. 꼭 한쪽만 늘
어진 고무 밴드 같았다. 그녀는 도시를 떠나면 바로 병원부터 갈 거라
며 목을 쓰다듬었다. 여자는 내게 시선을 주지 않았다. 그녀는 수연과
대화했다.

　―반지하는 질식해 죽어요. 여기는 여자 둘 살기 딱 좋죠.

　물이 번진 듯, 검은 얼룩이 방구석에 남아 있었다. 나는 그걸 보며
속으로 중얼거렸다. 옮는 거 아닐까. 수연이 내 손목을 끌어당겼다.

　―옆으로 와, 왜 그래?

　그녀는 작게 말하는 법이 없었다. 나는 얼굴을 조금 붉혔다. 수연의
곁에 다가서며 여자의 목덜미를 힐끔거렸다. 나는 생각했다. 정말 괜
찮을까. 그때 수연의 목소리가 들렸다.

　―얼마 만에 그렇게 된 거예요?

　수연도 여자의 목을 바라보고 있었다. 나는 그녀의 소매를 잡아당
겼다. 수연은 아랑곳하지 않고 손으로 자신의 목덜미를 툭, 쳤다.

　―그거요.

　여자가 입을 다물었다. 나는 소매를 더 세게 잡아당겼다. 여자가 이
마를 찌푸리더니 헛웃음을 터뜨렸다. 한 달 전부터 이상했다고, 그녀
는 대답해주었다. 고개가 바로 서지 않으니 몸 전체가 뒤틀리고 있는
것 같다고도 했다. 강의 듣는 학생처럼 수연은 심각하게 고개를 끄덕

168

였다. 그러니까 조심해서 살라고, 많이 벌어 일찍 떠나라고 여자는 덧붙였다. 나는 여자에게서 시선을 돌려 창 너머를 보았다. 검은 연기가 구름처럼 하늘을 덮고 있었다. 오후 세시였지만, 도시는 한밤중 같았다. 다시 목소리가 들렸다. 이번에는 수연이 아니었다.

　—저거 쓸 만한데 살래요?

　여자는 냉장고를 가리키며 웃었다. 문을 열어본 수연은 새것도 아니고, 냄새도 난다고 시큰둥하게 대답했다. 여자의 목이 오른쪽으로 조금 더 기울어졌다.

　—그냥 두고 가요. 싫으면 가져가든지.

　여자가 눈썹을 찡그렸다. 여기 와서 큰맘 먹고 장만한 건데 그럴 수는 없다고 했다. 수연이 대답했다.

　—그럼 가져가셔야겠네.

　우리는 냉장고가 있는 방에서 도시의 삶을 시작했다. 수연은 멀쩡한 냉장고를 공짜로 얻었다고 좋아했다. 일곱 시간이 넘게 버스를 타야 한다는 여자는 냉장고를 가지고 갈 수 없었다. 여자는 방을 나가며 수연의 뒤통수를 노려보았다. 기울어진 목 때문에 장난을 거는 것처럼 보였다. 훔쳐보고 있다는 걸 눈치챘는지 여자의 성난 눈이 나에게 향했다. 모른 척 나는 창밖을 보았다. 밖은 여전히 어두웠다. 구름이 지상에 가까워졌다는 생각이 들었다. 손으로 만져볼 수 있을 것 같았다. 각오하고 들어서긴 했지만, 빛이 사라지는 건 생각지 못한 일이었다. 어둡다는 소문을 들었을 때 나는 저녁이나 안개 낀 새벽을 상상했다. 도시로 들어서는 경계선을 넘는 순간, 낮보다 조금 어둡다는 말이 아니라는 것을 알았다. 빛은 갑자기 사라졌다. 긴 터널에 들어온 듯, 버스는 헤드라이트를 켠 채 오랜 시간을 달렸다. 눈이 어둠에 익숙해 시며 형체들이 어렴풋이 보였지만 정확히 알 수 없었다. 버스에는 수연과 나 이외에도 다섯 명의 지원자가 타고 있었다.

나는 창에서 천천히 고개를 돌렸다. 수연이 나를 부르고 있었다. 그여자가 신경쓰이느냐고 했다. 나는 대답했다.

—네가 그러는 건 이유가 있겠지.

사실이었다. 나였다면 엉겁결에 돈을 더 얹어줬을지도 모를 일이었다. 오히려 수연이 신경쓰였다. 수연은 계속 그 여자에 대해 말했다. 긴 목과 얼굴 옆의 점. 신경질적인 목소리와 지저분한 방. 수연은 특히 화장실이 끔찍하다고 했다. 왜, 라는 내 질문에 수연은 고개만 흔들었다. 나는 화장실 문을 열었다. 불을 켜자 검은 곰팡이로 가득한 천장이 한눈에 들어왔다. 작고 둥근 곰팡이들이 천장을 별자리처럼 채우고 있었다. 나는 입을 벌렸다. 수연이 웃기 시작했다. 나는 이마를 찌푸리고 자리에 앉았다. 수연은 이런 방이니 냉장고를 받는 건 당연하다고 말했다. 그녀는 웃음을 멈추고 고개를 오른쪽으로 기울였다.

—그 목, 별로 나아질 것 같지 않던데.

우리 사이에 침묵이 흘렀다. 수연이 일어나 수도꼭지를 비틀었다. 물이 흐르며 싱크대를 두드렸다. 수연은 그 물을 컵에 담아 천천히 다 마셨다. 나는 다시 이마를 찌푸렸다. 수연은 수돗물에 대한 경계심이 없었다. 나는 박스를 뒤져 주전자를 찾아냈다.

—우린 괜찮아.

수연이 말했다. 도시에 오는 걸 무서워한 나를 설득한 건 그녀였다.

전염과 부패, 부식과 오염 같은 단어들이 도시를 설명했다. '위험하지 않다.' 증명은 거듭되고 매일 새로운 발표가 나왔지만 믿는 사람은 적었다. 도시가 폭발하는 영상을 모두가 지켜본 후였다.

풍선이 터지는 것처럼 도시는 폭발했다. 굉음은 땅 깊은 곳에서부터 들려왔다. 건물이 무너지고 공장이 찌그러졌다. 다리가 무너지고 하천이 넘쳐흘렀다. 가라앉은 땅 위로 검은 액체가 흘렀다. 액체에서 빠져나온 증기가 하늘에 구름을 만들었다. 그 구름은 조금씩 바닥으로 내려앉고 있다고 했다. 도시는 망가졌다.

수연과 나는 그걸 길거리에서 보았다. 전자상가 안의 텔레비전은 폭발 장면을 반복하는 뉴스 채널에 고정되어 있었다. 쓰러지는 블록처럼 건물이 망가지고, 땅이 종잇장처럼 구겨지는 걸 보며 우리는 손을 잡았다. 땅이 검은 진액을 토사물처럼 뱉어내는 걸 보고 나는 수연의 어깨에 얼굴을 묻었다. 그녀가 손바닥으로 내 머리를 토닥였다. 고개를 들었을 때, 도시는 온통 까맣게 색칠되어 있었다.

그날 밤 나는 머릿속에 떠오르는 영상들을 지우려 애썼다. 고시원 반지하에는 창이 없었다. 눅눅한 냄새가 가득한 방안에서 나는 이불을 뒤집어썼다. 아비규환, 지저분한 거리, 부러진 전봇대와 가라앉은 건물들. 죽음. 시체. 어둠. 누군가의 살내음을 맡고 싶었다. 수연을 껴안고, 그녀의 어깨에 코를 묻은 채 바닥을 구르고 싶었다. 나는 수연에게 전화를 걸었다.

'재인아.'

수연의 목소리는 너무 작았다. 내 숨소리를 낮추고서야 그녀의 목소리를 들을 수 있었다. 수연은 공장 직원 세 명과 한방에서 지냈다. 다른 방 사람들 때문에 복도에서도 큰 소리를 내지 못했다. 우리는 속 삭였다. 무서워, 내일, 주말 같은 단어들을. 옆방에서 벽을 똑똑 두드 렸다. 나는 말을 멈췄다.

넉 달 전 도시의 인력을 모집하는 공고가 났다. 수연은 가자, 라고 말 했다. 나는 가면? 이라고 답했다. 그녀는 뭔가를 빽빽하게 적은 A4용 지를 건네며 말했다.

—돈이 생기잖아. 같이 살자.

정부가 제시한 금액은 내가 한 달 동안 버는 돈의 다섯 배였다. 주 거지가 피해 지역에서 멀어 안전하다고 했다. 종이는 수연의 생활 계 획서였다. 글을 읽고 있는 내게 수연이 사진 한 장을 내밀었다. 목표 액을 다 모으면 우리가 살게 될 방이라고 했다. '방'을 발음할 때 그녀 는 목소리에 힘을 주었다. 지금의 저축으로는 생각도 못할, 큰 창이 여러 개 있는 전셋집이었다. 나는 도시락 가게에서 일하고 있었다. 주 문을 받고 판매하는 일이었지만, 일손이 모자라면 도시락을 만들고 때로는 배달도 했다. 항상 밤 열시를 훌쩍 넘겨 퇴근하곤 했다. 수연 은 일이 고되기는 어차피 마찬가지라며 나를 설득했다.

같이 살자. 수연의 그 말이 입안에서 계속 맴돌았다. 이곳에서 창이 있는 방으로 가려면 이 년은 넘게 걸릴 것 같았다. 전화비 때문에 통 화도 하루에 오 분 이상을 하지 못했고, 여관에 가면 두 시간 안에 나 와야 했다. 동거할 생각을 처음 한 건 아니었다. 늘 저축이 문제였다. 조건이 좋지 않은 반지하 정도는 구할 수 있었다. 그건 수연이 싫다고 했다. 그녀는 좋은 곳에서 시작하고 싶어했다.

172

그날 수연은 얇은 폴라 티에 오래된 파카를 입고 있었다. 돈을 다 써서 극장에도 여관에도 가지 못했다. 우리는 거리를 두 시간 정도 쏘다니다 포장마차에서 어묵을 하나씩 먹었다. 고시원 앞에서 수연이 내 손을 한번 잡았다 놓았다. 파카 때문에 그녀는 눈사람처럼 보였다. 나는 수연이 걸어가는 모습을 지켜보았다. 그녀는 뒤를 몇 번 돌아보며 내게 들어가라고 손짓했다. 그녀의 등은 점점 멀어져 작은 점이 되었다. 나는 두세 걸음 앞으로 걸었다. 하얀 파카가 다시 나타났다. 그녀의 등은 다시 점이 되었고, 멀어졌다. 나는 수연이 눈앞에서 사라져가는 걸 보고 있었다. 멀어졌다 싶을 때마다 나는 몇 걸음을 더 걸었다. 수연은 건널목을 지나 어두운 골목으로 들어갔다. 추웠다. 주변을 둘러보았다. 자동차 불빛과 가로등이 없다면 이곳 역시 어두울 것이다. 고시원에 돌아간 나는 전셋집 사진을 한참 동안 들여다보았다. 방은 따뜻해 보였다. 다음날 나는 수연에게 가겠다고, 도시로 가자고 말했다.

도시의 열기는 사십 도를 웃돌았다. 나는 건물의 잔해를 옮기고 부수는 일을 했다. 일을 시작하고 반시간이 지나면 마스크와 모자가 땀에 젖어 축축해졌다. 녹아내린 신발 밑창 때문에 걷기가 고역스러웠다. 거북함은 일주일 만에 익숙해졌다. 그래야 했다. 삼 일이 더 지나자, 일에도 익숙해졌다. 치우고 담고 묶고 버릴 것. 동작이 빨라지고 눈치가 늘었다.

한 달이 되던 날. 나는 수연보다 일찍 일어났다. 수연은 얼굴을 베개에 묻고 있었다. 나는 조용히 일어나 화장실로 들어갔다. 수도꼭지를 반만 틀어 물소리가 크게 들리지 않도록 했다. 세숫대야에 손바닥을 대고 물이 손목까지 차오르기를 기다렸다. 석회 때문에 물이 희부연했다. 나는 쭈그리고 앉은 채 대야의 물을 몸에 뿌렸다. 몸에 희끗한 무늬가 생겼다.

수연은 여전히 누워 있었다. 나는 수연의 얼굴로 다가갔다. 숨소리가 가느다랗게 들려왔다. 나는 수연의 어깨를 가볍게 흔들었다.

—일어나야지.

수연이 끙, 하는 신음을 내며 몸을 돌렸다. 몸이 무거워. 그녀는 그 말을 하고 웃음을 터뜨렸다. 나보다 늦게 일어났다며, 창피하다고 했다. 목소리에는 기운이 없었다. 놀란 나는 전등을 켰다. 몸을 반쯤 일으킨 수연이 불빛에 눈을 찌푸렸다. 나는 그녀의 이마를 손으로 짚었다. 열은 없었다. 수연이 내 손을 부드럽게 밀었다. 그녀는 기지개를 켜며 말했다.

—괜찮아.

수연의 입술을 나는 물끄러미 바라보았다. 이상했다. 수연이 내 어깨를 슬며시 밀었다. 또 농담을 하려는 것 같았다. 나는 말했다.

—너 진짜 피곤해 보여. 입술 색 너무 어둡다.

수연이 고개를 한 바퀴 돌렸다. 목뼈에서 우두둑, 소리가 났다. 나는 수연의 어깨에 손을 올렸다. 그녀가 다시 입을 열었다. 나는 그 괜찮다는 말 좀 그만하라고 쏘아붙이고 그녀의 어깨를 주무르기 시작했다. 근육이 뭉친 수연의 어깨는 납덩이처럼 딱딱했다. 나는 손가락 끝에 힘을 잔뜩 주고 그녀의 어깨를 짓누르듯 문질렀다. 단단한 어깨는 쉽게 풀어질 것 같지 않았다. 수연은 아프다는 소리조차 하지 않았다. 텅 빈 벽면을 바라보며 '주무르고 있는 거 맞아?'라든지 '약간 시원하다'라는 말을 낮게 내뱉을 뿐이었다. 그녀의 몸이 이렇게 굳는 동안 아무것도 몰랐다는 사실이 무안했다. 나는 등뼈를 따라 손가락을 아래로 움직였다. 그녀가 등을 곧게 펴도록 누르고 주물렀다. 손가락이 내려갈 때마다 그녀는 나지막하게 신음했다. 열기가 천천히 몸에 퍼지고 살결이 조금 부드러워졌다. 나는 그녀를 엎드리게 했다.

　—왜?

　—다리도 해줄게.

　수연은 시계를 보고 잠시 고민하더니 뛰어가지 뭐, 라고 말하고는 바닥에 엎드렸다. 나는 그녀의 허리와 다리를 덮고 있는 이불을 걷어냈다. 나는 그녀의 종아리를 보았다.

　—어.

　그녀가 바닥에 대고 있던 얼굴을 들며 무슨 일인지 물어왔다. 나는 대답하지 않았다.

　—안마 안 해줘?

　나는 고개를 끄덕이며 양손을 수연의 종아리에 올렸다. 수연의 종아리는 평소보다 부어 있었다. 정체 모를 이물질이 단단히 뭉쳐 있는 듯한 촉감이 느껴졌다. 나는 수연의 종아리를 주무르기 시작했다. 제법 힘을 줬는데도 수연은 아프다는 소리를 하지 않았다. 오히려 그녀는 제대로 주무르고 있느냐고 물어왔다. 나는 웃으며 그렇다고, 정성을 다하고 있다고 말하며 그녀의 종아리를 힘껏 문질렀다. 피부 아래 팽팽히 부푼 검푸른 혈관이 만져졌다. 혹여 터져버리는 건 아닌지, 나는 손에서 힘을 뺐다. 조심스레 주무르는 사이 끔찍한 상상은 곧 사라졌다. 단단한 어깨 근육이 풀렸던 것처럼 그녀의 다리도 조금씩 부드러워졌다. 매일 밤 해주겠다는 말이 입안에서 맴돌다 사라졌다. 부끄러워서였다. 베개에 얼굴을 묻은 수연이 간지럽다며 웃었다. 문득, 수연이 말했다.

—아, 목마르다.

수연이 일어나 냉장고를 열었다. 끓인 물이 떨어졌는지 수연은 컵에 수돗물을 따랐다. 수돗물을 삼키는 수연의 목울대가 큰 소리를 냈다. 나는 다가가 컵을 빼앗았다.

—끓여먹기로 했잖아.

수연은 대답 대신 시계를 가리켰다. 출근시간이 거의 가까워져 있었다. 우리는 옷을 챙겨 입고 장갑과 마스크를 찾았다. 장화를 신자 움직임은 더욱 빨라졌다. 수연이 계단을 두 칸씩 뛰어내려갔다. 나는 수연의 뒤를 좇아 밤길 같은 골목을 달렸다. 뜨거운 바람이 이마에 달라붙었다. 우리는 바람이 불어오는 쪽을 향해 나아갔다. 조금 떨어진 앞에서 희미한 빛이 어른거렸다. 골목이 끝나는 곳이었다. 우리는 더 속도를 냈다. 골목이 사라지고 사거리가 나타났다. 발을 디딘 바닥에서 아지랑이 같은 김이 올라오고 있었다. 폐허나 다름없는 도시의 몸 일부가 눈앞에 드러났다. 트럭 세 대가 도로를 지나갔다. 몇 대는 길가에 서 있었다. 건너편에서 트럭 한 대가 길게 경적을 울렸다. 수연이 그 트럭을 향해 뛰었다. 나는 주변을 두리번거리며 내가 탈 트럭을 찾았다. 오른편에서 익숙한 트럭이 덜덜거리며 달려왔다. 나는 수연 쪽으로 고개를 돌렸다. 어느새 트럭에 올라탄 수연이 나를 향해 손을 흔들고 있었다.

　기계가 건물을 무너뜨리는 동안, 나는 팀장의 손을 바라보고 있었다. 임시 가로등 불빛에 흙먼지가 비쳤다. 콘크리트와 벽돌, 나뭇조각이 뒤섞여 흩어졌다. 건물은 고철이 되어 바닥에 주저앉았다. 기계가 마무리 작업을 끝내자 팀장이 손을 들었다. 나는 건물의 잔해로 다가갔다. 불결한 것들의 무덤. 일꾼들은 이곳을 그렇게 불렀다. 나무와 콘크리트, 벽돌, 철근과 녹슨 못들이 검은 진액에 엉겨 있었다. 나는 약품으로 타르를 닦아내고 고철을 분리했다. 수작업이 아니면 처리할 수 없는 과정들이라고 했다. 땀이 흐르는 걸 막을 수 없는 것처럼 약 냄새도 막을 수 없었다. 일하다보면 타르의 냄새와 약품의 냄새가 구분되지 않았다.

　얼룩으로 덮인 자재들을 치우고 나자 타르로 덮인 바닥이 보였다. 타르는 열기에 녹아 끈적했고, 용암처럼 끓고 있었다. 타르는 내가 붙인 이름이었다. 아무도 그게 무엇인지 정확히 알지 못했다. 그것은 크고 작은 기포를 터뜨리며 일렁였다. 가까이 다가가자 눈꺼풀 사이로 뜨거운 가스가 스며들었다. 나는 실눈을 떴다. 모두가 바닥에 약품을 뿌리기 시작했다. 타르가 조금씩 굳었다. 몇 시간 동안 계속 손을 쓴 탓인지 손목이 저릿하게 아팠다. 나는 일어나 손목을 주물렀다. 일꾼들을 살피던 팀장의 눈이 내게 멈췄다. 그가 내 전신을 훑어보는 게 느껴졌다. 나는 마스크를 눈 아래까지 당겨 쓰고 검은 땅으로 다시 몸을 숙였다.

돌아오며 슈퍼에 들렀다. 도시에 들어온 후 우리는 한 가지 약속을 했다. 버는 만큼 먹자는 거였다. 수연은 도시에서의 삶이 우리가 시작한 새로운 삶의 출발이라고 여기고 있었다. 첫날 우리는 가격이 두 배로 뛴 돼지고기를 사와서 구워먹었다. 고기는 질기고 맛이 없었지만, 수연은 좋아했다. 그래도 꽤 느끼했는지 그녀는 주전자의 물을 모두 마셨다. 수연은 곰팡이가 핀 화장실을 밤새 들락거리며 민망한 듯 웃었다. 화장실에서 오줌을 누는 소리가 졸졸 들렸기 때문이었다. 그제야 나는 우리가 함께 있다는 걸 실감했다. 화장실을 마지막으로 다녀온 뒤 수연은 말했다.

―계속 이렇게 먹는 거야.

우리는 한동안 닭고기나 마른오징어 같은 음식들도 사 먹었다. 가끔은 조리된 소고기를 먹기도 했고, 슬라이스 치즈와 빵을 사와 샌드위치를 만들기도 했다. 대부분 밀폐된 용기에 개별 포장된 비싸고 평범한 품질의 음식들이었지만 수연은 기뻐했다. 나도 좋았다. 수연의 말대로 뭔가 달라지고 있다는 생각이 들었다.

나는 장조림과 햄을 고른 후 슈퍼를 천천히 한 바퀴 돌았다. 한쪽에는 도시 밖에서 들여온 비싼 식재료 코너가 있었다. 밖에서 들여오는데다가 유통기한까지 짧은 야채는 너무 비쌌다. 거의 들어오지 않는 과일은 살 엄두가 나지 않을 정도였다. 수연과 나는 아주 가끔 야채를 샀다. 지난주에 먹은 야채를 또 사도 되는지, 나는 매장을 세 바퀴나 돌며 계속 생각했다. 잡지를 보고 있던 주인이 내 장바구니를 흘겼다. 나는 한 바퀴 더 슈퍼를 돌았다. 잔뜩 부어 있던 수연의 다리가 계속 생각났다. 나는 야채 코너 앞에서 서성였다. 버는 만큼 먹기로 했으니까. 그래도 나는 계속 망설였고, 매장을 한 바퀴 더 돌았다. 주인이 신경질적으로 책장을 넘기는 소리가 들려왔다. 그때 한 남자가 슈퍼로 들어왔다. 그는 비듬이 심했다. 걸을 때마다 눈이 날리는 것처럼 하얀 비듬이 떨어져내렸다. 그는 슈퍼 안을 둘러보지 않았다. 라면 한 박스를 찾더니 계산을 마치고 곧장 나갔다. 그 남자가 걸어간 자리에 비늘처럼 희끗희끗한 조각들이 남아 반짝였다. 나는 야채 코너에서 오이와 상추를 집어들었다.

방에 들어서자마자 수돗물을 컵에 따라 마시는 수연이 보였다. 나는 한숨을 쉬었다. 수연은 입가의 물을 닦고 다가와 봉지를 여는 걸 거들어주었다. 수연은 오이와 상추를 보고 좋아했다.

—그래, 야채를 먹어야 잘사는 거지.

수연은 배가 고픈지 오래 기다리지 못했다. 나는 햄을 굽고 오이와 상추를 씻어 상을 차렸다. 수연은 햄과 야채를 조금 집어먹고는 계속 물을 마셨다. 물을 끓여주겠다고 말해봤지만 뜨거운 건 싫다고 했다. 수연은 아침마다 물 이 리터를 냉장고에 넣어두고 갔다. 한동안은 밤에 물을 끓이기도 했는데, 방안을 데우는 열기를 참기 힘들었다. 결국, 조금씩 물을 사 마시거나 수돗물을 마시는 수밖에 없었다. 갈증이 심해지면서 수연은 점점 물을 많이 마셨다.

밥을 다 먹은 수연이 벽에 등을 기댔다. 여전히 몸이 불편한 듯했지만 물컵을 내려놓지 않았다. 나는 상을 치우기 시작했다. 수연이 도우려는 듯 몸을 일으켰다.

—어?

수연의 중얼거림에 나는 고개를 들었다. 수연은 일어나지 못하고 있었다. 내 시선과 마주친 수연이 민망한 듯 웃었다.

―너무 많이 먹었나봐.

수연은 다시 몸을 일으키려 했지만, 다리가 꿈쩍하지 않았다. 나는 그녀가 일어나지 못하도록 했다.

―내가 치울게. 좀 누워.

설거지를 끝낸 후 나는 수연의 곁에 가 누웠다. 물이 가득찬 수연의 배가 부드럽게 출렁였다. 나는 그녀의 배를 눌렀다. 뱃속에서 물이 찰랑대는 소리가 들렸다. 수연이 몸을 기울일 때마다 그 소리가 났고, 나는 웃음이 나서 잠들 수 없었다. 문득, 그녀가 중얼거렸다.

―복숭아 먹고 싶다.

나는 돌아가면 황도 한 박스를 사주겠다고 말했다. 그녀가 회색 입술을 벌려 웃었다. 그녀는 종일 복숭아만 먹자고 대꾸했다. 방에서 안 나갈 거야. 이어 그녀는 손을 들더니 복숭아를 쥔 자세를 취했다. 입을 벌리고 복숭아를 베어무는 시늉을 했다.

―이때 즙이 흐르는 거야.

수연이 내 손을 잡았다. 수연은 내 손목을 주무르며 계속 복숭아에 대해 떠들었다. 우리는 곧 잠들었다.

새벽녘, 수연이 싱크대 수도꼭지에 입을 대고 물을 마시는 모습이 잠결에 흐릿하게 보였다. 수연의 다리는 마치 코끼리 다리처럼 크고 단단하고, 무거워 보였다. 꿈인가. 나는 곧 다시 잠이 들었다.

―입맛이 없네.

밥을 먹다 말고 수연이 말했다. 수연은 고개를 갸웃거렸다. 계속 갈
증만 나. 그렇게 중얼거리더니 연이어 물 두 컵을 마시고 누웠다.

　—우리 얼마나 모았지?

　그녀가 물었다. 나는 젓가락을 내려놓고 방구석에 놓인 상자로 다
가갔다. 상자 맨 밑에 통장 두 개가 있었다. 나는 수연이 모은 돈과 내
가 모은 돈의 액수를 차례로 불렀다. 지하나 옥탑이 아닌 방을 구할
만큼의 액수였다. 일주일 뒤면 우리가 점찍어둔 전셋집을 구할 돈이
마련될 거였다. 수연이 웃었다. 이런 날이 오긴 하는구나. 수연은 기
쁜 듯 말했지만, 목소리에 힘이 없었다. 나는 가방에서 통조림 하나를
꺼내며 말했다. 자, 기념이야. 수연이 피식 웃으며 일어났다. 통조림
이었지만, 황도의 진한 향은 남아 있었다. 탁자로 다가온 수연이 손으
로 복숭아 조각을 집었다. 나는 그녀가 복숭아를 먹는 모습을 지켜보
았다. 기대에 차 있던 표정은 기묘하게 일그러졌고, 뭔가 알 수 없다
는 얼굴이 되었다. 나는 통조림의 유통기한을 확인해보았다. 기한은
한참 남아 있었다. 다시 수연을 보았을 때 그녀는 탁자에 놓인 음식들
과 복숭아를 굳은 얼굴로 보고 있었다.

　—이상해. 맛이 없어.

　나는 복숭아 조각을 입에 넣었다. 달콤하고 부드러운 과육이 입안
에서 으깨졌다. 복숭아 향이 입안을 휘젓고는 과육과 함께 목구멍으
로 넘어갔다. 어리둥절해하는 나를 보고 수연이 말했다.

　—물컹하기만 해. 맛을 모르겠어.

　나는 수연이 피곤해서 그렇다고 위로했다. 사실이었다. 보름 동안
세 번이나 일을 쉴 정도로 수연은 피곤해했다. 그리고 이건 싸구려니

까. 나는 통조림을 옆으로 치우며 말했다. 수연이 통조림을 물끄러미 보다가 말했다.

—우리 한 달만 더 일할까?

나는 대답하지 않았다. 수연의 얼굴은 조각상처럼 하얗고 단단해 보였다. 수연은 또 물을 마셨다. 갈증이 멈추지 않는 모양이었다. 나는 고개를 흔들었다.

—싫어?

—아니, 모르겠어.

나는 선택을 잘하지 못했다. 뭔가를 선택하고, 삶을 유지하는 일이 나는 어려웠다. 내가 택한 일들은 상황을 더 악화시킬 것 같았다. 반면에 수연은 늘 그런 선택들을 단숨에 해버리곤 했다. 수연의 곁에 있으면 특별히 어렵게 느껴지는 일이 없었다. 나는 고개를 끄덕였다. 그러지 뭐. 괜찮아. 수연이 말했다. 돌아가서 작은 카페를 차리자. 수연이 또 물을 마셨다. 전세금보다 더 많은 돈이 필요했다. 우리는 도시에 석 달을 더 머물렀다.

수연의 두 다리가 건물 기둥처럼 크고 단단하게 부풀어 있었다. 오랜만에 도시 밖에 나가 외식을 하기로 한 날이었다. 수연은 나갈 수 있다고 고집을 부렸다. 겨우 날짜를 맞춰 받은 휴일이라 나도 아까웠다. 수연은 발목까지 오는 긴 치마를 입고 옥탑방 계단을 내려갔다. 그녀는 열 걸음도 걷지 못하고 심하게 지쳤다.

—못 가겠어, 목이 너무 말라.

수연의 허벅지는 바위처럼 단단해져 있었다. 나는 수연을 부축했다. 방에 들어오자마자 나는 수연의 치마를 걷었다. 그녀의 다리는 아침보다 더 부풀어 있었다. 손바닥으로 종아리를 쓸어보자 하얀 가루가 묻어 나왔다.

　—못 움직이겠어. 무거워.

그녀는 새파랗게 질려 있었다. 나는 수연의 다리를 손바닥으로 때려보았다. 수연의 얼굴이 더욱 굳었다. 아프지 않다고 했다.

　—더 세게 때려봐.

그녀의 종아리를 주먹으로 두드렸다. 그녀는 계속 말했다. 더 세게. 조금 더 세게 때려봐. 나는 주먹을 공중에 높이 들었다. 기계가 건물을 무너뜨릴 때처럼, 손에 무게를 실었다. 주먹이 수연의 다리와 부딪치며 진동했다. 손목이 부러질 듯한 아픔이 팔 전체를 흔들었다. 나는 무릎을 꿇은 채 엎드렸다. 수연이 내게 손을 뻗는 게 느껴졌다. 그녀의 손은 내게 닿지 못했다. 나는 고개를 들었다. 그녀는 허리까지 딱딱하게 굳어 몸을 굽히지 못하고 있었다. 그녀가 중얼거렸다.

　—왜 난 안 아파?

나는 그녀의 허리를 끌어안았다. 그때야 수연은 내 머리를 쓰다듬을 수 있었다. 내 품안에서 수연은 조금씩 더 부풀고 있었다. 나는 팔에 힘을 주었다. 깍지 낀 손이 서서히 풀리며 손가락 끝이 겨우 맞닿았다. 바닥에 나무껍질 같은 하얀 조각들이 떨어져 있었다. 나는 눈을 감았다.

돌아가자는 나를 수연이 설득했다.

　—조금만 버티면 정말 카페를 할 수 있어.

병원에 가면 된다고 말하는 수연은 완강했다. 그녀는 뿌리를 내린 나무처럼 방 위에 서 있었다. 그녀는 내 손을 주무르며 괜찮다고 말했다. 나으면 되지. 나을 수 있어. 수연이 내 손을 꼭 쥐었다. 수연의 낮고 차분한 목소리는 항상 설득력이 있었다. 그녀의 목소리는 말하는 대로 뭐든지 할 수 있고 될 것 같은 이상한 착각을 불러오곤 했다. 나는 우리가 살게 될 따뜻하고 넓은 방을 생각했다. 돌아가면 우리는 그 방에서 함께 살게 될 것이다. 같이 아침을 먹고 같이 잠들 것이다. 이곳보다 밝고 따뜻한 그 방에서. 울음이 고인 가슴이 조용히 가라앉았다. 함께 노력하면 정말로 카페나 작은 옷가게를 할 수 있을지도 모른다. 나는 알았다고 대답했다. 내 어깨를 어루만지는 수연의 손이 점점 딱딱해지는 기분이 들었다.

건물의 무덤들이 늘어났다. 폐허 위를 비둘기 몇 마리가 돌아다녔다. 도시의 비둘기는 더는 새라고 할 수 없었다. 몸은 강아지만하고 다리는 비정상적으로 길었다. 발가락 끝에는 야생 짐승처럼 날카로운 발톱이 자랐다. 그들은 그것으로 타르 속을 파헤치고 쓰레기 더미를 뒤졌다. 무엇보다 그들은 날지 못했다. 타르와 먼지로 엉겨붙은 날개가 배에 달라붙어 있었다. 만일 그들이 날 수 있었다면 진작 이 도시를 떠났을 것이다. 거리 한가운데서 비닐봉지를 든 채로 나는 그렇게 생각했다. 나는 봉지를 가슴에 끌어안고 걸었다. 팀장에게 신청해 받은 구급약과 소화제, 위장약 같은 것들이 들어 있었다. 팀장은 무슨 약을 이렇게 많이 신청하느냐며 눈을 가늘게 떴다.

　―재인씨, 어디 아파?

그냥 준비해두려 한다고, 나는 말을 얼버무렸다. 막연히 수연에게 도움이 될 법한 소염제 같은 것들을 얻고 싶었지만, 차마 말하지 못했다. 전염병이 돈다는 소문이 일꾼들 사이에 퍼져 있었다. 일꾼들은 눈을 흘기며 주변 사람을 살폈다. 몇 명은 일을 그만두고 도시를 떠났다. 소염제라도 말을 해볼까. 눈치를 보던 내게 팀장이 말했다.

─재인씨, 일 하나 더 할래?

그는 손을 비비며 내게 눈을 찡긋했다. 세 배는 더 벌 수 있어. 그의 턱에 검은 반점이 점점이 박혀 있었다. 나는 눈길을 돌리며 생각해보겠다고 말했다. 그는 좋은 기회라며 말을 흐렸다.

세 배. 봉지를 끌어안고 나는 중얼거렸다. 열흘은 단축될 것 같았다. 수연은 얼굴을 제외한 몸 전체가 암석처럼 단단해져 있었다. 그녀는 오직 물만을 마셨다. 나는 돌아가자는 말을 몇 번이나 했지만 수연은 조금만 더, 라는 말을 되풀이했다.

─이렇게까지 했는데 억울하잖아.

그녀 말대로 저축이 모자랐다. 아무런 대비 없이 돌아가서 애써 모은 돈을 생활비로 다 쓰게 될지도 몰랐다. 좋은 집이라 유지비도 많이 들 거야. 그 말을 할 때 수연의 목이 그늘의 진흙처럼 굳어갔다. 나는 매일 아침 대야에 물을 가득 받았다. 가느다란 호스를 그녀의 입술에 물려주고 집을 나섰다. 그녀는 그렇게 선 채 나를 배웅했다. 일터로 가는 트럭 안에서 나는 줄어드는 날짜를 세었다. 하루는 길었고 숫자는 느리게 줄어들었다. 초조함은 불안을 불렀다. 목이 늘어난 여자가 떠오를 때가 있었다. 나는 다리를 떨었다.

생각을 그만두고 앞으로 걸었다. 길바닥은 끈끈해서 걸을 때마다 신발 밑창이 붙었다 떨어졌다. 마스크와 모자를 쓴 사람들이 몸을 웅크리고 걸었다. 나도 똑같은 자세였다. 옆에서 쓰레기통이 요란한 소리를 내며 들썩였다. 비둘기다. 직감한 나는 옆으로 자리를 피했다. 타르가 묻은 비둘기가 쓰레기통에서 푸드덕 튀어나왔다. 비둘기의 붉은 눈이 나를 응시했다. 나는 모른 척 고개를 숙였다. 비둘기가 날개를 펼치고 입을 벌렸다. 날개 틈에서 붉은 핏물이 타르와 함께 바닥으로 떨어졌다. 발톱이 타르를 할퀴듯 파고들었다. 봉지를 든 내 손에 땀이 찼다. 비둘기가 한 걸음 더 다가오고 나는 뒷걸음질쳤다. 비둘기 발밑에 검은 덩어리가 실 뭉치처럼 엉켜 있었다. 나는 걸음을 서둘렀다. 따라오던 비둘기가 균형을 잃고 넘어졌다. 머리에 타르를 뒤집어쓴 비둘기는 눈을 뜨지 못했다. 나는 힐끔 뒤를 돌아보았다. 비둘기가 부리 속 새카만 혀를 떨며 울고 있었다.

방에 돌아오니 수연이 눈을 감고 잠들어 있었다. 대야의 물은 모두 말라 있었다. 나는 그녀의 입술에서 호스를 빼냈다.

—목말라……

나는 수연의 얼굴을 감쌌다. 그녀는 목까지 돌처럼 굳어 있었다. 대야에 물을 담았다. 흐르는 물에 손을 가져가자, 손등이 지느러미처럼 흔들렸다. 등뒤에서 수연의 마른 목소리가 들려왔다. 나는 호스를 들고 일어났다.

—조금만, 조금만 참으면 돼.

수연이 입술을 겨우 움직였다. 두 배로 부푼 몸은 바위처럼 단단하고 무거웠다. 따뜻했던 살결은 차가웠다. 나는 고개를 천천히 끄덕였다. 수연이 물을 삼키는 소리만이 방안에 가득찼다. 벽에 등을 기대고 그 소리를 들었다. 소리는 멈추지 않고 계속되었다. 이후 대야의 물을 한번 더 채웠다. 넘칠 듯한 수면을 본 후, 나는 팀장에게 연락했다.

　―왜 이렇게 늦었어?

　팀장이 눈을 흘겼다. 그가 내민 손을 잡고 트럭에 올라탔다. 그가 자신의 몸을 내 몸에 붙여왔다. 나는 가만히 앉아 있었다. 그때 트럭이 돌을 밟으며 덜컹대는 바람에 팀장은 옆으로 밀려났다. 트럭에 탄 사람들이 욕설을 내뱉었다. 다시 평지를 달리는지 승차감이 편해졌다. 팀장은 조금 전보다 몸을 더 붙여왔다. 나는 손을 허공으로 올렸다. 아무것도 없었다. 빈 어둠뿐이었다.

　트럭이 멈추고 얼굴에 빛이 쏟아졌다. 나는 갑작스러운 빛을 손으로 가리며 트럭에서 내렸다. 누군가 인원을 세는 소리가 들렸다. 그 뒤로 내가 타고 온 트럭보다 세 배는 큰 화물 트럭이 보였다.

　인원을 다 센 남자가 명령하자 화물 트럭도 움직였다. 일꾼들은 줄을 지어 트럭의 뒤를 따랐다. 마지막 사람 뒤로 손전등을 든 남자가 따라붙었다. 산기슭을 걷는 것 같았다. 누구도 질문하지 않았다. 도시에서보다 더 매캐하고 독한 냄새가 마스크를 통과해 들어왔다. 뒷사람이 숨을 거칠게 내쉬었다. 냄새는 점점 더 지독해졌다. 귓가와 눈두덩에 물기가 느껴졌다. 안갯속을 헤엄치듯 나는 천천히 걸었다. 몇 분 뒤 움직임을 멈추라는 신호가 왔다. 나는 숨을 낮게 뱉었다.

　나는 손전등을 쥔 남자의 명령에 따라 움직였다. 나는 할 일을 금방 눈치챘다. 트럭 안에 있는 물건을 꺼내 어딘가에 묻는 것이다. 흐린 불빛을 따라 다른 인부들을 찾았다. 그들은 사람 키보다 훨씬 깊은 구덩이에 들어가 있었다. 갑자기 손목이 저려왔다. 손전등을 든 남자가 시작하라고 소리쳤다. 트럭에서 물건이 빠르게 내려왔다. 나는 자루에 담긴 그것을 움켜잡았다. 따뜻했다. 그것은 떨어지면서 공기가 빠지는 풍선 같은 소리를 냈다. 나는 자루를 계속 받았다. 소리는 똑같지 않았다. 둔탁하게 부딪치는 것들도 있었고, 가벼워서 아무 소리가 나지 않는 것들도 있었다. 일이 빠르게 진행되면서 손목 저림이 심해졌다. 칼날로 찍는 듯한 통증이 손가락 한가운데를 지나고 있었다. 손이 조금씩 떨리기 시작했다. 그때, 마지막 물건이 넘어왔다. 나는 서둘러 자루 끝을 잡았지만 바들거리는 바람에 놓치고 말았다. 허둥대며 나는 다시 자루를 끌어안았다. 내 품속에서 그것은 살아 있는 것처럼 가볍고 부드럽게 진동했다. 손전등이 당황한 내 얼굴을 비췄다.

—빨리 안 던져?

나는 머리 위로 자루를 힘껏 던졌다. 공중에서 자루가 꿈틀, 움직이는가 싶더니 구덩이 바깥으로 날아갔다. 내게 욕설이 날아왔고 트럭의 불빛들이 구덩이 근처를 훑었다. 빛이 내게 가까이 오며 발아래를 비추었다. 그 순간 나는 많은 것을 보았다. 셀 수 없이 많은 뼈마디. 다리가 길거나 짧은 기형적인 몸들. 코가 없는 사람과 입이 없는 사람의 얼굴이 있었다. 나는 빠르게 움직이던 눈동자를 바닥 한곳에 고정했다. 한데 엉킨 두 형체가 바닥에 누워 있었다. 사람의 형태였는데 아이처럼 작았다. 끌어안고 있는 두 사람. 나는 눈을 감았다.

일이 끝난 후, 팀장이 내게 봉투를 주었다. 돈은 제법 많았지만, 팀장이 말한 액수보다는 적었다.

188

―남은 돈은요?

　그가 봉투를 쥔 내 손을 잡았다. 나는 그대로 있었다. 그의 표정이 점점 노골적으로 변하고 있었다. 그는 손가락을 세워 내 팔꿈치를 따라 올라갔다. 그의 손이 귓불을 만지작거렸다. 그때 그의 눈가로 검은 반점들이 자잘하게 번졌다. 그의 턱에서 시작된 반점들은 곰팡이처럼 그의 얼굴 전체에 피어올라 있었다. 나는 귓불을 만지는 그의 손을 부드럽게 밀쳐냈다. 그의 얼굴에 의아함이 떠올랐다. 나는 그에게 화가 나지 않았다. 그를 지나쳐 앞으로 걸었다. 그가 내 이름을 몇 번 부르더니 소리를 질렀다.

　―야! 너 남은 돈은?

　나는 뒤돌아보지 않았다. 수연이 보고 싶었다.

　문을 열었다. 어스름한 백열등 불빛이 방안을 밝혔다. 오래된 전구 속에 쌓인 먼지 때문에 빛 사이에 그늘이 졌다. 수연이 방안에 우뚝 서 있었다. 나는 수연을 끌어안았다. 그녀의 얼굴과 머리카락은 아직 매끄러웠다. 그녀가 아주 작은 목소리로, 숨을 멈추지 않으면 들리지 않을 크기의 목소리로 물었다.

　―괜찮아?

　나는 그렇다고 대답했다. 그리고 그렇지 않다고 말했다.

　―돌아가자.

　대답 대신 그녀의 입김이 목덜미에 와 닿았다. 나는 다시 말했다.

　―가자.

　―안 돼, 조금만 더 참자.

칼로 저민 듯, 다시 손가락이 아팠다. 중지 한가운데에 검은 선이 나 있었다. 가늘고 긴 벌레가 움직이듯 검은 선이 천천히 움직였다. 수연의 볼이 파르르, 떨리는 게 느껴졌다. 나는 그녀를 끌어안은 팔을 풀었다. 하얀 석회가 나무껍질처럼 그녀의 얼굴을 천천히 덮어가고 있었다. 석회는 그녀의 입술을 덮고 코를 덮었다. 그녀의 눈에 곧 쏟아질 것 같은 눈물이 고였다. 나는 그녀의 얼굴을 어루만졌다. 그녀가 눈을 깜빡였다. 순간, 석회가 그녀의 얼굴을 모두 덮었다. 머리카락이 끊어지며 바닥으로 떨어졌다. 나는 그녀의 가슴에 귀를 기울였다. 딱딱한 바위 안에 그녀의 심장이 아직 뛰고 있었다. 나는 손바닥으로 그녀의 심장을 짚었다. 벌레처럼 움직이던 손가락이 반으로 쩍, 갈라졌다. 수연의 몸안에서 울음 같은 소리가 길게 들려왔다.

다음날, 도시에 봉쇄령이 내렸다. 아침저녁으로 트럭들이 돌아다니며 도시 밖으로 나가려는 사람을 잡아 태웠다. 전염병 때문이라고 했다. 트럭의 사이렌 소리가 도시를 끊임없이 울렸다.

*

창문을 조금 연다. 밖의 차갑고 매캐한 공기가 콧속으로 빨려들어온다. 문을 더 열자 양쪽의 어둠이 순식간에 섞인다. 나는 손으로 벽을 더듬어 전등 스위치를 찾는다. 낡은 백열등이 비추는 방안은 새벽녘처럼 흐릿하다. 이 불빛 아래서 수연과 끌어안고 있으면 꼭 안개를 덮고 있는 기분이었다. 수연은 그 자리에 여전히 서 있다. 나는 그 옆

에 앉아 있기로 했다. 큰 컵에 수돗물을 한가득 따른다. 그녀의 다리
에 몸을 기대고 앉는다. 차가운 촉감이 볼을 문지른다. 그녀의 숨소리
가 들린다. 불안한 듯 급하고 거칠다. 나는 손으로 그녀의 다리를 토
닥인다. 괜찮아. 그리고 나는 물을 천천히 모두 마신다. 쌉쌀한 맛이
혀끝에 남는다. 나는 다시 그녀의 다리에 머리를 기댄다. 전구가 마지
막 빛을 발하는 모양이다. 소음을 내며 깜빡인다. 전구 옆까지 검은
곰팡이가 번졌다. 다리가 무겁다. 갈라진 손가락이 뱀처럼 똬리를 튼
다. 전구가 끊긴다. 어두워진다.

눈사람

누나가 다시 내 머리를 뒤로 잡아당겼다. 그 순간 은영이 베란다 창문을 확열었다. 벌레들이 날아들었다. 누나의 얼굴에 달라붙고 코와 입으로 들어갔다. 누나는 소리를 질렀다. 형이 살충제를 들고 와 허공에 뿌려댔다. 집안에 눈송이가 흩날리는 것 같았다.

그때 나는 열한 살이었고, 나를 돌봐줬던 사회복지사 말대로 조금은 제정신이 아니었기 때문에 그 기억들이 정확한지는 확신할 수 없다. 하지만 끈끈한 여름 바람을 계속 맞다보면 하나의 풍경이 또렷하게 떠오른다. 페인트를 엎지른 것처럼 하얗게 번져가던 방의 벽면.

흐릿했던 잔상은 갈수록 또렷해지고 어느새 나는 그 순간으로 돌아가 있다. 나는 방에 갇혀 있다. 홀로 남아 있다. 누워 있다. 움직일 수 없다. 나갈 수 없다. 비좁은 방 한가운데서 내 심장과 숨이 천천히 멎는다. 기억들이 되살아나고, 나는 견딜 수가 없다. 그래서 형에게 전화를 건다.

기채야, 괜찮아.

이건 형이 내게 하는 말이 아니다. 형이 하는 말은 이런 것들이다.

불쾌지수, 고장난 에어컨과 늘어진 셔츠, 붉은 발진이 일어난 목덜미, 가려움증, 참기 힘든 작열감. 그건 작은 통에서 사탕을 하나씩 꺼내는 것과 같다. 그 사탕들이 곧 바닥날 거라는 걸 형과 나는 잘 안다. 그러니까 우리는 침묵을 향해 천천히 걸어가는 셈이다. 그리고 그 순간이 왔을 때 정적을 깨는 사람은 늘 형이다. 그는 내게 밥을 잘 챙겨 먹으라고 말하고 전화를 끊는다. 우리는 그 여름에 대해 말하지 않는다.

그해 여름, 마을은 벌레들로 들끓었다.

*

괜찮아.

가장 먼저 떠오르는 목소리. 은영이 운다. 나를 두고 가야 하기 때문이다. 형이 곧 올 거야. 이 말은 누가 했지. 기억나지 않는다. 은영이 나를 달래려 한 말 같기도 하고, 내가 은영을 안심시키려 한 말 같기도 하다. 분명한 건 내가 그 말을 들었다는 것. 은영이 늘 그런 말을 해주었다는 것. 내게 일어나고 있는 일들과 닥쳐올 일들 모두 다.

괜찮을 거야.

은영의 말은 내게 항상 주문 같은 힘을 지녔다. 나는 고개를 끄덕이고 은영에게 잘 가라고 말한다. 은영이 다시 운다. 울면서 앞으로 간다. 앞으로 걸어가며 뒤를 돌아본다. 계속 돌아본다. 나는 손을 흔든다. 다행이었다. 그때 은영이 나를 돌아봐주었기에, 나는 그애를 나의 어떤 유일한 사람으로 기억할 수 있었다.

*

여름이었으니, 벌레들이 나타난다고 해서 이상할 건 없었다. 먼지처럼 작고 날개까지 새하얀 날벌레였다. 처음에는 몇 마리가 모기처럼 날아다니며 잠을 방해하던 정도였는데, 곧 수십 마리로 늘어났다. 금세 수백 마리가 되었다. 벌레들은 성에처럼 벽과 지붕에 달라붙었다. 정전이 되었다. 수도와 가스 장치를 고장냈다. 소독차가 돌아다니며 약을 뿌렸지만 벌레들은 차의 내부까지 파고들어 장치를 망가뜨렸다. 벌레들은 사람을 물거나 아프게 하지 않았다. 병을 옮기지도 않았다. 하지만 여기저기 달라붙어 모든 일상을 방해했다. 밥상 위로, 창문 너머로, 골목으로, 책상 위로. 후둑후둑 떨어졌다. 누군가에게 입을 맞추는 순간에, 깨끗한 컵에 찬물을 따르는 찰나에, 무서운 꿈에 눈을 번쩍 뜬 순간에 떼를 지어 날아왔다. 멀리서 보면 매일 눈이 오는 것 같았다. 견디지 못한 사람들이 마을을 떠나기 시작했다.

형에게는 아마 나도 벌레였을 것이다.

사회복지사는 내 몸의 상처들을 보자마자 형이 그랬다는 걸 단번에 알아챘다. 그리고 나를 두고 떠난 형이 열일곱 살밖에 되지 않은 아이라는 사실도 알아냈다. 그가 나와 비슷한 나이에 골절이나 타박상 같은 것으로 이미 엄청나게 병원 신세를 졌고, 열세 살이 되던 해에는 교통사고를 당해 보험금을 받은 적이 있다는 사실도 알아냈다. 형을 때리고, 주차하는 트럭 뒤로 형을 슬쩍 밀어넣은 사람이 엄마라는 사실까지 쉽게 알아낸 그녀는, 내게 마지막으로 한 가지를 확인받고 싶어했다. 그건 엄마 역시 아빠에게 비슷한 일을 당했는지에 대한 거였다. 나는 대답하지 않았다. 엄마를 이해한다거나, 더 나아가 가족을 감당할 마음도 능력도 없으면서 애를 둘이나 낳고, 그 부담감을 엄마와 형에게 풀어댄 아빠를 측은히 여겨서가 아니다. 그렇게 당연한 사실을 굳이 왜 물어보는지 이해할 수 없었기 때문이다.

엄마는 아빠의 빚을 떠안고 이혼했다. 그러지 않고서는 헤어질 수 없어서였다. 이어 엄마가 사라진 일에 대해 형과 나는 별로 놀라지 않았는데, 그녀가 나름대로 오래 버텼다고 생각했기 때문이다. 오히려 형은 편안해 보였다. 우리는 태어나서 거의 처음으로 조용하고 다정한 일상을 보냈다. 나는 학교가 끝나고 집에 돌아오는 것이 즐거웠다. 그 시간에 형도 편의점 아르바이트를 마치고 집으로 왔다. 형은 탁상에 내가 먹을 간식을 준비해둔 뒤, 검정고시 공부를 하며 나를 기다렸다. 형이 공부하는 동안 나도 옆에서 숙제를 했다. 가끔은 은영과 놀았다. 그 시기 우리는 무척 즐겁고 행복했다. 사소한 것 하나까지 스스로 계획하고 선택할 수 있었기 때문이라고 생각한다. 특히 형이 그랬다. 형은 말끝마다 무언가를 하고 싶다고 표현했고, 하게 될 거야, 라고 확신했다. 일요일 저녁이면 형은 내게 통닭을 사줬다. 형은 내가 손에 양념을 묻혀가며 닭다리를 뜯어먹는 모습을 보는 걸 좋아했다. 책임감, 뿌듯함 같은 감정이 형의 얼굴에 교차했고, 가끔은 나 때문에 더 열심히 살아야겠다는 생각이 든다며 낯간지러운 소리도 했다. 통닭을 다 먹고 나면 우리는 남은 콜라를 반반씩 나눠서 한 번에 꿀꺽 삼켰다. 목구멍이 따가워지고 뒤통수가 시원하게 울렸다.

다 거짓말이다.

형이 내 발톱을 깎아준 날이 있다. 모르는 사이 내 발톱이 상현달처럼 도톰하게 자라 있었다. 두껍고 커다란 발톱을 잘라내는 조그마한 손톱깎이가 딸깍딸깍 버거운 소리를 냈다. 발톱을 다 깎은 후 형은 따뜻한 물에 적신 수건으로 내 발가락 사이와 발등을 깨끗하게 닦아주었다. 그렇게 길던 발톱이 말끔하게 정리되자 어딘가 어색했다. 약간 짧게 잘려서 발톱 밑 살갗이 쓰라렸다. 형은 내 발가락 끝에 연고를 발라주었다.

"뭔가를 연구하는 사람이 되고 싶어."

형은 공부하면서 그런 말을 했다. 형은 방 벽에 세계지도를 붙여놓았다. 저기도 가보고, 여기도 가볼 거야. 도시 이름만 대면 눈감고도 위치를 짚어낼 수 있을 정도로 형은 지도를 좋아했다. 시간이 지나면서 테이프의 접착력이 떨어졌고, 지도 귀퉁이가 금방이라도 떨어질 것처럼 덜렁거렸다. 나는 접착테이프로 귀퉁이를 붙였다. 그러나 벽이 울퉁불퉁해서 테이프가 잘 달라붙지 않았다. 손가락으로 테이프를 꾹 눌렀지만, 벽과 지도 사이는 자꾸만 벌어졌다.

편의점 사정이 좋지 않다는 걸 알면서도 형은 바로 일을 관두지 못했다. 사장 때문이었다. 그는 형이 봐왔던 무책임한 어른들과 달랐다. 그는 친절했고, 강하고 대범했다. 형은 그를 신뢰했고 의지했다. 그래서 그가 다른 사업을 벌인다며, 그 이윤으로 반드시 손해를 보상하겠다고 했을 때 형은 선뜻 명의를 내주었다. 형은 믿었다. 사장 같은 어른이라면, 분명 해결책을 갖고 있을 거라고. 하지만 꼭 그 이유 때문이라기보다는, 그저 먼저 떠나는 사람이 되고 싶지 않아서 그랬던 것 같다. 부모님처럼 말이다. 부모님과 다른 사람이 되겠다는 건 형의 가장 큰 꿈이었다. 그래서 형은 끝까지 남았다. 사장은 몰래 편의점을 정리하고 자취를 감췄다. 형은 어마어마한 금액의 핸드폰 요금 고지서를 받았다.

그즈음, 벌레들이 나타났다.

나는 고물들을 주우러 다니기 시작했다.

자고 일어나면 입술에 벌레들이 묻어 있었다. 밥상 위 젓가락에 붙어 있기도 했다. 냉장고 야채 칸에 떼 지어 들끓은 적도 있었고, 옷 사이에 숨어 있다 날아오를 때도 있었다. 벌레들이 늘 귓가에서 맴돌았고 불빛 아래서 춤을 췄다. 우리가 사는 빌라로 이사 오려는 사람은 없었고, 정부의 보상 이주비는 적었다. 손해를 감수할 각오를 하지 않으면 빌라를 떠날 수 없었다. 우리는 그럴 만한 여유가 없었다. 설사 있었다 해도 결정할 수 없었을 것이다. 사장이 떠넘기고 간 빚 때문에 형은 반쯤 미쳐 있었고, 겁에 질려 있었다. 형은 어떤 결정도 하고 싶어하지 않았다.

형은 벌레들을 없애는 일에만 집중했다. 창문을 닫고 살충제를 몇 통씩 뿌렸다. 벽에 책이나 베개를 던져 벌레들을 짓이겨 죽였다. 벌레들이 닿은 옷과 물건들을 버렸고, 사체 더미에 불을 지르기도 했다. 그러나 벌레들은 늘어만 갔다. 그런 일이 반복되자 형은 벌레들에게 어떤 반응도 하지 않았다. 형은 완전히 지쳐버렸다.

　나는 컴퓨터 게임을 하고 있었다. 하다 만 영어 숙제가 바닥에 나뒹굴고 있었다. 조금만 쉰다고 생각했는데 시간이 그렇게 많이 지난 줄 몰랐다. 언제부터 얼마나, 형이 내 뒤에 서 있었는지 모르겠다. 형이 물었다.

　"숙제는 다 하고 노는 거야?"
　"응."
　형은 영어책을 펼쳐 단어 뜻을 물었다. 대답하지 못했다. 다른 단어를 물었다. 역시 대답하지 못했다. 형은 책을 바닥에 툭, 던지고 부엌으로 갔다. 냉장고를 열더니 말했다.
　"물 없어?"
　나는 우물거렸다. "다 마셨어."
　"그럼 끓여났어야지."
　형의 목소리는 조금 난폭했다. 나는 컴퓨터를 껐다. 원래 형은 위험하다며 내게 가스불을 만지지 못하게 했었다.
　"이제 물 정도는 네가 끓여."
　형이 주전자에 물과 보리 티백을 넣으며 말했다. 가스불 켜는 소리가 따닥따닥 들리고, 온기가 부엌에 가득찼다. 흩어져 있던 벌레들이 부엌으로 날아들었다. 형이 주전자 뚜껑을 닫기 전에, 벌레들이 그 안으로 달려들었다. 물위에 죽은 벌레들이 둥둥 떴다. 형이 소리를 질렀다. 주전자를 싱크대 위로 던졌다. 벌레들이 형을 향해 달려들었다. 형은 살충제를 뿌리며 다시 소리를 질렀다. 욕을 했다. 그러다 나와 눈이 마주쳤다. 형이 내게 다가왔다. 한 손으로 내 귀를 거칠게 잡아당겼다.

"그날이 처음이었니?"

사회복지사는 내게 물었다. 나는 뭐가 처음이냐는 건지 몰라서 대답하지 못했다. 너 같은 놈 때문에 되는 일이 없다고 소리지른 것? 발로 등을 찬 것? 그리고 나중에 머리를 쓰다듬어주던 것? 사실 모든 것이 처음이었다. 생각에 잠겨 있는 동안 내 표정이 어땠는지 모르겠지만, 사회복지사는 금방이라도 울 것처럼 슬퍼 보였다. 그녀는 형이 나를 때린 첫번째 날이었냐고 부드럽게 되물었다. 나는 그제야 질문을 알아들었다. 하지만 아무 말도 하지 못했다. 그녀의 염려와 달리 나는 과거 일을 기억하는 데 어떤 두려움도 없었다. 대답할 수 없었던 이유는, 첫번째 날이 언제인지 정확히 분간할 수 없었기 때문이다.

물건들이 버려지는 이유는 더는 쓸모가 없어서다. 아니면 해가 되거나. 나는 형이 나를 버리고 떠날까봐 불안했다. 내가 조금 더 가치 있는 존재가 되면 형이 달라질 거라고 생각했다. 형이 생각하는 것처럼 내가 한심하고 귀찮은 존재가 아니라는 걸 알려주고 싶었다.

폐지 할머니는 성격이 괴팍했다. 누군가 리어카를 들여다보면 삿대질을 하고 욕을 했다. 눈이 마주치면 폐지를 내놓으라고 강요했다. 그렇게 악착같이 모은 폐지가 리어카에 잔뜩 쌓여 있었다. 나는 돌아다니는 모든 종이를 가방에 쑤셔넣고 할머니를 뒤쫓았다. 거리에 벌레들이 소금처럼 흩뿌려져 있었다. 할머니의 치맛자락에도 벌레들이 달라붙었다. 무언가를 계속 줍고 얻어야 했기에 그녀는 자주 걸음을 멈췄다. 나는 할머니를 따라 그동안 걸어본 적 없는 골목에 숨고, 걷고, 모퉁이를 돌아 다시 멈추고, 횡단보도를 지나 또 한참을 걸어 고물상 앞에 도착했다.

고물상 주인아저씨는 키가 크고 얼굴이 새카만, 날카로운 눈매의 남자였다. 그가 폐지의 무게를 재는 동안, 할머니는 옆에 앉아 물 한 잔을 천천히 마셨다. 아저씨가 다가와 할머니에게 돈을 줬다. 나는 할머니가 떠나기를 기다렸다가 고물상 안으로 들어갔다. 가방을 꽉 채운 종이를 모조리 꺼냈는데 아저씨는 심드렁했다. 그는 종이 뭉치를 저울에 달았다. 그리고 내게 칠백원을 줬다. 실망스런 금액이었다. 그때 은영이 날카롭게 따졌다.

"이게 다예요?"

이에 아저씨가 검지로 은영의 이마를 살짝 밀었다.

"돈을 많이 받고 싶으면 저런 걸 아주 많이 가져와라."

그곳에는 온갖 고물들이 쌓여 있었다. 선풍기, 가스레인지, 전자레인지, 옷걸이, 책 같은 버려진 물건들이 산처럼 높은 탑을 이루고 있었다.

집에 돌아와 형에게 칠백원을 주웠다고 말했다. 형이 힘없이 웃었다.

"주울 거면 칠십만원쯤 주워와."

그래도 형은 뭐라도 먹자며 돈을 보태줬다. 우리는 오랜만에 함께 라면을 먹었다.

"기채야, 쟤 좀 봐."

은영이 속삭였다. 나는 은영이 가리키는 방향으로 고개를 돌렸다. 빌라 오층에서 사다리차를 타고 상자들이 차례차례 내려왔다. 이사 막바지였다. 마스크를 낀 아이가 트럭 옆에 앉아 허공을 향해 손바닥을 쥐었다 폈다 하기를 반복했다. 벌레들을 잡는 거였다. 이곳에서는 박수만 쳐도 손바닥에 하얀 진물이 묻어난다. 저렇게 손으로 허공을 문질러대면 손바닥이 하얗게 물들 것이다. 옆에서 은영이 웃었다.

"쟤 진짜 멍청해 보인다."

멀리서 아이를 찾는 목소리가 들렸다. 우리는 소리가 나는 쪽으로 고개를 돌렸다. 애 아빠가 아이를 부르고 있었다. 아이가 달려가 다람쥐처럼 승용차에 올라탔다. 차 안이 잘 보이지 않아 우리는 그쪽으로 다가갔다. 차 안에서 아이는 무슨 말인가를 쉬지 않고 떠들었고, 그애 아빠는 고개를 끄덕이며 아이의 손을 잡았다. 그는 물휴지로 아이의 손바닥과 손등을 깨끗이 닦아주었다. 아이의 손이 부서지기라도 할 것처럼 손길은 조심스러웠다. 그의 손은 매우 컸고 아이의 손은 작았다. 은영이 내 손을 잡았다. 그제야 나는 그들에게서 시선을 뗐다.

그들이 떠나고 우리는 돌멩이로 그 집 창문을 부쉈다. 그즈음 나는 빈집으로 들어가는 일이 겁나지 않았다. 어차피 그들은 다시 돌아오지 않았다.

들어가자마자 우산을 발견했다. 펴보니 살이 모두 부러졌다. 옷가지 몇 개와 낡은 허리띠, 쓰다 만 노트도 주웠다. 학교 이름과 반, 번호가 적혀 있었다. 부엌에서 은영이 나를 불렀다.

"기채야, 이거 봐!"

차가운 물에 녹는 커피믹스였다. 은영은 찌그러진 양은 주전자도 발견했다. 며칠간 마실 물을 팔팔 끓일 만큼 커다란 주전자였다. 은영이 주전자에 수돗물을 담고 커피믹스를 풀었다. 커피믹스 가루가 엉겨 덩어리졌다. 은영은 주전자를 흔들어 가루와 물이 잘 섞이도록 했다. 주전자 안에 갈색 물이 고였다. 은영이 내 입안으로 주전자를 기울였다. 갈색 물이 졸졸 흘렀다. 달고 썼다.

걸을 때마다 빈 주전자에 담긴 물건들이 텅텅, 소리를 냈다. 우리는 마을을 벗어나 학교를 지나고, 횡단보도를 건너 골목을 돌아 나와 고물상에 도착했다. 이제는 눈감고도 찾아갈 수 있었다. 물건들을 정리하고 있는 아저씨를 불렀다.

"왔냐."

그는 물건들을 하나씩 살펴보며 무게를 쟀다. 천구백원이 나왔다. 나는 돈을 받고도 그 자리서 머뭇거렸다. 그가 나를 빤히 보더니 "이번만이야"라고 딱딱하게 덧붙이며 백원을 더 주었다.

"고맙습니다."

인사를 하고 돌아서는데, 그가 다시 말을 걸어왔다.

"꼬마야."

내가 고개를 들자 그가 말했다. "공부하는 게 더 빠를 거다."

주머니에서 동전 부딪치는 소리가 났다.

집에 돌아와 양철 상자에 동전을 떨어뜨렸다. 이천원을 넣으니 칠만이천이백원이 되었다. 두 달 동안 모은 돈이었다. 십만원까지 얼마 남지 않았다. 나는 이미 센 돈을 몇 번이나 다시 세며 어떤 장면을 상상했다. 내 어깨를 두드리는 손길. 칭찬하는 목소리. 웃음소리. 벽에 말끔하게 달라붙은 지도. 이사. 그리고 다시, 또다시, 아마도 나를 보고 웃을 형의 얼굴.

그때 형은 자주 늦었고, 밤새 들어오지 않을 때도 있었다. 늘 술냄새가 났다. 말로는 술집에서 아르바이트를 시작했다고 했다. 나는 옆으로 누워 몸을 웅크렸다. 형이 또 집에 들어오지 않을까봐 불안했다. 그런 날들이 늘어나고 있었다. 나는 잠이 오는 걸 애써 참았다. 내가 기다렸다는 걸 알면 형은 반가워할까, 아니면 귀찮아할까. 얼굴이 가려웠다. 손바닥으로 볼을 문지르자 하얀 물이 묻어났다.

나는 그 누나가 미용사가 되었을 거라고 생각한다.

형의 여자친구였다. 아니, 형이 좋아하는 누나였다. 그녀는 한곳에 시선을 오랫동안 두지 못했다. 모든 것이 불안하고 끔찍하다는 듯 바라보았다. 아몬드처럼 둥글고 사탕처럼 반짝거리는 눈이었다. 형은 누나를 꽤 좋아하는 것 같았고, 내가 보기에는 누나도 형을 좋아하는 것 같았다. 그렇지 않다면 벌레로 가득한 지저분한 집에 그렇게 자주 놀러올 리가 없을 테니까. 물론 누나가 올 때마다 형이 베란다며 부엌 창문이며, 벌레들이 들어올 만한 곳을 어떻게든 꼭 닫아놓았기 때문에 평소처럼 끔찍하지 않은 덕분이기도 했지만.

하지만 집이 지독하게 더워서 나는 차라리 문을 열어놓았으면 했다. 그러면 벌레들은 집으로 몰려들 거고 누나는 형에게 화를 낼 것이다. 형은 누나가 떠날지도 모른다는 사실을 두려워했다. 누나가 형에게 언제든 너를 떠날 수 있고, 너는 내게 그렇게 중요한 존재가 아니라는 걸 끊임없이 드러냈기 때문이다. 누나는 그런 식으로 누군가의 주목을 계속 붙잡아두지 않으면 견디지 못하는 것 같았다. 그리고 바로 그 이유 때문에 그녀는 나를 싫어했다.

이후 사회복지사를 만나고, 내가 한 말의 진위를 확인하는 과정에서 어떤 이야기에도 별다른 반응을 않던 형이 오직 누나에 대해서만은 동의하지 않았다고 한다. 형은 이렇게 말했다고 한다.

"민아는 기채한테 잘해줬어요. 진짜예요."

형은 오히려 내가 누나를 괴롭혔다고 말했다. 두 사람이 너무 가까워지면 형이 나를 떠날까봐 누나를 괴롭혔다고. 하지만 결국 형이 나를 떠난 건 사실이다. 그리고 두 사람이 가까워졌던 것도 사실이고. 누나는 거의 매일 우리집에 왔다. 손을 꼭 잡고 붙어앉아 있거나, 때로는 나란히 누워 있었다. 그 때문에 누나를 미워했던 건 사실이다. 그래도 누나를 만난 날이면 형은 내게 조금은 다정했다. 누나는 형에게 새로운 무언가를 꿈꾸도록 했고, 그건 내가 할 수 없는 일이었다.

그날, 은영은 누나 때문에 기분이 많이 상했다. 두 사람은 집에 들어오자마자 은영에게 나가라고 했다. 두 사람에게서 술냄새가 많이 났다. 취해 있었다.

누나가 내 얼굴 앞에 검은 봉지 하나를 흔들었다.

"기채야, 이거 너 줄라고 샀어어어."

샀어어어. 누나는 말끝을 길게 빼며 소리냈는데 형이 손뼉을 치며 웃었다.

"안 먹어."

은영이 말했다. 누나의 표정이 순식간에 변했다. 형이 내 귀를 잡아당겼다. 은영에게 화가 나면 형은 나를 때렸다. 그게 은영을 조용하게 만드는 방법이라는 걸 형은 잘 알았다. 내가 눈물을 질질 흘리자 누나가 그만하라며 형의 손목을 잡았다. "에이, 뭘 그런 걸 가지고 그래." 그러나 나는 더 무서웠다. 이번에는 누나가 내 어깨를 있는 힘껏 꽉 쥐었기 때문이다.

"그럼 다른 걸 하자."

은영이 누나의 손을 세게 밀쳤다. 누나는 아랑곳 않고 나를 의자에 앉혔다. 부엌에서 가위를 들고 왔다. 날카로운 가윗날을 보고 은영은 조금 겁을 먹었다. 은영은 내게 싫다고 말하라는 눈짓을 보냈지만, 나 역시 겁을 먹은 상태였다. 뭘 하려는 건지 몰라서 더 무서웠다. 누나가 손으로 내 머리카락을 한줌 쥐었을 때, 나는 비명을 질렀다.

누나는 내 머리카락을 마음대로 잘랐다. 오른쪽은 짧고, 왼쪽은 길었다. 길이를 맞춘다며 계속 잘라내서 머리카락은 점점 짧아졌다. 결국 삭발이나 다름없게 되었다. 누나가 고개를 좀 젖히라며 내 머리를 잡아당길 때마다 목덜미에서 뼈가 어긋나는 느낌이 들었다. 나는 오뚝이처럼 고개를 젖혔다 숙였다 계속 반복했다.

마지막으로 고개를 숙일 때 은영을 봤다.

어느새 은영은 베란다 문밖에 나가 있었다. 창문에 양손을 대고서 나를 바라보고 있었다. 은영의 뒤로 벌레들이 눈보라처럼 휘몰아쳤다.

누나가 다시 내 머리를 뒤로 잡아당겼다. 그 순간 은영이 베란다 창문을 확 열었다. 벌레들이 날아들었다. 누나의 얼굴에 달라붙고 코와 입으로 들어갔다. 누나는 소리를 질렀다. 형이 살충제를 들고 와 허공에 뿌려댔다. 집안에 눈송이가 흩날리는 것 같았다.

형이 겁에 질린 누나를 달랬다. 사람을 물지도 않고 병을 옮기지도 않는다고. 하지만 누나는 형의 말을 듣지 않았다. 누나는 현관문으로 달려갔다. 벌레들이 누나의 뒤를 따랐다.

나는 형이 누나를 따라갈 줄 알았다. 형은 그러지 않았다. 형은 나를 돌아보았다. 정말 미움이 가득한 눈길로, 나 같은 건 당장 내다 버리고 싶다는 진심이 가득한 시선으로, 이제 더는 버틸 수 없으니 모든 걸 그만두고 싶다는 절박함이 가득한 눈빛으로 나를 노려봤지만, 그 자리를 떠나지는 않았다. 나는 방으로 달려가 상자에서 재빨리 이만 원을 꺼냈다. 거실로 나오자 형은 여전히 망설이는 표정으로 앉아 있었다. 나는 형에게 돈을 내밀었다.

형이 내게 어디서 돈이 났냐고 물었다. 나는 주웠다고 말했다.

"또 주웠다고?"

그러나 형은 더 묻지 않았다. 지폐를 주머니에 넣었고 닫힌 베란다 너머를 바라보았다. 다른 곳으로 날아갔는지 이제는 벌레들이 보이지 않았다. 나는 말했다.

"계속 주워올게."

형이 다시 나를 돌아봤다. 먼저 고개를 돌린 건 형이었다. 그래. 형이 대답했다. 나는 형의 옆에 앉았다.

"뭐 먹고 싶은 거 있어?"

형이 물었다. 나는 대답했다.

"콜라."

말도 안 되는 이야기다. 정말.

빈집에서 전자레인지를 주웠다. 내벽이 부서진 작은 냉장고도 있었다. 혼자 옮기긴 힘들 것 같았다. 먼저 전자레인지부터 들었다. 묵직하게 품에 안겨오는 기분에 들떴다. 삼천원은 받을 수 있을 거였다. 고물상에서 작은 리어카를 빌려올까, 냉장고는 얼마나 받을 수 있을까. 그런 생각을 하며 오르막길을 걷는데 누군가에게 뒷덜미를 잡혔다.

"이 도둑놈의 새끼!"

나는 순식간에 바닥으로 넘어졌다. 전자레인지를 놓치지 않으려 팔에 힘을 주었고, 다리를 휘둘렀다. 손전등 빛이 내 얼굴을 비췄고, 눈이 부셔 앞이 보이지 않았다. 억센 손길이 내 품속의 전자레인지를 잡아당겼다. 나는 빼앗기지 않으려 발버둥쳤다. 실랑이하는 사이 눈앞이 또렷해졌고, 나를 공격한 사람이 폐지 할머니라는 걸 알았다. 그녀가 욕을 하며 발끝으로 내 정강이를 걷어찼다. 나는 균형을 잃고 흔들렸다. 할머니가 한번 더 내 정강이를 찼다. 나는 다시 넘어졌고, 그대로 내리막길을 굴렀다. 무릎에서 피가 흘렀다.

"이놈의 자식, 한 번만 더 나타나면 가만 안 둔다."

걸걸한 목소리가 등뒤에서 울렸다. 나는 절룩거리며 집으로 뛰었다.

새벽녘, 벌레들의 날갯짓에 공기가 떨렸다. 나는 깨진 무릎이 아파 뒤척였다. 그러다 형이 깨어 있는 걸 보았다. 형은 스탠드를 켜놓고 벽을 보고 있었다. 불빛이 내 무릎을 노랗게 비췄다. 벌레들이 먼지처럼 떠다녔다. 나는 누운 채, 양팔을 뻗어 손을 쥐었다 폈다. 미세하고 까끌까끌한 이물감이 손안에 가득찼다. 손을 펼 때마다 눈앞의 형체들이 점점 또렷해졌다. 날이 밝아오고 있었다. 나는 자리에서 일어났다. 상처가 아파서 다리를 제대로 펼 수 없었다. 연고 냄새가 코끝을 찔렀다. 나는 형을 불렀다.

"형, 안 자?"

형은 계속 벽을 보고 있었다. 그제야 벽에 붙어 있던 세계지도가 사라졌다는 걸 알았다.

"지도는?"

"버렸어."

"왜?"

형은 대답하지 않았다. 형의 얼굴이 일그러졌다. 형은 금방이라도 울 것 같았다.

그렇게 기억한다.

나는 모르는 척 몸을 돌려 누웠다. 언제 잠이 들었는지는 모르겠다. 일어났을 때 형은 집에 없었다. 상자에 남아 있던 돈 팔만구천칠백원도.

철문을 흔들었다. 철컹거리는 소리만 났다. 문은 단단히 잠겨 열리지 않았다. 마을에 마지막까지 남아 있던 소아과였다. 삼층짜리 건물이었는데, 일층은 병원이었고 이층과 삼층은 가정집이었다. 위층 사람들은 전날 떠났다. 이제 마을에는 두세 가구밖에 남지 않았다. 그들도 떠날 준비를 하는 것 같았다. 빈집에 남겨진 물건이 많기를 바랐다. 형이 사라진 후, 나는 고물을 팔아서 식비를 마련했고, 촛불과 손전등을 사서 집에 켜두었다.

굴러다니는 의자와 상자를 딛고 철문을 넘었다. 일층 창문이 굳게 닫혀 있었다. 나는 돌멩이를 주위 창문에 던졌다. 쉽게 깨지지 않아, 더 큰 돌멩이를 찾아야 했다. 세 번을 던지자 유리창에 금이 갔다. 나는 온 힘을 다해 돌멩이를 던졌다. 그제야 창에 구멍이 났다. 나는 팔을 넣어 창문을 열었다.

병원은 깨끗했다. 가위 하나 떨어져 있지 않았다. 이층과 삼층까지 뒤져보았지만 깨끗했다. 벽과 바닥, 장판과 페인트가 이 건물에 남은 전부였다. 허무해진 나는 병원 현관에 힘없이 앉았다. 여전히 소독약 냄새가 났다. 냄새는 현관 바로 옆 방에서 흘러나오고 있었다. 하얗고 딱딱한 침대가 있고, 약냄새로 가득했던 주사실이다. 감기에 걸렸을 때, 형이 나를 억지로 데려왔던 일이 기억났다. 주사를 맞기 싫어 떼를 쓰고 화를 냈다.

주사실 바닥에서 솜뭉치를 주웠다. 새것이었다. 맨살을 문지르던 차가운 촉감이 떠올랐다.

"접수하실 건가요?"

은영이 서 있었다. 간호사 누나의 말투를 그대로 흉내내고 있었다. 나는 감기에 걸렸다고 말했고, 은영은 이름과 전화번호, 주소를 적으라고 말했다. 펜이 없어서 나는 허공에 글자를 적었다. 은영이 글자를 읽는 척했다.

밖에서 이상한 소리가 들렸다. 바닥을 긁는 소음이었다. 철문이 열리는 소리도 들렸다. 우리는 창가에 숨었다.

폐지 할머니가 밖에 서 있었다. 그 뒤로 리어카가 보였다. 오늘도 뭘 얼마나 많이 주웠는지 리어카를 덮은 담요가 불룩했다. 우리는 할

212

머니가 현관문 안으로 들어오는 걸 기다렸다가 창문을 넘었다. 재빨리 리어카로 달려갔다. 담요를 걷었더니 빼앗긴 전자레인지가 먼저 눈에 들어왔다. 그 아래 폐지와 잡다한 물건들이 가득했다. 내가 그만큼을 모으려면 며칠이 넘게 걸릴 터였다.

"가져가자." 은영이 속삭였다. 나는 망설이지 않았다.

둘이 리어카를 밀자 할머니가 끌고 온 속도보다 훨씬 빨리 움직였다. 리어카가 덜컹거리며 바닥을 긁었다. 그때였다.

"이놈! 이 도둑놈의 새끼!"

할머니가 현관문을 벌컥 열어젖히며 뛰어나왔다. 은영이 할머니에게 돌을 던졌다. 돌이 할머니의 얼굴을 맞혔다. 할머니는 억, 하는 소리를 내며 바닥으로 쓰러졌다. 나는 겁이 났고 온 힘을 다해 달리기 시작했다. 완만한 내리막길에 다다르자, 리어카의 무게가 속도를 더해 나를 밀어붙였다. 나는 무서웠는데 은영은 놀이기구를 타는 것처럼 신나게 소리를 질렀다. 우리는 굴러떨어지듯 내리막길을 달렸다. 날고 있는 기분이었다.

고물상 입구에 도착하자마자 우리는 소리를 질렀다.

"아저씨! 오늘 엄청나게 많아요!"

아저씨가 밖으로 나왔다. 그의 안색이 살짝 변했다. 내가 이렇게나 많이 가져올 줄 몰랐겠지. 보란듯 뒤통수를 때린 기분이 들어 신이 났다. 은영이 전자레인지를 가리키며 말했다.

"삼천원은 주실 거죠?"

아저씨가 내게 말했다.

"이거 다 어디서 났니?"

은영이 대답했다. "우리가 모았어요. 오늘 운이 좋았거든요."

말을 마치기도 전에 아저씨가 내 팔목을 잡고 호통쳤다.

"이 새끼가 어디서 거짓말을! 할머니 어디 계시냐!"

머릿속이 하얗게 지워졌다. 몸이 뻣뻣해졌고, 뭘 해야 할지 몰랐다. 아저씨가 내 팔목을 비틀었다. 내가 소리지르자 은영이 아저씨에게 달려들었다. 그의 팔을 세게 물었다. 그리고 배를 있는 힘껏 밀었다. 아저씨가 소리를 지르며 내 몸에서 손을 뗐다. 그 순간, 은영이 내게 손을 내밀었다. 나는 은영의 손을 잡았다. 우리는 뛰었다. 뒤에서 아저씨가 고함을 쳤다. 은영이 아저씨에게 욕을 했다. 나는 그런 은영이 좋았다. 은영이 떠드는 목소리가 듣기 좋았다. 은영의 말에 대답하는 일이 좋았다. 대답하는 내 목소리가 듣기 좋았다. 계속 대답을 하고 싶었다. 우리는 거리를 지나고, 학교를 지나고, 마을로 돌아와서도 달렸다. 빌라 삼층. 베란다에 켜둔 손전등 빛이 보일 때까지 나는 한 번도 쉬지 않았다. 숨이 가쁘고 심장이 튀어나올 것처럼 쿵쾅거렸다. 고개를 숙이고 숨을 뱉어냈다.

숨을 돌리고 나니 은영은 없었다.

나는 혼자 남았다.

괜찮아 기채야.

지금도 가끔, 은영이 글자를 읽는 척했던 모습이 떠오를 때가 있다.

그러면 무언가 느껴진다.

그걸로 충분하다.

모은 돈은 일찍 떨어졌다. 처음부터 얼마 되지 않았으니 당연했다. 집안 물건을 팔아볼까 생각해봤지만, 아저씨가 나를 무조건 도둑으로 몰아세울 것 같아 용기가 안 났다. 며칠은 미리 사둔 즉석식품과 과자, 물을 마시며 지냈다. 나중에는 배가 고파 견딜 수 없었다. 무슨 짓이든 해야겠다고 생각하며 일어났을 때, 썰렁한 방안이 눈에 들어왔다. 나는 집안의 물건들을 모두 방으로 옮기기 시작했다. 우산, 그릇, 책더미를 침대 옆에 쌓았다. 그릇장을 끌고 갈 때 안에서 깨지는 소리가 우당탕 들렸다. 식탁을 끌어오고 쿠션을 던지고, 화장실의 세제와 빗자루까지 가져와 방에 넣었다. 방이 점점 좁아지고 복잡해졌다. 더 옮길 물건이 없어진 뒤 나는 침대 위에 누웠다. 조금은 아늑하다는 기분이 들었고, 배가 덜 고팠다.

길을 걷고 있었다.

벌레들이 발밑으로 따라붙었다. 페인트를 칠하는 것처럼 길에 하얀 자국이 남았다. 한참을 걸어 마을을 빠져나갔다. 어딘가에서 옥수수 냄새가 났다. 나도 모르게 냄새를 따라 골목으로 들어갔다. 누군가 비닐봉지를 들고 천천히 걷고 있었다. 나는 그 뒤를 따랐다. 조금만 더 가까이 가면 봉지를 낚아챌 수 있을 것 같았다. 그 사람은 체구가 작았다. 온 힘을 다해 부딪친다면 가능할 것 같았다. 나는 심호흡을 하고 주먹을 쥐었다. 그때 그 사람이 뒤를 돌아봤다. 눈이 마주쳤다. 아는 사람이었고, 두려운 사람이었다.

폐지 할머니였다. 도망가야 한다고 생각했지만, 발이 떨어지지 않았다. 할머니가 나를 향해 걸어왔다. 옥수수 냄새가 가까워지자 그 와중에도 침이 꼴깍 넘어갔다. 할머니가 손바닥으로 내 이마를 세게 내리쳤다. 팔다리가 후들거리고 머리가 어지러웠다. 나는 힘없이 바닥에 주저앉아 얼굴을 잔뜩 일그러뜨렸다. 울음을 참을 때 나오는 버릇이었다. 하지만 옥수수 냄새가 벌레처럼 콧속으로 기어들어왔고, 나는 결국 울음을 터뜨렸다. 할머니는 훌쩍거리는 나를 내려다보더니 검은 봉지를 내밀었다. 나는 그 뜻을 알 수 없었다. 내가 봉지를 물끄러미 보고만 있자 할머니는 직접 옥수수를 꺼내 내 손에 쥐여줬다. 옥수수는 노랗고, 노랗고, 노랬다. 나는 그 노란 낱알을 게걸스럽게 뜯어먹기 시작했다. 낱알을 다 씹지도 않고 목구멍으로 넘겼다. 달고 고소했다. 순식간에 옥수수 심이 드러났다. 나는 심을 빨아먹었다.

할머니가 내 옆에 앉았다. 그리고 옥수수를 하나 더 주고 자신도 하나 들었다. 나는 할머니와 골목에 나란히 앉아 옥수수를 먹었다. 잘못했습니다. 다시는 안 그럴게요. 나는 허리를 구부려 그녀에게 사과했다. 할머니는 대답 없이 손만 내저었다. 어서 가라는 뜻인 것 같았다. 나는 찔끔찔끔 흘러나오는 눈물을 닦았다.

나는 손끝에 남은 옥수수 냄새를 맡으며 침대에 누워 있었다. 언제부터 누워 있었던 걸까. 옥수수 냄새가 사라졌다. 벌레 몇 마리가 내 이마로 툭툭 떨어졌다. 몇 마리는 날았다. 나는 그대로 누워 있었다. 물건들의 냄새가 이불처럼 나를 덮었다. 내 냄새는 어떨까. 악취가 나겠지. 버려진 것들의 가운데 내가 누워 있었다. 더는 쓰지 않는 물건 사이에서, 고물들 틈에서. 내가 드디어 버려졌다는 사실을 깨달았다. 형은 가버렸고, 다시 돌아오지 않을 것이다. 그렇게 생각하니 마음이 진정되었다. 그동안 나를 괴롭히던 불안과 초조함이 함께 사라졌다.

더는 불안해할 필요가 없다고 생각하니 편안했다. 나도 이 고물들과 함께 썩어갈 것이며 언젠가 무너질 것이다. 나는 고물들을 둘러보며 확인했고, 확신했다. 이제 정말 괜찮다. 응. 은영에게 대답하고 싶었다. 창문에 달라붙은 벌레떼가 안으로 들어오려 하고 있었다. 나는 일어나 창문을 열었다. 눈보라가 몰아치는 방으로 벌레들이 떼 지어 들어왔다. 돌아보니 방에 눈이 내리고 있었다.

폭설이었다.

사회복지사를 마지막으로 만난 건 스물두 살 때다. 그녀는 귀찮은 내색 없이 똑같은 이야기를 항상 친절하게 해줬다.

나를 찾아낸 건 폐지 할머니였다. 그때 그녀는 내가 던진 돌에 맞아 넘어졌고, 이 주 내내 병원 신세를 졌다. 할머니는 치료비를 받아낼 생각으로 여기저기를 수소문해 빌라를 찾아냈다. 계단에 발을 딛는 순간, 하얀 벌레떼가 날아와 벽에 다닥다닥 붙었다. 발을 디딜 때마다 벌레들은 꽃가루처럼 주변으로 날아갔고 먼지처럼 사그라졌다.

삼층에 도착한 그녀는, 폭설이 내리고 난 뒤의 겨울 풍경을 떠올렸다. 복도에 벌레들이 하얗게 쌓여 있었다. 반은 벌레들의 사체가 만든 먼지였고, 나머지 반은 살아 있거나 죽어가는 벌레였다. 그녀는 벌레들의 무덤을 푹푹 밟으며 현관문까지 걸었다. 문은 열려 있었다. 할머니는 집에 들어오자마자 이상한 느낌을 받았다. 거실은 빈집처럼 비었는데, 방에서 불빛이 흘러나왔다. 할머니는 조심스럽게 방문을 열고 보았다. 건전지가 거의 닳은 손전등과 불이 꺼진 촛대. 그리고 침대에 누워 있는 나를 봤다.

이후 나는 복지시설로 보내졌다. 그곳에서 꽤 오랜 시간을 지낸 후, 형을 만났다. 우여곡절 끝에 찾아낸 형은 만취해 있었다고 한다.

"어쨌든 그 할머니가 널 구해준 건 맞는 것 같구나."

이야기의 끝에 이르면, 그녀는 꼭 그렇게 말했다. 그녀는 내가 그 말을 듣기 위해 매번 찾아온다고 생각했다. 내가 항상 집요하게 물었기 때문이다.

"정말, 그날 그 할머니만 왔었나요?"

그녀는 누군가 너를 구해줬다는 사실을 잊지 않고 살았으면 좋겠다고 했다. 그만큼 내가 소중한 사람이라는 걸 기억했으면 좋겠다고.

하나의 기억이 더 있다.

기억이라기보다는, 잃어버린 조각 때문에 구멍투성이가 된 퍼즐에 가깝다. 그때 나를 구조한 사람들은 벌레에 휩싸인 내가 거의 시체 같았다고 말했다. 사실이었다. 나는 겨우 숨쉬었다. 눈꺼풀을 움직일 힘도, 콧잔등의 벌레들을 쫓을 힘도 없었다. 벌레들은 내 귓구멍과 콧구멍에 들어갔다가 길을 잃었다. 죽은 벌레들이 그렇게 내 몸에 쌓였다.

언제였을까.

누군가 방으로 들어왔다. 나는 한참 동안 그 사실을 몰랐다. 문득 찬기가 느껴져 눈을 뜨니, 얼굴 옆에 묵직하고 차가운 물건이 있었다. 침대에는 여러 물건이 쌓여 있어서 좁았고, 나는 거의 움직이지 않았기 때문에 물건들이 흔들리는 일은 없었다. 그런데 무언가 달라져 있었다. 고개를 천천히 돌렸을 뿐인데 옆에 쌓아놓은 물건들이 와장창 바닥으로 떨어졌다. 깡통이 떨어지는 소리도 났다. 나는 소리를 따라 시선을 옮겼다. 나는 보았다. 바닥에 콜라 캔이 있었다. 그리고 누군가, 앙상하고 마른 손가락이 콜라 캔을 주워들었다.

사람이었다. 키가 크고, 야위고, 술냄새가 많이 나는 사람이 나를 내려다봤다. 벌레들이 그를 뒤덮고 있었다. 목과 팔에 하얗게 달라붙은 벌레들. 그가 손가락을 내 코밑에 댔다. 내 가슴에 귀를 기울였다. 나는 살아 있었다.

점점 의식이 희미해졌고 남은 기운은 손가락 끝으로 빠져나갔다. 간신히, 가늘게 뜨고 있던 눈꺼풀이 천천히 감겼다. 나는 뿌옇게 흐려진 시야를 놓치지 않으려 노력했지만, 의식은 자꾸만 뒤로 물러났다. 눈앞이 서서히 어둠에 잠겼고 하나의 점으로 작게 줄어들었다. 마지막으로 내 눈에 비친 건, 비쩍 마른 눈사람이었다.

*

잠을 이루지 못하는 밤이면 나는 항상 형에게 전화한다. 우리는 불쾌지수, 고장난 에어컨과 늘어진 셔츠, 붉은 발진이 일어난 목덜미. 가려움증, 참기 힘든 작열감. 축구와 야구, 소용없는 선풍기에 관해 이야기한다. 아무렇지 않게 이어지던 대화는 어느 순간 툭 끊어진다. 침묵이 찾아온다. 먼저 입을 여는 건 항상 형이다. 그의 말은 늘 정해져 있다.

"밥 잘 챙겨 먹어."

그 말을 듣는 순간, 나는 묻고 싶은 말이 생긴다. 아니다. 사실 늘 묻고 싶은 말이다. 나는 망설이며 숨을 깊이 마신다. 몸안에 숨겨놓았던 나의 말들이 더듬더듬 기어나온다. 하지만 그 말들은 굳게 닫힌 내 입술을 끝내 열지 못하고 혀 밑으로 가라앉는다. 내가 형에게 돌려주는 말은 입술에 습관으로 새겨놓은 단어들이다. 알았다는 말. 고맙다는 말.

전화를 끊은 나는 샤워를 하고 차가운 물을 마신 뒤 침대에 눕는다. 침대에서는 향긋한 풀냄새가 난다. 천장을 본다. 천장은 하얗다. 눈사람처럼. 하얗게 얼어버린 옆얼굴. 마지막 기억이 천장에 그림처럼 떠오른다.

나를 내려다보던 눈사람은 등을 돌려 밖으로 나갔다. 나는 그의 뒷모습을 보았다. 돌아보지 않는 등. 눈사람은 그렇게 문을 닫고 사라졌다.

여전히 벌레가 많다.

굴 말리크가 기억하는 것

모든 일에 이렇게 분명한 지도가 있었다면, 그들은 헤매지 않았을 것이다.
지금처럼 그녀를 오직 화가 잔뜩 난 얼굴로만 기억할 일도 없었을 것이다.
글쎄, 어쩌면 지도는 늘 분명했을지 모른다. 다만 잘 읽지 못했을 뿐.

굴 말리크가 죽었다.

사고였고 화재였다. 인도로 돌아간 지 일 년도 되지 않아 벌어진 일이었다. 그리고 지금 두 사람은 돌아 나온 첫번째 골목에서부터 길을 잃었다. 그녀는 이 골목에 들어서자마자 그가 망설이는 것 같다는 느낌을 받았을 때 눈치챘어야 했다는 생각이 들었지만 이제 와 무슨 소용인가 싶었다. 어차피 길을 잃었다. 그리고 그는 이제 그녀와 상관없는 사람이다.

따지고 보면 굴 말리크는 그녀의 학생이라고 할 수 있었다. 일 년 전 그녀는 일주일에 한 번 외국인에게 한글을 가르치는 봉사활동을 했다. 그녀가 그 일을 시작했을 때 그는 반가워했다. 그녀는 국어교사가 되고 싶어 교육대학원까지 졸업했지만 임용시험에 여러 차례 떨어졌고, 결국 포기했다. 이후 학습지 기획을 보조하고, 자료 정리하는 일을 시작했는데 그녀는 그 일을 끔찍하게 싫어했다. 때문에 그는 한

글을 가르치는 일로 그녀가 기운을 차릴지도 모른다고 생각했던 것이다. 물론 그 일은 그녀를 전혀 편안하게 해주지 못했다. 단 한 번, 세 사람은 함께 만났다. 굴 말리크는 아주 어눌한 한국어로 자신의 삶을 짧게 이야기했다. 돌아오는 길에 그들은 싸웠다. 그녀는 울면서 그에게 항의했다. "사랑 때문이야." 나중에는 거의 소리쳤다. "아직도 사랑 때문에 사람이 죽어." 얼마 후, 그들은 헤어졌다. 굴 말리크는 추방당했다. 그들은 다시는 만나지 않았다.

굴 말리크가 그들에게 유품을 남겼다.

"어딘지 모르겠어?"

결국 그녀는 참지 못하고 그에게 물었다. 그는 못 들은 척 대답하지 않았다. 핸드폰 지도를 뚫어지게 들여다보기만 할 뿐이었다. 그녀도 더 묻지 않았다. 그와 대화하고 싶어한다는 인상을 주기 싫었다. 그녀는 그를 만나러 나오면서 일말의 어떤 기대도 없었다. 그들의 끝은 좋지 않았다. 남아 있는 게 있다면 정직한 악담 정도랄까. 굴 말리크가 수신자와 수신지에 그녀의 이름과 그의 주소를 각각 따로 쓰는 일이 없었다면, 그래서 그녀가 택배 기사에게 전화를 받는 일이 없었다면 이렇게 만나지 않았을 것이다. 택배 기사는 동네 보관소에 맡겨놨으니 그녀에게 알아서 찾아가라고 했다. 그 동네에 보관소가 있었나? 그녀는 한때 그의 동네를 그렇게 들락거렸는데 그런 건물을 전혀 몰랐다는 사실이 조금 신기했다. 처음에는 그녀 혼자 물건을 찾아올 생각이었다. 하지만 유품이라는 걸 알고 나자 고민이 되었다. 유품을 발송한 굴 말리크의 지인은 그녀에게 보내는 메일에 '굴 말리크에게 두 사람이 특별한 존재였던 것 같다'고 썼다. 그 문장을 읽고 그녀는 무척 놀랐다. 그녀 기억에 굴 말리크와 두 사람은 별다른 일이 없었다. 굴 말리크의 삶이 슬프다고는 생각했다. 그러나 그 사람을 조금이라도 알게 되면 누구나 그렇게 느낄 것이다. 굴 말리크는 두 사람에게서 뭘 느꼈던 걸까. 며칠을 고심하다 결국 그에게 연락을 했다. 그들을 특별하게 생각한 사람의 죽음이었다. 함부로 지나쳐서는 안 될 것 같았다. 그러나 그 역시 당황스러운 눈치였다. 그래서 일단 그녀가 먼저 물건을 본 뒤 연락하겠다고 했다. 그녀 딴에는 나름대로 둘이 부딪치지 않고 해결해보려 한 말이었는데, 대뜸 그가 목소리를 높였다. 그러면 자기는 뭐가 되느냐고. 일 년 만에 속에서 묵직한 것이 치받쳐 올라왔지만, 그녀는 꾹 참고 알겠다고 대답했다. 약속시간을 잡은 뒤 전화를 끊었는데 과연 잘한 짓인지 모르겠다는 생각이 들었다.

그리고 지금 그는 여전히 그녀의 말을 못 들은 척하고 있었다. 길 찾으면 알아서 입을 열겠지. 그녀는 체념하고서 주변을 둘러보았다. 똑같아 보이는 골목들이 오밀조밀 붙어 마치 미로 같았다. 그런데 생각해보니, 이런 상황이 꼭 낯설지만은 않았다.

사실 그들은 익숙했다.

갓 상경한 스무 살짜리 둘이, 최악의 방향감각으로 서울을 돌아다녔으니 남들은 겪지 않을 법한 일들이 계속 일어났다. 길도 몰랐고, 아는 사람도 없었다. 아는 척은 창피했고, 기죽는 건 싫었다. 그들은 적응하려고 노력한다는 걸 들키고 싶지 않았다. 그래서 허세를 부렸다. 아무데나 가고, 아무거나 먹고. 괜찮아, 뭐 어때. 여기는 이래서 문제지만 저기는 저러니까 제법 괜찮다. 서울, 그저 그렇다. 언제든 떠나도 상관없어. 이 도시를 구경할 뿐이고 때로는 판단하고 있다는 느낌은 그들에게 어떤 용기를 줬다.

두 사람이 다정했던 날, 그날도 그들은 길을 헤맸지만, 아무렇지 않은 척했다. 설마 집에 못 돌아가겠느냐 싶었다. 못 돌아가면 어때. 죽기야 하겠어? 그러다 정신을 차려보니 저녁이었고 알 수 없는 곳에 서 있었다. 사람도 표지판도 가로등도, 아무것도 없었다. 그들은 불안했지만 아무렇지 않은 척했다. 가다보면 나오겠지. 여기가 저기 아니겠어? 뭐 어때.

몇 분 뒤 그들은 아무 말 없이 걷기만 했다.

오르막길을 오르면 내리막길이 있었고, 왼쪽으로 꺾어 들어가면 오른쪽으로 꺾이는 길이 나왔다. 길모퉁이를 지나면 다시 모퉁이가 있었고, 담벼락들이 도미노처럼 늘어서 있었다. 계단 위의 계단을 오르기 시작했을 때, 그들은 처음으로 무섭다고 느꼈다. 그러나 내색하지 않고 끝이 보이지 않는 그 계단을 꾸역꾸역 오르기만 했다. 그러다 도저히 걸을 수 없을 지경이 되었을 때 멈췄다. 어차피 꼭대기였다.

두 사람이 겨우 서 있을 만한 작은 공터에 음료 자판기 하나가 놓여 있었다. 아래로 도시의 불빛들이 동그랗게 고여 있었다. 그들은 인스턴트커피를 들고 그 풍경을 보았다. 평소였다면 그 불빛들이 얼마나 별로인지에 대해 이야기했을 것이다. 그러나 그날은 촘촘하게 빛나는 도시를 그저 내려다보기만 했다. 그렇게 커피를 다 마실 즈음이었다. 그가 웃음을 터뜨렸다.

"야, 우리 진짜 대박 촌스럽다."

그날 그들은 처음으로 입맞추었다. 돌아오는 길, 그녀는 다리가 후

들거려 제대로 걸을 수가 없었다. 왜 그런지 알 수 없어서 내내 창피했었다.

설렘 때문이었다는 걸 이제는 안다.

그녀가 생각에 잠긴 채 모퉁이 저편을 멍하니 보고 있는데 낯선 건물 하나가 시야에 들어왔다. 조금 전까지는 없었는데 지금 분명 저 앞에 있었다.

"저기 봐."

그녀의 목소리에 그가 미덥지 못하다는 듯 천천히 시선을 옮겼다.

*

굴 말리크와 타니 칸은 인도의 같은 마을에서, 같은 날에 태어났다. 십칠 세가 되는 동안, 그들은 소년과 소녀의 시절을 함께 수줍게 거쳤고 남자와 여자가 되는 문 앞에 섰다. 언제였을까. 아기에서 소년까지, 소녀에서 여인까지. 그 시간의 어느 지점에서 굴 말리크는 타니 칸을 '그녀'로 생각했던 걸까. 그리고 타니 칸은 굴 말리크를 언제부터 '그'라고 여기게 되었던 걸까. 그러나 그들은 인사를 나눈 적도, 눈을 마주한 적도 없다. 그래서는 안 되었다.

그들은 신분이 달랐다. 그들이 만날 수 있는 건 그가 그녀의 집에 일하러 갈 때였다. 가축에게 여물을 줄 때, 마당과 헛간을 청소할 때, 집 앞을 지나갈 때, 창문을 열 때, 그 열린 창 밑에 서 있을 때, 그들은 서로를 느꼈다. 상대의 숨소리를 듣기 위해 자신의 숨소리를 죽였다. 서로의 표정과 목소리를 상상했다. 서로의 의식 안에서 그들은 무척 자연스러웠다. 그들이 부자연스러워지는 때는 오직 현실을 자각했을 때였다.

타니 칸에게는 육십 세의 약혼자가 있었다.

혼사를 앞둔 몇 달 동안, 굴 말리크는 하루 대부분을 사원에서 보냈다. 그는 기도했다. 그녀가 행복하기를. 그렇게 살기를.

그녀의 삶은 비참했다.

남편은 그녀를 때렸다. 아침에 눈을 떴을 때, 식사하거나 물을 마실 때, 눈이 마주칠 때, 딸꾹질할 때, 옷을 입을 때, 외출에서 돌아왔을 때, 의자에 앉아 있을 때, 남편의 주먹은 가차없이 그녀에게 향했다. 이유를 알았다면, 그녀는 주의했을 것이다. 그러나 알 수 없었기에, 그녀는 남편의 존재 자체를 두려워했다. 그녀는 오빠에게 이 사실을 알렸다.

두려워요. 그 사람이 옆에 있으면 겁이 나 숨조차 쉴 수가 없어요.

오빠는 황급히 그녀를 찾아왔다. 남편보다 더 심하게 그녀를 때렸다.

네가 순응해라. 이치를 거스르지 마라.

타니 칸의 오빠가 피 묻은 손으로 돌아오자마자 소문은 삽시간에 퍼졌다. 굴 말리크는 여전히 사원에 나갔다. 그러나 기도하지 않았다. 어차피 신은 그의 기도를 들어주지 않을 것이다. 그가 기도하는 순간에도 그녀는 얼굴을 두들겨맞을 것이다. 그는 몸을 떨었다. 그녀의 얼굴을 슬쩍이라도 볼 수 있었던 날, 그는 얼마나 행복했었던가.

이것은 자연스러운가?

그러한가?

어느 날, 그는 사원에 가지 않았다. 그날 밤 그는 타니 칸의 집 앞에

서 밤을 지새웠다. 새벽이 올 무렵, 그는 부드럽고 작은 무엇이 벽에
부딪는 소리를 들었다. 길고 나직한 신음을. 그는 귀를 막지 않았다.
남편이 외출하자마자 그는 집안으로 들어갔다.

그녀의 뒷모습을 보았던 순간을 그는 결코 잊지 못했다.

우리가 살 수 있는 곳으로 가자. 달라질 수 있을 거야. 그는 놀랐다.
이미 그 말을 한 적이 있었던 것처럼 자연스러웠던 것이다. 그는 알았
다. 너무 작아서, 너무 멀어서, 너무 돌려 말했기에, 너무 지나가듯이
말했기에 그녀에게 닿지 못했던 것이다. 그래서 그는 알았다. 어떤 말
들은 분명해야만 한다는 것을. 그날이 아니었다면 그는 영원히 몰랐
을 것이다. 그녀 없이 살아갈 수 없다는 것. 그녀는 그 자신이었다. 그
들은 파키스탄으로 달아났다.

그들은 그 도시에 함께 도착했다.

도시는 넓고, 불빛이 밝고, 사람들이 많았다. 첫날, 그들은 함께 길
을 걸었다. 지니고 있던 약간의 돈으로 어딘가의 술집에서 빵과 물을
사 먹었다. 딱딱한 빵이 그들의 입안을 계속 찔렀다. 그는 그녀가 이
런 빵을 먹는다는 사실이 괴로웠다. 어찌할 줄 모르는 그에게 그녀가
물에 적신 빵조각을 건넸다. 그 빵을 받을 때 그는 자신의 손이 거칠
고 지저분하다는 걸 알았다. 부끄러웠다. 그녀는 말했다. 이렇게 맛있
는 빵은 처음 먹어본다고.

늘 이런 빵을 먹었으면 좋겠다고.

돌아올 때도 걸었다. 습관이 남아 있던 건지 아니면 쑥스러웠던 건
지, 혹시나 하는 불안이 완전히 사라지지 않은 탓이었던 건지, 그들은

인적이 드문 곳에 가서야 손을 잡았다.

그날, 두 사람은 밤새도록 손을 놓지 않았다.

좋았다. 밤에 집에 들어가면 늘 상대의 숨소리를 들을 수 있었다. 꿈결에 중얼거리는 단어들, 새벽녘 조심스럽게 열리던 문소리, 발소리, 인사. 다녀올게. 다녀왔어. 그래서 그는 불안했다.

하루에 한끼도 못 먹는 날이 있었고, 매일 같은 옷을 입었으며, 피로에 지쳐 한마디도 할 수 없을 때도 있었다. 집 앞을 지나는 낯선 이들을 보면 그의 마음은 덜컥 내려앉았다. 혹시 우리를 찾아온 건 아닐까. 알아본 건 아닐까. 그녀를 빼앗아가지 않을까. 두려운 밤이면 서로 끌어안고서 밤새 이야기를 나눴다. 타니 칸은 도시의 사람들을 '그들'이라고 불렀다. 그녀의 '그들'이라는 지칭을 들을 때마다 굴 말리크는 그녀와 자신의 '우리'가 더 확고해지는 느낌을 받았다. 그건 그녀의 체온을 느끼는 것만큼이나 그를 안정시켰다.

언제부터였을까. 타니 칸이 '그들'을 친구들이라고 부르기 시작한 건.

*

"정말 여기 맞아?"

그가 의심스럽다는 듯 말했다. 솔직히 그녀도 자신 있지는 않았다. 처음 보는 건물이었다. 감청색 대문에 얼룩덜룩한 자국이 가득했다. 문 옆 초인종에는 먼지가 달라붙어 있어서 지저분한 인상이 들었다. 이런 걸 보면, 오래전부터 이곳에 있었던 것이 틀림없는데 도무지 왜 생각이 나지 않는지 알 수 없었다. 그가 인상을 찡그렸다. 금방이라도 무슨 말을 퍼부을 것 같은 표정이었다. 그는 항상 그녀의 선택과 판단을 못 미더워했다. 그건 그들이 싸우는 가장 큰 이유였다. 그래도 그들이 만날 때, 그녀는 그의 말과 행동을 무척 신경썼다. 믿을 만한 사람이 되고 싶어서, 존중받고 싶어서 그렇게 했다. 헤어지고 보니 그게 가장 부질없는 짓이었다. 그녀가 그의 말과 행동 하나하나를 신경쓴다는 사실은 정작 그에게 큰 의미가 없었다. 그에게는 그녀의 실수만이 중요했다.

"여기 맞을 거야. 아니면 다시 나오면 돼."

그녀는 냉정하게 말하며 문에 다가섰다. 그 순간, 문이 양쪽으로 열렸다. 키가 크고 체격이 건장한 중년 남자가 밖으로 나왔다. 남자가 그들을 보자마자 말했다.

"택배?"

그녀가 고개를 끄덕이자 남자가 들어오라는 손짓을 했다.

보관소 안은 오래된 종이에서 맡을 수 있는 눅눅한 냄새로 가득했다. 바닥에서 천장까지 사면을 상자들이 둘러싸고 있었다. 바닥에 놓인 물품의 양도 상당했는데, 남자 직원 두 명이 바쁘게 정리하고 있었다. 그들은 그와 그녀에게 눈길도 주지 않았다. 물품을 정리하는 것 외에는 아무 관심이 없어 보였다.

"아, 이름이 뭐지?"

남자는 아무렇지 않게 반말을 했다. 그녀의 대답을 듣고 장부를 몇 장 뒤적이더니 혀를 찼다. 그리고 말했다.

"늦게 왔네?"

그녀는 택배 기사에게 오늘까지 보관해준다는 약속을 받았다고 설명했다. 남자는 흠, 하는 이상한 소리를 내며 고개를 저었다.

"나는 그건 모르겠고." 남자가 장부를 선반에 탁, 하고 내려놓았다. "그 물건 오늘 아침에 반송 트럭으로 들어갔어."

그리고 더는 볼일이 없다는 듯 벽면에 붙은 물품 목록을 점검하기 시작했다. 그녀는 그럼 어떻게 해야 하느냐고 물었다.

"그쪽들이 직접 찾으러 가셔야지."

남자는 벽에서 시선을 떼지 않은 채 심드렁하게 말했다.

"잠시만요." 그가 끼어들었다. 남자는 그를 쳐다보지도 않았다.

"이건 저희가 해결할 일이 아니지 않습니까?"

그가 연이어 말했지만 남자는 여전히 대꾸하지 않았다. 그를 상대할 생각이 전혀 없는 것 같았다. 목록을 점검하고, 직원들에게 일을 지시할 뿐 그와 그녀에게는 시선도 안 줬다. 마치 아무 일도 일어나지 않은 것 같았다. 화를 내는 그가 이상한 사람 같았다. 그녀는 그의 소매를 잡아당기며 속삭였다. "그만해. 나가자 그냥."

그가 그녀를 돌아봤다. "내가 뭘 했다고 그만해?"

이번에는 그녀가 그를 무시했다. 그녀는 남자에게 다가갔다. 반송물품 보관소 위치를 알려주면 그들이 알아서 찾아가겠다고 말했다. 최대한 공손한 어조로 말했지만 남자는 답이 없었다. 그녀는 말했다.

"죄송합니다."

그제야 남자가 입을 열었다. "그려."

"네?"

"말해줄 테니까 약도 그리라고."

등뒤에서 그가 끙, 하는 소리를 냈다. 그녀는 남자의 눈치를 보며 슬쩍 웃었고, 가방에서 주섬주섬 수첩과 펜을 꺼냈다. 그런데 들어보니 이상했다. 남자가 말하는 곳은 이 근처로, 아파트 건설이 무산되어 현재 비어 있는 공터 부근이었다. 그녀는 물었다.

"여기 아무것도 없지 않아요?"

남자는 아무 말이 없었다.

그들이 밖으로 나가려 할 때였다. 남자가 손가락으로 입구의 반대 방향을 가리키며 말했다.

"이쪽 말고 저쪽으로 나가."

그곳에는, 들어온 문과 전혀 다른 문이 있었다. 허리를 굽혀야만 나갈 수 있을 정도로 크기가 작았고, 윗부분에 나무판자가 얼기설기 덧대어져 있어서 잘못 스치면 상처가 날 것 같았다. 더는 참을 수 없다는 듯 그가 다시 벌컥 화를 냈다.

"지금 장난합니까?"

순간, 일에 열중하던 남자 직원 한 명이 자리에서 일어났다. 그녀는 한 발자국 뒤로 물러섰다. 불안했다. 직원은 두 사람 앞을 천천히 지나갔다. 그러더니 입구 문을 닫아버렸다. 문 안쪽에도 자물쇠가 있었다. 철컥, 자물쇠 잠기는 소리가 보관소 안을 울렸다. 남자가 무표정한 얼굴로 말했다.

"여기로 들어왔으면 저기로 나가는 거야. 싫으면 여기 계속 있는 거고."

그녀는 그가 소리를 지르려는 걸 말렸다. 그는 그녀의 손을 뿌리쳤다. 금방이라도 남자와 한바탕 싸움을 벌일 기세였다. 이전 같으면 그를 말리면서 상대에게 계속 사과를 했을 것이다. 그러면 그는 왜 사과를 하느냐고 그녀에게 화를 낼 것이고, 주위에 있는 사람들이 다가와 이제 그만하라고 한마디씩 했을 것이다. 그는 어쩔 수 없다는 듯 몸을 돌리겠지.

그녀는 혼자 반대쪽 문으로 걸어갔다.

뒤에서 그의 목소리가 들렸다. "뭐 이런 그지 같은 데가 다 있어? 내가 이걸 그냥 넘어갈 줄 알아?"

동시에 그의 목소리가 힘에 부쳐 조금씩 사그라지는 걸 느꼈다. 그녀는 허리를 굽혀 그 문을 넘었다. 뒤를 돌아보니, 그가 문 쪽으로 힘없이 걸어오고 있었다. 엄청난 일을 겪은 사람 같은 표정을 짓고 있었다. 그가 나오자마자 뭐라고 할지 그녀는 알고 있었다. 예상대로였다.

"너는 어떻게 항상 아무렇지도 않아?" 그가 그녀에게 말했다. "진짜 변한 게 없구나."

그녀는 네가 자존심을 부리고 화를 내는 동안, 직접 사과를 하고 반말 찍찍 들어가며 약도를 그린 사람이 바로 나라고 쏘아붙이려다 말았다. 그 역시 변한 것이 없었고, 그렇다면 이 대화는 시작하지 않는 편이 좋았다. 그는 분이 풀리지 않는다는 듯 한참을 씩씩거리더니, 주머니에서 녹색 수첩을 꺼내 메모를 시작했다. 그리고 그녀가 뭘 묻지도 않는데, 느닷없이 그녀에게 오른손을 들어 보였다. 가운데 손금이 진한, 그 만질만질한 손바닥을. 중요한 일을 하는 중이니 말 걸지 말라는 뜻이었다.

지랄한다. 진짜.

그녀는 헛웃음을 참았다. 그가 중요한 일을 한다는 건, 자기최면에

234

불과했다. 동기들 심지어는 후배들보다 뒤처진 자신의 실적을 어떻게든 끌어올리려고 안달을 내는 것일 뿐이었다. 그는 언론사 입사 후 기자로서 한 번도 특별한 인상을 남기지 못했다. 그는 자신이 인정받지 못하는 건 운이 없고, 선배나 상사들에게 아부하지 않기 때문이라고 생각했다. 그런 부조리가 재능 있는 사람들을 잔인하게 묻어버린다는 것쯤은 그녀도 알고 있었다. 그러나 그건 진짜 재능 있는 자들에 한정된 이야기라고 생각했다. 그녀는 그가 어쩌면 자신이 평범하다는 진실을 알고 있을지도 모른다고 생각했다. 때때로 그가 그녀에게 야박하게 구는 건, 그녀의 존재를 짓뭉개는 말들을 내뱉는 건 그 진실 때문에 상처 입은 데 대해 화풀이를 하지 않으면 견딜 수 없기 때문이라고 생각했다. 한때 그녀는 그것을 이해하는 것이 사랑의 본질이라고 착각했다. 어쨌든 좋았던 순간도 많았기 때문이다. 그녀는 자신의 미래가 아직 오지 않았다고, 그 미래를 가져오는 중이라고 믿는 그가 좋았다. 그의 입에서 흘러나오는 노력이란 단어를 좋아했다. 그런 적이 있었다.

그녀가 무슨 생각을 하건 그는 메모에만 집중하고 있었다. 최근 그녀는 그의 기사를 읽은 적이 없다.

*

방망이로 공을 치면 날아가잖아요. 이쪽 아니면 저쪽. 인도, 파키스탄 아니면 서울. 선택할 수 있는 것같이 보입니다. 하지만 나는 방망이가 아닙니다. 공입니다.

굴 말리크는 출입국관리소에서 보낸 시간에 대해 그렇게 설명했다. 그는 자신이 증오를 느끼는 공이라고 말했다. 그는 이 도시에서 일을 못하게 된다든가 혹시 형벌을 받는다든가 하는 문제를 두려워하지 않았다. 그렇다고 고향을 두려워하지도 않았다. 그는 그곳을 증오했다. 태어나서 자란 곳, 가족이 있고, 친구가 있고, 사랑했던 사람이 있는 곳.

그런데 신이 계속 생각났습니다.

의아했다. 고향을 떠난 이후 그는 단 한 번도 기도하지 않았다. 도시에서 만난 동료들은 그를 변절자라고 했다. 그는 분노를 느꼈다. 누가 누구를 배신했다는 말인가. 분노를 느끼는 것만으로도 너무 많은 것들이 기억났고, 괴로웠다. 그럼에도 그는 신을 완전히 버리지 못했다. 습관 같은 것이기 때문일 수도, 단지 미련일 수도 있었다. 기억이라는 것이 몸에 어쩔 수 없이 남아 있어, 자신도 어찌할 수 없는 감정이 나타나기 때문일 수도 있었다. 결국 인간이기 때문이다. 인간이기 때문에 무언가를 기억하고 느낄 수밖에 없는 것이다. 기억이야말로 신이 인간에게 내린 가장 가혹한 형벌일지 몰랐다. 그는 또 생각했다. 그렇다면 나는 이런 형벌을 받을 정도로 끔찍한 짓을 저질렀는가? 나는 그런 사람인가?

의문이 있었다. 함께 떠나자고 했을 때, 그녀는 왜 자신을 따라왔을까. 자신처럼 그녀도 벅찼을까. 이미 삶이 지옥이었기에 그냥 따르겠다고 한 것은 아니었을까. 타니 칸의 대답을 들은 후, 그는 결코 그녀의 의사를 재확인한 적이 없었다. 두려워서였다.

그녀를 만난 후, 모든 것이 두려웠습니다.

무엇보다 겁이 났던 건, 그녀가 고단한 삶에 지쳐 자신을 떠나는 것이었다. 그는 자신이 낮은 계급의 사람이라는 사실이 늘 신경쓰였다. 그녀에게 어울리는 사람을 만나면 그를 떠나버릴 것 같았다. 타니 칸은 갈 수 있지만 그는 갈 수 없는 곳으로.

어느 날부터 그는 그녀가 외출에서 돌아온 밤이면, 잠든 그녀의 머리카락에 코를 묻고 향을 맡았다. 그녀의 향이 짙은 날은 곁에서 편안히 눈을 감았지만, 때때로 낯선 향이 느껴질 때 그는 잠을 이루지 못했다. 상상 속에서 그녀 앞에 서 있는 남자는 그보다 훨씬 부유하고 강했다. 자신의 상상 속에서조차 그는 그녀의 뒷모습을 응시할 뿐이었다.

그는 그녀의 물건들을 몰래 보거나 침대 밑을 뒤적거리거나, 옷을 입는 걸 지켜보기도 했다. 그녀가 가는 곳을 몰래 따라간 적도 있다. 그러나 끝까지 뒤를 밟지는 못했다. 그녀에게 들킬까봐 겁이 났기 때문이다. 진실을 아는 것보다 그녀의 실망을 마주할 일이 더 두려웠다. 아니면 그저 둘 다였을지도. 그가 할 수 있는 것은 오로지 최선을 다하는 것이었다. 일하고, 다시 일하고, 말을 걸고, 답을 듣고, 눈을 마주치고. 뭔가 나아지리라고 생각했던 것은 아니다. 그는 아무리 노력해도 그 가난한 마음을 벗어날 수 없으리라는 것을 잘 알았다. 그럼에도 안간힘을 쓰는 건, 노력이라도 하지 않으면 더 불안해지기 때문이었다.

그런데 여기에서는 그런 적이 없었습니다.

공장에서 동료 한 명이 손가락을 잘렸습니다. 피냄새를 맡자마자 생각했습니다. 이제 그 사람은 끝났다고. 이전에도 비슷한 경우를 본 적이 있었습니다. 그런데 그 사람. 피가 그렇게 많이 나는데, 잘려나간 손가락을 찾으려고 울부짖더군요. 손가락이 없으면 일을 할 수가 없으니까요. 바닥이 피투성이가 되었지요. 붉은 피 말입니다. 바닥을 기어다니며 손가락을 찾았습니다. 쇠비린내가 코를 찌르고, 구역질이 났습니다. 끝내 손가락은 못 찾았습니다. 분쇄기 안으로 들어갔으니까요. 그 사람은 해고되었습니다. 직원 세 명이 반나절 동안 파업을 했습니다. 하지만 나는 파업하지 않았습니다. 말씀드렸잖습니까. 이전에도 그런 일을 본 적이 있다니까요. 어떻게 되는지 압니다. 당신도 아시지요? 네. 그렇습니다. 모두 해고되었고 신고당했습니다. 그들이 짐을 쌀 때 누군가 그러더군요. 얼마든지 대신할 사람은 있다고. 여기는 그런 곳이라고.

나는 상처받지 않았습니다. 당신들은 내가 그 말에 상처를 받아 앞으로 나섰다고 생각하지만 아닙니다. 나는 아무렇지 않았습니다. 내가 놀란 것은 그런 것이 아닙니다. 내가 아무것도 느끼지 못하고 있다는 사실이었습니다. 이 일들이 어떻게 흘러가서 어떻게 끝나겠구나, 이런 생각만 했지 화가 나지도 슬프지도 않았습니다. 두렵지 않았어요.

드디어 그 마음이 없어진 겁니다.

그 마음이 없어진 채로 이곳에 왔던 겁니다. 나는 잘못 기억하고 있었어요. 왜인 줄 아십니까? 그 마음이 사라지면 평화로울 거라 생각했었기 때문입니다. 네. 아니었습니다. 화가 났습니다. 그래요, 분노, 분노입니까? 그것이 다 채우고 있었습니다. 그래서 할 수 있었습니다. 파업했지요. 체포되었습니다. 단지 화가 나 있던 것뿐인데 당신들은 내가 용기 있는 사람이라고 그러더군요. 혹시 분노와 용기는 같은 말입니까?

또하나 못 알아들은 말이 있습니다. 지금까지도 모르겠습니다.

필요 없는 것과, 대신할 것이 있는 것.

둘 다 같은 겁니까?

*

약도는 복잡했다. 내리막길 끝에서 우회전, 갈림길에서 왼쪽으로 들어간 뒤 나오는 공터를 직진으로 가로지른 후, 다시 나오는 갈림길에서 우회전, 그러면 나타나는 건물 하나. 그는 짜증이 났지만 괜한 말은 안 하려 했다. 종일 말을 조심했는데 이제 와 실수하고 싶지 않았다. 보관소에서 한 번 소리를 높이긴 했지만, 대단하지는 않았다. 남자에게 할말을 했을 뿐인데 그녀는 그를 말리기만 했다. 그리고 문을 빠져나왔을 때, 그녀는 화가 나 보였다. 이번에도 그는 이유를 알 수 없었다. 그는 속으로 한숨을 삼켰다.

언제부터인가 늘 그랬다. 그녀는 매일 화를 내고, 멈추지 못했다. 너는 괜찮은 사람이야, 같은 어떤 확인의 말을 듣고 싶어했다. 물어온 적도 있다. "내가 초라해?" "무슨 말이야." "나 겉도는 것 같아." "어디서?" 그녀는 답해주지 않았다. 하지만 그런 건 그에게 큰 문제가 아니었다. 그가 견디기 힘들다고 생각한 건, 그녀가 그 칼날을 주변, 그러니까 그에게 휘두를 때였다.

갈림길이다.

그들은 약도에 적혀 있는 대로 자연스럽게 오른쪽으로 들어갔다. 모든 일에 이렇게 분명한 지도가 있었다면, 그들은 헤매지 않았을 것이다. 지금처럼 그녀를 오직 화가 잔뜩 난 얼굴로만 기억할 일도 없었을 것이다. 글쎄, 어쩌면 지도는 늘 분명했을지 모른다. 다만 잘 읽지 못했을 뿐. 그렇다면 멍청했던 건가. 멍청한 일을 많이 저지르기는 했지만, 그녀와의 관계만큼 엉망진창인 건 없었다. 그는 쓸데없는 생각을 털어내려 고개를 저었다. 길의 끝이 드러나는 중이었다. 이상한 약품 냄새가 풍겼다. 그들은 마지막 한 걸음을 내디뎠다. 그리고 동시에 멈췄다.

공터에 건물 하나가 덩그러니 서 있었다. 정문에는 자물쇠가 채워져 있었고, 벽과 창문은 먼지와 낙서로 가득했다. 콘크리트와 벽돌로 메워진 바닥 틈새로 솟아오른 잡초가 무성했다.

그는 약품 냄새가 풍겨오는 곳을 바라보았다. 바람은 서쪽에서 불어오고 있었다. 완만한 오르막길 끝에 작은 건물이 있었다.

그와 상의도 하지 않았는데, 그녀가 그곳을 향해 걸었다.

그는 그녀를 불렀다. "지도 좀 보고 가자."

그녀는 대답하지 않았다. 그가 다시 말했다.

"아니면 어떡하려고. 보고 가자니까."

그녀는 말이 없었다.

저게 또 진짜.

"좀 보고 가자고. 아닐 수도 있잖아."

그때 그녀가 날카롭게 쏘아붙였다. "왜 항상 그딴 식으로 말해?"

"뭐?"

그는 잠시 허공으로 시선을 올렸다가 내렸다. 그 눈길을 그녀는 피하지 않았다.

"아니면 나오면 돼. 다시 갈 거야."

결국 그는 목소리를 높였다. "또 그 소리야? 나오면 뭐, 없는 일이 돼?"

뜨거운 탕에 들어온 것처럼 머리가 달아오르는 듯했다. 그는 숨을 돌리며 저편을 봤다.

"됐다, 가자."

그 순간 그녀의 눈이 새빨개졌다.

"너 내가 손 그렇게 하지 말랬지."

그는 그녀가 무슨 말을 하는지 알 수 없었다. 그의 손은 있어야 할 곳에 있을 뿐이었다. 그녀는 항상 이런 식이었다. 그 때문에 화가 났다는 걸 표현하기만 할 뿐, 대체 뭐가 문제인지 그가 어떻게 해주기를 바라는지 말한 적이 없었다. 그는 항상 그녀가 답답했다. 그래서 그 역시 입을 다물어버렸는데, 그러면 그녀는 잔뜩 날이 선 목소리로 그에게 소리치곤 했다. "무시하지 마. 사람 무시하지 말란 말이야!" 그는 자신이 누군가를 무시한다고 생각해본 적 없었다. 더군다나 그녀를. 때문에 그는 그녀가 눈에 핏발을 세울 때면 늘 겁이 났다. 그녀가 말하는 그는, 스스로 생각하는 그 자신과 너무 달랐다. 역시 여기까지 오는 게 아니었다. 처음에 굴 말리크의 유품이 있다는 이야기를 들었을 때, 기회가 왔다고 생각했다. 그는 지금 외국인 노동자의 실태를 취재하는 팀에서 자료를 모으고 있었다. 서울에 살려고 왔지만 추방당했고, 결국은 고향에서 사고로 죽은 이 남자를 통해 그는 조금 다른 이야기를 할 수 있을 것 같았다. 하지만 그녀의 얼굴을 보자마자 그는 후회했다. 이렇게까지 할 필요가 있는 일이었나. 그녀와 헤어지던 날을 다시 마주한 기분이었다. 속에 꾹 눌러놓았던 온갖 말들을 그녀에게 쏟아낸 날이었으니까. 이에 그녀는 그렇게 대답했었다. "너는 진짜 끔찍한 인간이야." 이후 그는 계속 생각했다. 그렇게까지 할 필요가 있는 일이었나.

이제 오르막길이었다. 그들은 서로 아무 말도 하지 않고 이곳을 오르기 시작했다. 위로 올라갈수록 멀찍이 보일 듯 말 듯 했던 풍경이 이쪽으로 가까워졌다. 한 남자가 건물 앞 의자에 앉아 담배를 피우고 있었다. 그는 남자와 건물을 빠르게 훑어보았다. 건물은 지나온 보관소보다 작았다. 동네 구멍가게만한 크기였다. 이번에도 틀렸나 싶었는데, 건물 안에 상자들이 꽉 차 있는 광경이 보였다. 그는 곧장 남자에게 인사했다. "실례합니다. 물건 찾으러 왔습니다."

남자가 바닥에 담뱃재를 턴 뒤, 그를 올려다봤다.

*

한 명은 죽고 한 명은 살았죠. 네, 국경 부근이었죠. 아시지 않습니까. 그런데 오래전에, 그는 잠시 말을 멈췄다가 이었다. 모르겠습니다. 글쎄요, 이상한 일이 있었죠.

어느 날, 타니 칸이 그에게 친구를 소개하고 싶다고 했다. 도움을 줄 수 있는 사람이라고 했다. '도움'이라는 단어는 어떤 의미를 담고 있는 것처럼 들렸지만, 그는 거절할 처지가 아니라는 걸 알고 있었다. 생활고가 심했고, 낯선 이들을 보면 불안했으며, 그들은 이전처럼 대화하지 않았다. 그런 것 같았다. 그는 자신이 무엇을 어떻게 해야 할지 몰랐다. 그녀가 원하는 것에 그저 알았다고 대답하는 것 외에는.

람은 건장하고 부유한, 높은 계급의 남자였다. 굴 말리크는 람에게 차를 권하며 손을 떨었다. 해야 할 말을 입안에서 다시 연습했다. 저에게 약간의 돈을, 약간의 음식을. 그러나 람은 예상과 전혀 다른 이야기를 했다. 람은 두 사람이 다른 나라로 가도록 해주겠다고 말했다. 굴 말리크는 자신들을 도운 사실이 알려지면 람도 위해를 입을 수 있다는 걸 알고 있느냐고 물었다. 람은 그렇다고 답했다. 그러나 괜찮다고 했다. 지난 십 년 동안 그 일을 해왔다고 했다. 그러니까, 위태로운 처지인 사람들을 밖으로 빼돌리는 그 위험한 일을. 굴 말리크는 물었다.

무엇을 원하십니까.

람은 고개를 저었다. 나는 아무것도 원하지 않습니다.

굴 말리크는 웃었다. 믿을 수 없었다. 그가 아는 한 그런 사람은 없었다. 누군가를 위해 목숨을 내놓는 사람은. 한때는 있었을지 모른다. 그러나 지금은 없다. 한 번은 그럴 수 있다. 그러나 여러 번은 그럴 수 없다. 람이 설명을 시작했다.

시작은 아주 사소한 계기였지요, 나에게는 돈이 있고 그들은 없었으니까요. 그때는 단순히 돕는다고 생각했습니다. 그래, 내가 너희를 도울 수 있지. 적선하는 마음이었지요. 거만했고, 내가 그들의 삶을 통제한다고 생각했습니다. 그러다 지방으로 보내준 연인이 살해당했다는 이야기를 들었습니다. 나는 스스로 선의에 취해 그들이 얼마나 위험했는지 몰랐던 겁니다. 어떤 공포를 느꼈는지 몰랐어요. 이후에도 계속 몰랐습니다. 나는 똑같았습니다. 비슷한 태도로 계속 일했지요. 가끔 성공했고, 가끔 실패했습니다. 그러던 어느 날, 누구도 나를 찾아오고 싶어하지 않는다는 것을 알았습니다. 실패 때문이었습니다. 나를 만나면 목숨을 잃을지도 모른다고 생각하는 거였죠. 나는 실패한 사람이 되었던 겁니다. 나는 진짜 두려움을 느꼈습니다.

굴 말리크. 그때 알았습니다. 나는 누군가를 돕고 있다고 생각했지만, 사실 누군가가 필요로 하는 사람이 되고 싶었던 겁니다. 칭찬을 받고 싶었어요. 특별한 사람으로 보이고 싶었습니다. 재미있지 않습니까. 누군가를 돕는다는 행위가, 타인과 세상을 위해 행동하는 것처럼 보이는 마음이 사실 그렇게 사소한 인정을 갈망하는 것에 불과하다는 것 말입니다.

그래서 나는 완벽해지고자 했습니다. 점점 많이 성공했지요. 하나의 실패가 나타나면 목숨을 위협하는 이들에게 쫓기는 것처럼 두려움에 떨었습니다. 그렇게 십 년이 지났죠. 이제 나는 거의 들키지 않습니다. 제게 무엇이 남은 줄 아십니까? 자신감? 자부심?

결코 실패해서는 안 된다는 공포입니다. 저는 실수를 용납하지 않습니다. 내 이름이 노출되어 피해를 당할까봐도 아니고, 자부심을 느끼기 위해서도 아닙니다. 내가 지금까지 이룬 것을 모두 망칠 수 있다는 생각 때문입니다. 물론 나를 지지해줄 이들도 있을 겁니다. 하지만 어떤 사람들은 이제 저를 찾아오지 않을 겁니다. 더는 저에게 부탁하지 않을 겁니다. 저 사람은 크게 실패한 적이 있어, 그를 믿을 수는 없어, 하면서요. 굴 말리크. 당신은 아시지요? 노력한다는 것은 사실 그렇게 중요하지 않습니다. 보이지도 않지 않습니까. 그럼에도 우리가 노력을 멈추지 못하는 건 그래도 애를 썼다며 자신을 위로하기 위해서 아닙니까. 하지만 우리가 그것으로 무엇을 하겠습니까. 위안은 결국 우리를 배신할 뿐입니다. 하나를 잃으면 모든 것을 잃어요. 전부를 잃어요. 나 자신을 잃어버리는 거죠. 굴 말리크. 저는 당신을 돕겠다고 말했지만, 아시겠죠. 당신이 저를 돕는 겁니다. 제게 기회를 주는 겁니다. 이 일을 하지 못하게 된다면, 아마 저는 아무것도 아니게 될 겁니다. 불필요한 존재가 되겠죠. 살 수 없을 겁니다.

그리고 람은 이렇게 덧붙였다. 당신은 이 기분을 아시지요?

침묵 끝에 굴 말리크는 대답했다. 아니, 나는 모릅니다. 나는 당신과 다릅니다.

굴 말리크는 람의 제안을 거절했다. 이후 그들은 거처를 옮기기로 했다. 타니 칸의 뜻이었다. 누군가의 도움이 싫다면 둘만의 힘으로 이곳을 떠나자고 그녀는 말했다. 새로운 삶을 위해. 그곳이 지금의 우리를 달라지게 할 거라고. 달라져? 응, 달라져. 굴 말리크는 타니 칸의 머리에 고개를 묻었다. 알았다고 했다. 옅은 향이 그의 피부 속으로 스며들었다.

*

"여기 아니야. 뒤로 가."

남자가 말했다. 그는 뒤를 보았다. 상가 건물들 사이로 좁은 골목이 있었다. 그가 찾는 곳은 골목 끝에 있다고 했다. 하지만 그는 그곳에 뭔가 있을 것 같지 않았다.

"안 보입니다."

그러자 남자가 혀를 찼다. "뭐가 안 보여. 그쪽들한테 더 잘 보이지."

"정말 여기 아닙니까?"

남자가 고개를 끄덕였다. 그는 쌓여 있는 상자들을 가리키며 이건 다 뭐냐고 했다.

"여기 있는 건 그런 게 아니라니까. 우리는 그런 거 취급 안 해. 뒤로 가, 뒤로."

그리고 남자는 담배에 불을 붙였다. 그는 속이 뒤집힐 것 같았다. 여보세요, 한마디하려는 찰나 그녀가 곁으로 다가왔다. 조금 전의 일은 잊었다는 듯 모른 척, 새초롬한 표정이었다. 그녀는 남자에게 그와 같은 질문을 했다. 그러자 남자는 쯧쯧 혀를 차며 그들을 번갈아 바라보았다.

"뒤로 가라니까, 뒤로. 안 보여?"

그녀는 슬며시 미소를 지으며 "네"라고 답했다. 그러고는 아무 말 없이 앞장서 골목으로 향했다. 그는 그녀의 뒤통수를 지그시 노려봤다.

저건 너를 무시하는 게 아니냐?

그러나 곧 그는 그녀의 뒤를 따라 걸었다. 골목에 들어서자마자 그는 몸을 에워싸는 한기에 깜짝 놀랐다. 골목은 바깥보다 온도가 훨씬 낮았다. 추웠다. 심지어 골목 폭이 그녀의 어깨너비 정도밖에 되지 않아서, 그는 어쩔 수 없이 벽을 보며 게걸음으로 가야 했다. 벽에는 마모된 벽돌 알갱이들과 먼지가 엉겨 있어서, 숨을 쉴 때마다 입과 코가 텁텁하게 막혔다. 그는 이 상황이 무척 우습다고 생각했지만, 웃음이 나오지는 않았다. 그는 숨을 공중으로 내뱉으며 앞으로, 옆으로 나아 갔다. 거의 다 온 듯했다. 저편에 빛이 보였다. 그는 마지막 숨을 뱉으며 한 걸음, 발을 디뎠다.

쌓여 있었다. 그러니까 납작하게 눌린 폐지, 고철, 부서진 자동차, 자전거, 냉장고, 거울, 침대 등이 층층이 벽을 이루어 앞을 둥글게 에워싸고 있었다. 이건 아니다 싶었다. 그는 곧장 돌아서며 그녀에게 말했다.

"기다려봐. 아저씨에게 다시 물어보고 올게."

그런데 방금 빠져나온 골목이 보이지 않았다. 없었다. 사라져버렸다. 그는 그녀의 얼굴이 금방이라도 소리를 지를 듯 하얗게 질려가는 것을 목격했다. 그는 뭔가, 그러니까 그녀를 안심시킬 말을 해야 한다는 걸 알았지만, 사실 그도 못지않게 당황스러워서 어떻게 할지 몰랐다. 사방이 둥근 벽이었고, 쇠비린내가 코를 찔렀다. 보이는 것은 어두워져가는 둥근 하늘뿐이었다. 그들은 깊고 거대한 우물, 철물로 이루어진 숲에 들어와 있었다.

잠시 후 그녀가 말을 꺼냈다. "일단 주변을 좀 보자."

어쩐지 그녀가 그를 진정시키려는 것 같아 어색했다. 그는 멋쩍은 표정으로 그녀를 따라 둥근 원을 천천히 걸었다. 그는 문득 그녀에게 지난 일 년 동안 어떻게 지냈는지 묻지 않았다는 걸 알았다. 그때 그녀가 걸음을 멈추고 손가락으로 어딘가를 가리켰다.

"저기 봐."

고철 더미 사이에서 불빛이 흘러나오고 있었다. 초록색으로 빛나는 작고 둥근 불빛이었다. 가까이 다가가보니 고철 벽 사이에 또 길이 있었고, 빛은 그 끝에서 흘러나오고 있었다. 그들은 길을 앞에 놓고 섰다

해가 저문 숲길을 걷는 기분이다, 그녀는 생각했다. 몇 걸음 걷지 않아 주변은 금세 어두워졌고, 차가운 그림자가 몸을 덮었다. 양쪽에서 풍겨오는 쇠비린내를 맡고 있으니 나무가 빽빽한 숲은 머릿속에서 사라져버렸다. 그녀는 옆으로 손을 뻗어 철물 더미를 만져보았다. 형체를 알 수 없는 딱딱한 느낌에 머리털이 섰다. 그녀는 손을 코끝에 댔다. 피냄새가 났다. 이제 그녀의 몸에서도 그 냄새가 났다. 그녀는 자신도 이 골목의 일부가 된 기분이 들었다. 불빛이 한 걸음 앞으로 다가왔다. 그녀는 손을 주머니에 넣고 걸음을 서둘렀다.

두 사람이 서 있을 만한 좁은 공간에 직사각형 건물 하나가 놓여 있었다. 건물은 산이나 공원 구석에 덩그러니 놓여 있는 음료수 자판기 같기도 했고, 숲속에 버려진 폐가 같기도 했다. 그냥 덩그러니 놓인 상자 같기도 했다. 문은 그 상자에 뻥 뚫려 있는 작은 구멍 같았다. 문 밑으로 계단이 두 칸 있었는데, 그 주위를 역시 고철들이 테라스처럼 둘러싸고 있었다. 그래서 얼핏 보면 그 건물도 하나의 버려진 철물처럼 보였지만 어떻게 보면 거대한 철물 더미로 들어가는 입구 같기도 했다. 그들은 문으로 다가가 사람을 불렀다. 그러나 담당자가 퇴근을 한 건지, 잠시 자리를 비운 건지 아무 반응이 없었다. 고요했다. 기다릴까 했지만 날이 늦었고, 다시 찾아온다고 생각하니 심란했다. 사실 담당자가 있는지도 의심스러웠다. 그는 투덜거렸다.

"아무튼 제대로 굴러가는 데가 없어."

그들은 알아서 물건을 찾기로 했다. 그녀가 손잡이를 당겼다. 손톱으로 칠판을 긁는 듯한 소리와 함께 문이 열렸다. 그들은 구멍 안으로 들어갔다.

천장에 매달린 초록색 전등이 깜빡였다. 공간 양쪽에 선반이 매달려 있었고, 몇 개의 물건들이 놓여 있었다. 안은 무척 비좁아서 몸을 돌릴 때마다 그들의 어깨와 무릎이 부딪쳤다. 그때마다 그가 알 수 없는 표정을 지었다. 그녀는 그가 다른 생각, 혹시 자신이 그를 원한다는 따위의 생각을 하지 않았으면 했다. 하지만 반대로 그가 그녀에게 아무 생각이 없을지 모른다고 생각하니 또 조금 기분이 나빴다. 그녀는 자신을 이해할 수 없었다.

그녀는 선반의 물건들을 하나씩 들었다 놓았다. 빈 상자, 포장이 벗겨진 물건, 잘 포장된 물건 등 제각각이었다. 누구도 찾지 않을 거라는 사실이 분명해 보이는 물건들이 있는 반면, 언제라도 제자리로 돌아갈 것처럼 보이는 것들도 있었다. 하지만 지금은 모두 이곳에 처박혀 있을 뿐이었다. 손으로 선반의 가운데 부근을 만져보던 그녀는 그곳에서 액자 하나를 발견했다. 먼지가 가득 쌓인 액자에는 아무것도 끼워져 있지 않아서 더러운 거울처럼 보였다. 그 순간 액자 유리에 무언가가 또렷이 비쳤다. 그녀는 손바닥으로 먼지를 닦았다. 그러나 그건 빈 액자일 뿐이었다. 그녀의 얼굴 윤곽만 흐릿하게 보였다. 잘못 봤나. 그렇게 액자를 돌려놓으려 할 때였다. 액자가 있던 자리에 작은 초록색 상자가 놓여 있었다. 상자 겉면에는 아무것도 쓰여 있지 않았다.

*

굴 말리크는 오랜 침묵 끝에 입을 열었다. 네. 급한 일정이었죠. 아무엇도 가지고 나오지 못했어요. 돈도, 짐도, 마음도. 우리는 무작정 국경을 향해 달려갔습니다. 서로 무슨 말을 할 겨를이 없었어요. 그렇게 빨리 찾아오리라고는 생각하지 못했으니 말입니다. 아니요. 그런 일이 일어날 줄 몰랐던 거죠. 그는 쓸쓸하게 웃었다. 혹시 처음의 마음을 잃어본 적이 있습니까? 망가진 적은요. 아니, 망가뜨린 적 말입니다. 네, 그렇군요.

그렇군요.

왜일까요.

어째서 불안은 두 사람 중 꼭 한 명에게만 더 강하게 나타날까. 다른 한 명은 상대가 절대 떠나지 않을 거라 무작정 믿고 있기 때문일지도 모른다.

그들은 그 도시에 함께 도착했다.

모든 것이 다시 시작된 것 같았다. 도시는 밝고, 크고, 사람들이 많았다. 그들은 약간의 돈을 지니고 있었다. 어딘가의 술집에 들어가 빵과 물을 사 먹었다. 이번에 그들은 알아서 빵을 물에 적셔 먹었다. 많은 대화를 하지는 않았다. 돌아올 때는 당연히 손을 잡고 걸었다. 하지만 주변을 둘러보느라 서로의 손에 담긴 온기를 많이 느끼지는 못했다.

좋았다. 함께하는 식사. 낯선 사람들을 목격하고 가까워지는 어깨. 악몽에서 깨어나 확인하는 서로의 얼굴. 어딘가 눈물로 젖은 듯한 베개.

일했다. 함께 먹을 음식을 위해. 옷을 위해. 일자리를 빼앗기지 않기 위해. 이곳에서 더 살기 위해. 조금 더 나은 삶을 위해. 노력하자, 모두가 건넨다. 그래서 남는 시간에는 또 일했다. 일이 많아질수록 해야만 하는 일들이 늘어났고, 그렇게 일들을 처리하는 동안 서로의 얼굴을 볼 시간은 줄어들었다. 서먹함이 늘어났고 의심이 스며들었다. 그래서 더 일했다. 마주칠 시간을 줄이기 위해, 서로를 위해 해야 하는 일이 많다는 말을 하기 위해. 일찍 들어오는 날에는 먼저 잠이 든 척했다. 해야만 하는 일들을 늘려나가는 동안, 혼자 있는 시간이 늘어났고, 서로에게 할 말은 줄어들었다.

그들은 서로 해명하지 않았다. 해명할 일이 없다고 생각했다. 이건 지나가는 일에 불과하다고. 단지 지금은 바쁘고, 그래, 우리는 바쁜 시간을 보낼 때이니까. 그들은 서로의 마음을 알아서 추측했고, 마음이 다치지 않을 거라 추측되는 범위 내에서 서로를 대했다. 그러나 추측은 상처를 주지 않는 방법이 아니었다. 서로 더 멀어지게 할 뿐이었다.

누구였을까, 더 불안해한 쪽은. 타니 칸이었을까, 굴 말리크였을까. 어쨌든 싸움이 있었다. 너는 너무 겁이 많고, 용기가 없고, 모든 일을 피하려고만 한다는 비난들. 타니 칸이 굴 말리크에게, 굴 말리크가 타니 칸에게. 이전의 판단과 선택을 흔들어대는 말들. 확신을 짓누르는 의심. 역시 누구였을까. 모든 것은 끝났고, 지금은 단지 견디고 있는 것에 불과하다는 걸 먼저 생각해낸 사람은. 말을 꺼내지 못한 건 아마 의무감 때문이었을 것이다. 서로의 목숨을 지켜주며 보듬었던 시간. 살아남았다는 위안과 결속. 도시를 찾아온 건 더 나아지기 위함이지 끝을 위해서가 아니었다는 미련. 지금까지 이룬 것을 망가뜨리고 싶지 않다는 욕심. 그럼에도 불구하고 누군가 결단을 내렸다.

누구였을까. 다른 사람이 생긴 건.

아니, 다른 사람이 생겼다고 믿은 사람은.

감당할 수 없는 배신감과 수치심을 느낀 누군가가 밀고를 했다. 배신자들이 있습니다. 고향에 편지를 보냈다. 여기에 함께 살고 있습니다. 같이 걸려들 걸 알았지만 개의치 않았다. 누군가에게 떠나보낼 거라면, 차라리 함께 죽는 것이 나았다.

끔찍한 일이죠. 사랑했던 사람이 불행해져도 상관없다고 생각하는 순간이 온다는 건. 그리고 그렇게 되도록 행동한다는 것도.

*

머지않아 그들은 다시 헤매기 시작했다. 알 수 없었기에 발이 닿는 대로 걸었다. 오르막길을 오르면 내리막길이 있었고, 길모퉁이를 지나면 다시 모퉁이가 있었다. 계단 위에 또 계단이 있었다. 갈 수 없는 곳. 그러나 가야 하는 곳. 계단 끝에 올랐을 때 그들은 걸음을 멈췄다.

작은 건물 하나가 버려진 상자처럼 덩그러니 놓여 있었다. 그 안에 초록색 불빛이 동그랗게 고여 있었다. 그들은 가까이 다가가 가만히 문을 열었다. 안은 비좁았고 지저분했으며 등은 깜빡거렸다. 조심스레, 한쪽 벽에 기대자마자 그녀가 비명을 질렀다. 등뒤에 다른 두 사람이 서 있었다. 그가 손에 잡히는 대로 판자때기를 들고 일어났다. 그러나 그건 사람이 아니었다. 벽면 거울에 비친 그들의 모습이었다.

앞에 그들이 있었다.

그들은 그때껏 자신들이 나란히 서 있는 모습을 본 적이 없었다는 것을 깨달았다. 그래서인지 거울에 비친 그들은 낯설기만 했다. 액자 속 낯선 사람들의 사진 같았다. 사진 속 사람들은 그들이 어떻게 해서 여기까지 오게 되었는지 모르는 것 같았다. 알고 있는 건 그저 이렇게 되어버렸다는 것뿐이고 시간이 되면 다시 저 문을 열고 어디론가 향해야만 한다는 거였다. 그들은 나란히 앉아 거울을 응시했다. 서로를 향한 서먹한 시선이 허공에서 부딪쳤고, 어디선가 흘러들어오는 피냄새가 그들의 몸안 깊숙이 파고들었다. 혈관이 부풀고 뼛속이 엉기고, 세포들이 차갑게 떨었다. 그들은 천천히 이 순간을 삼켰다. 기억할지도, 혹은 기억하지 못할지도 모르는 과거를 지금을, 도달할 미래를. 불빛이 깜빡임을 멈췄다. 어쩌면 이 순간 우리에게 필요한 것은 간단한 말, 포옹, 혹은 입맞춤처럼 서로의 온기를 느낄 수 있는 작은 설렘일지도 몰랐다. 하지만 그러기에 우리는 너무 지쳤고, 이제는 어떤 마음도 떠오르지 않았다. 그래서 우리는 서로를 응시하는 것을 그만두었고, 어떤 표정을 보기 전에 가만히 눈을 감았다.

해설 | 황현경(문학평론가)

모르는 사람

처음에 나는 아니라고 대답했다가 나중에는 그렇다고 말했다.
그리고 다시 말을 바꿔서 모르겠다고 말했다.
—「호수」

보면 강화길의 인물들은 한 번씩 꼭 이런다.

"그렇게까지 해야 해?"

여덟번째 항암치료를 받으러 병원에 갔을 때의 일이다. 지하 매점 테이블에서 환자의 지인으로 보이는 어떤 남녀의 대화를 들었다.

목전에 죽음을 두면 마음이 너그러워진다는데, 나는 그 심정을 전혀 모르겠다. 나는 그 두 사람이 죽음 앞에서 가능한 한 많이 고통스럽기를 빈다. 가족을 힘들게 하는 것이 가장 끔찍한 일이라는, 그러니 가능성이 없다면 알아서 포기해야 한다는 말을 그들 스스로도 반드시 지키기를 빈다. 소원대로 우아한 죽음을 겪어보시지.(「당신을 닮은 노래」, 144쪽)

쇠락해가는 조그만 촌도시 안진. 스물아홉 딸 수진은 이 년 전 난소암 4기 진단을 받아 자궁과 여러 장기를 들어냈고, 아빠는 십팔 년 전 교통사고로 세상을 떠났으며, 중년의 엄마는 시의 합창단에서 소프라노로 활동하던 젊은 시절의 목소리를 잃었다. 스러져가는 것들의 이미지가 차곡차곡 겹쳐진 이 소설은 아픈 딸과 그녀를 보듬는 엄마의 애잔한 이야기가 될 수도 있었다. 삶의 결정적 순간마다 좌절해온 모녀의 대물림되는 기막힌 운명과, 그것을 공유한 이들만의 끈끈한 유대에 관한 이야기도 될 수 있었다. 잡힐 듯 잡히지 않는 희망과 가능성에 관한 이야기도 될 수 있었다. 저런 대목들이 없었더라면. 생의 끝으로 등 떠밀리는 이의 마음이란 으레 저런 것이라 할 참인가. 그렇다면 이제는 취미일 뿐인 가곡 강습 발표회의 독창에 기를 쓰며 매달리는 엄마는 또 어떤가. 불쑥 터져나오는 신경질과 생떼가 아무래도 좀 너무하다 싶다는 말이다. 그러니까 알겠는데, '꼭 그렇게까지 해야 해?'

이 소설들은 병든 마음에 대한 치밀한 사례연구다. 모든 병은 원인이 있고, 어떤 병은 원인을 제거하면 낫는다. 그들은 왜 넘치는가. 누구에게나 억압된 무언가는 있고 또 누구나 그것을 한 번씩 표출할 때도 있는 법이니 이 질문만으론 안 된다. 그런 사람이 있는 것과 그런 사람만 있는 것은 다르고, 강화길의 소설에는 그런 사람만 있다. 왜 하필 그런 인물인가, 하필 그런 인물로 무얼 말하려는가 혹은 물으려는가, 여기까지 들어가야 한다. 그러자면 우선 유사한 사례를 더 모아볼 필요가 있다. 물론 얼마든지 더 있다.

*

그 과잉의 정도가 극심하다못해 기괴하게까지 보이는 인물로는 「벌레들」의 셋이 단연 으뜸이다. 어려서 부모를 여의고 혼자 살아온 예연의 수상한 고택에 희진과 '나' 수지가 룸메이트로 들어온다. 삶이 꼬이고 꼬인 끝에 제 존재에 대한 환멸에 짓눌려 있던 둘에게 최후의 안식처가 제공되었으니 여기까진 좋다. 더구나 '셋'은 참 안정적인 구도 아닌가. 그 무게중심이 아주 조금이라도 한쪽으로 기울기 전까지는. 아니나 다를까 이번에도 문제는 과잉이다. 일단 넘쳐흐르기 시작한 후에는 어찌할 도리가 없다.

이들이 보이는 신경증의 증상들은 실로 다채롭다. 함께 먹은 갈비찜의 뼈를 깨끗이 닦아 진열하고 컵을 색깔별로 정리하고 생선 머리를 일렬로 늘어놓고 온갖 잡동사니를 서랍에 모으거나 거실 구석과 방에 층층이 쌓아두는 예연, 열지 말라던 서랍을 열고 들어가지 말라던 방에 들어가려는 희진, 예연과 희진이 자신에게만 무언가 숨기고 있다고 의심하는 수지. 무엇보다도 이들은 "그녀 자신이 희진과 나 각자에게 '더 친한 사람'이 되기를" 원하는 예연의 병증을 공유한다. 관계의 주도권을 쥔 것은 예연이므로 '나'와 희진은 선택을 받아야 하는 입장이고, 예연이 희진을 고르며 증폭된 '나'의 불안이 관계의 파탄을 낳는다.

떠나고 말고는 문제도 아니다. 선택받지 못하는 것 자체, 관계에서 소외되는 것 자체가 문제다. 무엇이 이들을 이렇게 만든 것일까. (일찍 부모를 잃었다는 것을 완전히 잊지는 말되) 예연은 차치하고서라도,

수지에게는 다단계에 빠졌을 당시 물건을 거의 팔지 못해 "왜, 나는 아무것도 해내지 못하는가" 자문하며 자살을 시도했던 기억이, 희진에게는 동거하던 남자에게 모든 걸 빼앗긴 자신을 혐오했던 기억이 있다. 스스로를 따돌려본 이라면 소외의 끔찍함을 누구보다 잘 알 터, 그럴 때 불안은 영혼을 잠식하고도 남는다. 급기야 희진을 살해한 게 환상인지 아닌지조차 분별하지 못하게 된 '나'를 보라.

트라우마. 「눈사람」 역시 그러한 이야기다. 소설의 뼈대는 어른이 된 '나' 기채가 사회복지사와의 십 년이 넘는 상담을 통해 떠올린 어린 시절 기억들로 이루어져 있다. 이혼 후 차례로 떠나간 아빠와 엄마에 이어 형에게 버림받은 것이 그 기억의 큰 줄거리다. 형이 사기를 당하면서부터 흔들리기 시작한 둘만의 조용하고 다정했던 일상은, 형의 여자친구 민아가 등장하면서부터 걷잡을 수 없을 지경으로 치닫는다. '셋'은 늘 이런 식인 건가. "형은 오히려 내가 누나를 괴롭혔다고 말했다. 두 사람이 너무 가까워지면 형이 나를 떠날까봐 누나를 괴롭혔다고." '나'가 누나라 부르던 민아가 먼저 떠났고, 민아가 떠날까봐 두려워하던 형이 떠났고, '나'만 남았다.

'나'는 쓸모없어지는 걸 두려워했다. 쓸모가 없는 건 버려지니까. 그런 '나'였다면 폐지 할머니를 뒤쫓으며 고물을 주웠던 것이 돈 때문만은 아니었을 테다. 마치 「벌레들」의 예언처럼, 버려질까 두려운 마음을 쓸모없는 것들을 모으는 일로 해소해보려던 것. 그 과정을 내내 함께한 이가 은영이다. 흐릿한 기억이라는 설정에 기대어 '나'의 유년이 통째로 환상인지 실제인지 모호하게 그려졌다고는 해도, 유독 기미도 없이 나타났다 자취도 없이 사라지곤 하는 은영이 '나'가 만들어낸 상상 속 여자친구라는 것만은 틀림이 없다. 새로운 무언가를 꿈꾸게 하던 '민아'가 형에게 필요했듯, '나'에게도 불안한 유년을 견디게 해줄 히로인 은영이 필요했던 것이다.

꿈의 상징물이던 세계지도를 떼어낸 후에야 홀로 떠날 수 있었던 형과 마찬가지로 '나' 또한 형, 은영, '눈사람'(그도 반쯤은 환영이다), 폐지 할머니 등의 조력자들과 차례로 작별한 후에야 홀로 남게 된다. 떠났느냐 남았느냐가 아니라 둘 다 혼자가 되었다는 게 핵심이다. 그렇게 서로 떨어져 '나'도 형도 자신만의 힘으로 버티다 결국에는 살아남았으므로 이를 일종의 성장으로 읽을 수도 있겠다. 뭔가를 채워가는 게 아니라 비워가다 마침내 텅 비어버리는 것도 성장이라 부를 수 있다면.

요컨대 「벌레들」은 너무 잃어 너무 붙잡게 된 이들의 이야기이고, 「눈사람」은 너무 잃어 너무 놓게 된 이들의 이야기이다. 그 두 이야기가 「굴 말리크가 기억하는 것」에서 맞물린다. 신분이 달라 금지된 관계였던 굴 말리크와 타니 칸의 이야기는 사랑이 불안으로 불안이 집착으로 변하다 끝을 맞는 것을 보여주고, 이별한 연인 '그'와 '그녀'가 굴 말리크의 유품을 찾으려 헤매는 이야기는 서로를 향한 모든 마음이 사라진 그들의 지친 모습을 보여주며 끝난다. 생과 사의 갈림길에서 다른 길로 접어든 연인들. 둘의 결정적 차이는 무엇이었을까.

그들이 밖으로 나가려 할 때였다. 남자가 손가락으로 입구의 반대 방향을 가리키며 말했다.

"이쪽 말고 저쪽으로 나가."

(……) 직원은 두 사람 앞을 천천히 지나갔다. 그러더니 입구 문을 닫아버렸다. 문 안쪽에도 자물쇠가 있었다. 철컥, 자물쇠 잠기는 소리가 보관소 안을 울렸다. 남자가 무표정한 얼굴로 말했다.

"여기로 들어왔으면 저기로 나가는 거야. 싫으면 여기 계속 있는 거고."(「굴 말리크가 기억하는 것」, 233쪽)

'사건'에 대한 군더더기 없는 예시로도 읽히는 이 장면의 진실은 이렇다. 삶의 어느 순간을 한번 통과하면 다시는 그 이전(의 삶)으로 돌아갈 수 없다는 것. 지나온 한 시절의 문에 철컥 하고 자물쇠가 걸리고 나면 들어온 문과는 다른 문으로 나가 또다시 모르는 길을 헤매야 한다는 것. "못 돌아가면 어때. 죽기야 하겠어?" 아니, 못 돌아간다는 것을 못 받아들이면 죽기도 한다. 아니, 이것도 아니다. 받아들이고 말고 할 것도 없이 그저 그렇게 되어버릴 수밖에 없으니, 미리부터 과거는 떠나보내라고 기억은 잊어버리라고 사랑은 놓아버리라고 존재하는 것이겠다. 생은 그러고서야 가능하다.

긴 여정 끝에 살짝만 건드려도 바스라질 듯 서 있는 그들의 모습이 「눈사람」의 '나'를 떠올리게 하지 않는지. 비로소 삶이 다 메말라버린 그들 앞에는 끝도 보이지 않는 생만이 남았다. 지금 여기가 어딘지도 이제 어디로 가는지도 모르는 채 하염없이 등 떠밀려 앞으로만 가는, 생. 그러니 아이러니하게도 삶은 얻을 수 없을 걸 알면서도 원하고 놓칠 걸 알면서도 움키는 동안만, 곧 집착으로 넘실대는 동안만 생생하다. 집착만이 삶의 증거인 이상 삶은 그 자체로 병인 것, 생이 아닌 삶을 갈구하는 한 우리는 좀처럼 호전될 기미가 없다.

그런데 어쩔 수 없이 이런 생각도 들지 않는가. 금지된 연인들의 숨통을 죄어오던 '그들'이 없었더라면 하는. 어디선가 나타나 득시글거리던 '벌레' 같은 '그들'이 없었다면, 그 정체만이라도 시원스레 알 수 있었다면 삶이 조금이나마 잔잔했을까. 그 정체를 모르기는 우리도 마찬가지인지라 대답은 쉽지 않다. 그리고 보면 강화길 소설의 인물과 사건 뒤편에는 언제나 이렇듯 모르는 누군가 혹은 무언가의 그림자가 불길하게 서성거린다. 미장센Mise-en-Scène이나 맥거핀MacGuffin 따위로 보아 심상히 넘기기엔 너무도 집요하게 등장하기에 이제는 묻지 않을 수 없다. 무언가를 은폐하며 그린 것인가, 은폐된 무언가를 그린 것인가. 한편으로는 환상성이 제거되어 또렷하면서도 다른 한편으로는 더 깊숙이 감춰진 무언가로 인해 더 모호한, 세 편의 '사람' 연작을 마저 뒤져볼 차례다.

*

「니꼴라 유치원─귀한 사람」의 배경은 안진. 1947년 천주교 신부와 교인들이 니꼴라 성당 구석에 아이들을 모아 가르친 것을 시작으로 지금은 출세의 첫 단추처럼 되어버린 그곳에 아들 민우를 입학시키려는 '나'가 주인공이다. 삼 년째 선착순 정원 안에 들지 못해 낙담한 '나'에게 자리가 났다는 전화가 걸려온다. 다음날로 민우를 데리고 가 입학 서류에 서명하는 것까지가 전부인데도 굉장히 긴 이야기를 힘겹게 읽은 것만 같다. 이야기 주위로 여러 사연들이 덧붙여져 있어서만은 아니다. 민우를 향한 기대에 제 어린 시절 상흔을 겹쳐 보던

'나'가 서서히 집착에 삼켜지는 모습을 지켜보는 게 괴로워서만도 아니다. 그러고도 남은 무언가, 그것 때문이다.

어째서 후보 2번인 민우에게 기회가 돌아온 것인가. 어제저녁 잔뜩 쉬어 갈라진 목소리로 전화를 걸어온 여자는 누구이며, 원장과의 상담중에 불쑥 나타난 괴이한 여자는 누구인가. 좀처럼 욕심이 없어 염려스럽던 민우가 제멋대로 한입 가득 욱여넣은 원장의 쿠키에는 정말로 뭔가가 들어 있는가. 무엇보다도 수많은 괴소문의 내용은 뭐고 진실은 뭔가. '모르겠다'가 답이다. 니꼴라 유치원 출신이라는 것은 곧 귀한 사람으로 대접받는다는 의미라 했던가. 그렇다면 이제 귀한 사람으로 대접받게 될 이는 민우인가 '나'인가. 역시 답은 '모르겠다'이다. 답이 같은 질문이 하나 더 있다. 도대체 '귀한 사람'이라는 것은 무엇인가.

뭔가 더 있는 것 같은데 그걸 놓치고 있다는 직감, 불안은 그로부터 시작된다. 놓치고 있는 그걸 잡거나 최소한 그게 무엇인지만이라도 알면 어떻게 될 것도 같은데, 강화길의 인물들에게 그런 일은 절대로 허락되지 않는다. 끝까지 이들은 모르는 사람일 뿐, 해소되지 못한 불안이 차곡차곡 쌓이다 넘친다. '귀한 사람'이라니. 뭔지도 모르는 그것이라면 '나'도 민우도 될 수 없을 터, 이들에게 그것은 언제나 미래에만 가능한 무언가다. 그래서 끝도 없이 길게 느껴진다. 또한 힘겹다. '나'처럼 우리도 찾을 수 없는 것을 찾고 있었던 셈이기에 '나'가 불안한 그만큼 우리도 불안하다.

불안의 추체험이라 불러도 좋을 이러한 경험은 「괜찮은 사람」을 읽으면서도 거듭된다. 이번에도 이야기는 복잡할 게 없어 화자인 민주

264

가 돌아오는 봄 결혼할 '그'의 차를 타고 그가 마련해놓았다던 집으로 향하는 짧은 여정이 전부다. 앞선 작품들을 염두에 둔다면 이 드라이브도 순탄치만은 않을 것 같고 실로 그렇다. 조수석 서랍 속에 차곡차곡 쌓여 있던 손바닥만한 상자들이나 그의 집 안에서 깜빡이던 붉은 불빛의 정체 등을 더는 일일이 묻지 말기로 하자. 답이 없을 게 뻔한 질문들을 하나하나 지워가다보면 마지막까지 남는 질문, '그는 괜찮은 사람인가'로도 충분하다. 아니라고 확답할 참이라면 미안하지만 그건 작품을 잘못 읽은 탓이다. 혹여 그렇게 읽힐까봐 이 소설은 시작하자마자 독법부터 제시해놓았다.

지난 일요일, 그가 나를 밀쳤다. (……) 현관문 밖으로 나왔을 때, 계단과 복도를 비추고 있던 불빛이 지직, 소리를 내더니 갑작스레 꺼졌다. 눈앞이 캄캄하게 사라졌다. 나는 어둠 속에서 손을 허우적거렸다. 나는 그를 불렀다. 그를 찾았다. 바로 그 순간이었다. 강한 힘이 내 등을 퍽, 하고 밀었다. 나는 계단 아래로 굴렀다.(「괜찮은 사람」, 81쪽)

그건 정말로 실수였다. 정전이었다. 그 역시 당황했고, 나를 찾는다며 아무렇게나 팔을 뻗었는데 자신도 모르게 손에 힘을 많이 주고 있었다. 하필이면 그의 손이 닿는 곳에 내가 있었다. 그는 내가 그 앞에 서 있을 거라고 생각하지 못했다는 사실에 괴로워했다. 나는 괜찮다고 했다. 그 역시 어둠 속에 있었으니까.(같은 글, 84쪽)

"그가 나를 밀쳤다"나 "강한 힘이 내 등을 퍽, 하고 밀었다"와 "자신도 모르게 손에 힘을 많이 주고 있었다"나 "하필이면 그의 손이 닿는 곳에 내가 있었다"의 미묘한 차이. 우리가 먼저 접하게 되는 진술은 위의 것인바 거기에는 그의 실수였다는 진실이 빠져 있다. 그 결과 둘이 함께 '겪은' 사고는 '나'가 일방적으로 '당한' 사고처럼 읽힌다. 사건은 하나일 뿐인데 진술이 둘인 이유는 명백하다. 소설을 읽는다는 건 결국 화자의 말을 듣고 믿는 일, 그렇듯 무심결에 의지해온 화자가 정말로 의심 없이 믿을 수 있는 이인지를 이번만은 곱씹어보라는 것. 다시 말해 이것은 '나'가 '신뢰할 수 없는 화자'이며, 앞으로의 진술도 진실이 아닐 수 있다는 것을 안내하는 대목들이다.

시키는 대로 읽고 나면, 불길한 일들이 연이어 벌어졌다고는 하나 그저 운수 나쁜 날이었던 것으로도 보인다. 지난 일요일에 다친 엉덩이는 욱신거리고, 차 안의 퀴퀴한 냄새와 열기로 온몸이 달아오른데다가, 잘못 든 길에서 만난 손톱이 새카만 사내와 그 손에 들려 녹아 흐르던 분홍색 아이스크림까지. 그러니 '나'만 잠시 예민했을 뿐, 변함없이 그는 '괜찮은 사람'이어서 "돌아오는 봄, 우리는 결혼할 것이다". 그런데 잠깐, '나'를 못 믿겠다 치면 실수였다던 그의 말도 믿을 수 없는 것 아닌가. 뭔가를 숨긴 채 줄곧 강압적이던 그와의 동행이었으니 불안할 수밖에 없었던 것. 그렇다면 그는 역시 '괜찮은 사람'이 아닌 걸까. 그렇다고도 아니라고도 할 수 있다면 그렇다고도 아니라고도 할 수 없다. 여전히 그는 어둠 속에 있다.

이율배반처럼 느껴지는 저 명제는 어딘가 예민해 보이는 여성 화자와 무언가 감추는 듯한 남자의 동행이라는 점에서 닮은 데가 많은 「호수―다른 사람」에서도 똑같이 추출된다. 아니, 이 작품은 우리에게서 기어이 확답을 끌어내고야 말기에 한층 지독하다고 해야겠다. 배경은 또다시 안진. 이십 년 지기 친구 민영이 인사불성으로 쓰러져 있던 호숫가로 '나' 진영이 향한다. 거기 민영이 두고 온 뭔가를 찾아냈다던, 민영의 남자친구 이한과 함께. 사고를 당하기 전 민영은 가느다란 팔뚝에 찍힌 동그란 멍자국을 카디건으로 가린 채 '나'에게 무언가가 혹은 누군가가 무섭다고 고백했다. 무엇이었을까 혹은 누구였을까. 답은 없다.

사귀던 남자에게 목을 졸렸던 '나'의 과거, 목에 남은 멍자국을 본 민영에게 어디서 다쳤는지 모르겠다며 둘러대었던 기억, 사과하고 싶다는 말에 호숫가에서 다시 만난 전 남자친구로부터 '나'가 느낀 생생한 공포 등을 통해 소설은 이름마저 닮은 진영과 민영을 끊임없이 겹쳐놓는다. 마치 이래도 '나'를 의심할 거냐고 물으려는 듯이. 이렇듯 「호수」의 세련된 기술記述/技術은 끝내 우리로 하여금 신뢰할 수 없는 화자를 믿게 하는 까닭에, 이한이 '나'가 전에 알던 '그런 사람'이 아닌 '다른 사람'처럼 느껴지는 것은 우리 탓이 아니다.

그러나 민영에게 폭력을 가한 누군가와 이한이 '다른 사람'일 가능성은 여전하다. 이한의 알리바이, 그리고 무죄추정의 원칙. 우리는 이것이 친구가 발견된 호수를 어둑어둑한 저녁 거구의 남자와 찾아가느라 잔뜩 예민해진 화자의 진술이라는 것을 잊어서는 안 된다. 남편에게 머리카락을 쥐어뜯긴 미자네, 버스에서 욕하던 남자, 늦은 밤 엘리베이터까지 따라와 전화번호를 받아간 남자 등은 사건과 아예 관련이 없고, 하물며 이한이 '나'의 팔뚝을 거세게 잡아당겼다는 것도 그가 범인임은 의미하지는 않는다. 무엇보다도 우리는 물속에 잠겨 있던

"딱딱하고 단단한, 길고 얇은 물건"이 무엇인지도, "해야 할 일을 했다"던 '나'가 뭘 한 건지도 결국 모른다. 어느 하나도 답이 될 수 없다면 어느 하나도 답이 되어서는 안 된다. 그에 대해 우리가 무엇을 상상하든, 그는 '다른 사람'이다.

아직 남았고, 여기서부터가 진짜다. '그가 범인이라면 나는 불안하다'는 참이지만, 그렇다고 '그가 범인이 아니라면 나는 불안하다'가 거짓이 되는 건 아니다. 아니, 그가 범인인가 아닌가 하는 조건과 내가 불안하다는 결론은 애초부터 무관하다. 곧 진실의 자리에 놓인 것이 ○건 ×건 아니면 아무것도 없건 내가 그것을 모르면 나는 불안하다. 여태 벌레가 궁금한가. 정체는 숨겨져 있지만 그것은 분명히 실재하는 무언가다. 하여 이 신뢰할 수 없는 화자의 운용은 속 모를 인물들을 통해 마침내 진실을 사라지게 하는 기예를 선보이기 위한 것이 아니다. 오히려 그 반대, 알 수 없는 진실이 있을 때 인간은 병든다는 것을 보이기 위함이다. 제 이야기를 들어줄 단 한 사람도 설득하지 못하는 것은 병증이며, '신뢰할 수 없는 화자'는 장치가 아니라 결론이다.

두 가지 해석을 함께 제출한다. 하나는 이렇다. 「굴 말리크가 기억하는 것」을 제외하면 강화길의 소설은 모두 일인칭이고, 「눈사람」까지 제외하면 화자는 모두 여성이다. 번잡스레 하나하나 예시를 들 것도 없이 그녀들은 모두 남성 인물에 의해 위협을 느꼈거나 느끼는 중이고, 그런 그녀들의 증언은 이렇게나 위태롭다. 말하자면 '그들'의 세계는 '그녀들' 앞에서 더욱 불투명하며, 그녀들에게는 언제 어디서 눈앞에 (대개는 폭력적이고 억압적인 형태로) 돌출할지 모를 그 정체불명의 세계가 더욱 불안하다. 이 특수성에 주목한다면 강화길 소설의 페미니티는 이제껏 읽어온 것보다 훨씬 더 읽어야 하는 것일 테고, 그러자면 그에 상응하는 페미니티로 화답해야 할 것이다. 그래서 이 해석은 여기까지다.*

남은 하나는 이렇다.

*

강화길의 등단작 「방」이 발표되던 2012년 무렵 우리는 '파국'을 상상하는 데 골몰해 있었다. 무너져내린 세계를 떠도는 살아 있는 시체들에 대한 진단 혹은 예언. 가령 의문의 폭발로 인한 낙진과 어둠과 열기로 뒤덮인 도시. 전염병으로 기형이 되어 짐짝처럼 트럭에 실려 구덩이 속으로 치워지는 사람들. 그려낸 세계가 이러한바 「방」이 비

---

* 나는 이 해석이 보편을 특수로 (무리하게) 축소한 것인지, 앞으로의 해석이 특수를 보편으로 (무리하게) 확대한 것인지 오래 고민했으나 결론을 내리진 못했다. 해석에는 정답이 없으므로 그 정오는 좋은 해석과 나쁜 해석을 판가름하는 기준이 될 수 없다. 해석해야 할 지점을 해석하지 않는 것이 나쁜 해석일 뿐. 그러나 정답이 없다는 건 모든 해석이 (어느 정도는) 다 맞다는 말인 동시에 모든 해석이 (어느 정도는) 다 틀리다는 말이기도 하다. 한국문학을 대상으로 한 젠더적 관점에서의 접근이 힘겹게 제 목소리를 찾아가는 지금, 이러한 지점에 대한 틀린 해석은 나쁜 해석보다 더 나쁜 해석일 수 있다고 판단했다. 이것이 두 해석을 다 제시한 이유다. 다만 내가 더 정직하게 힘을 실어 할 수 있는 것은 두번째 해석이므로, 이제 그것을 할 것이다.

마저 한꺼번에 언급한다. 앞으로 읽을 「방」의 두 연인은 레즈비언으로 암시된다. 이 또한 '퀴어 소설'이라는 특수성을 고려하며 접근해 마땅한 작품이라면, '트럭이나 중장비 등 남성적 이미지들로 그려진 거대한 세계 vs 작은 방에 고립된 여성들' 정도의 보편적 해석으로는 안 될 것이다. 해석하지 않으면 나쁜 해석이 되지만, '지금' 틀리면 더 나쁜 해석이 될 수 있기에 해석하지 않았다.

더 좋은 해석을 기다린다.

슷한 시기 함께 파국을 상상하던 소설들 중 하나라는 말은 틀리지 않다. 크게 같고 작게 다르며, 아직(도) 무너지지 않은 세계를 사는 우리는 이제 그 작은 차이에 더 신경이 쓰인다.

일단 이런 이야기다. 화자인 재인과 그녀의 연인 수연이 폭발한 도시에 함께 도착했다. "좋은 곳에서 시작하고 싶어"서, 함께 살 방 하나를 구할 돈을 마련하기 위해서. 끝내 도시에서 살아남는 것은 재인뿐. 홀로 남은 재인은 석회로 희부예진 수돗물을 마신 탓에 돌처럼 굳어버린 수연 곁에 머물길 택한다. 아마 그녀도 서서히 병들어 소멸하리라. 여기까지만 읽으면 이는 고작 방 하나가 고작 방 하나가 아닌, 순간순간 경제적 소외를 온몸으로 감각해야 하는 어떤 세대의 이야기가 된다. 아주 작은 관계에까지 파고들어 그것을 찢어놓고야 마는 자본의 힘.

그런데 흥미로운 지점이 있다. 폭발한 것은 도시만이고, 도시 밖의 세계는 그대로다. 하물며 도시, 그 또한 와르르 무너진 건 아닌지라 기약 없는 재건이 진행중이다. 다시 말해 「방」의 세계에는 무너진 것과 망가진 것과 멀쩡한 것이 엉망진창으로 뒤섞여 있다. 세계는 없어진 게 아니라 너무 많아졌고, 다행인지 불행인지 미래는 너무 남았으며, 이들은 죽은 것과 다름없기는커녕 살아도 너무 살아 있다. 세계가 폭삭 주저앉은 후라면 생 그 자체가 목적이 되지만, 군데군데 망가졌을지언정 아직 많이 남았다면 삶은 여전히 가능하다. 이 작은 차이로부터 강화길 소설이 출발했다.

삶은 가능하다. 단 망가진 도시 안에서만. "수연은 도시에서의 삶이 우리가 시작한 새로운 삶의 출발이라고 여기고 있었다." 도시의 어두운 방에서 잠시나마 이들은 서로를 어루만지며 기뻐하지 않았던 가. 요컨대 도시 밖에서는 함께 몸 누일 방 하나 허락되지 않는 비루한 생만이 가능하고, 도시 안에서는 삶은 가능하되 생이 불가능하다. 한데 이들은 처음 점찍어둔 방을 구할 만큼의 돈을 모았을 때까지만 해도 돌아갈 수 있었다. 이미 시작했는데 더 시작하려 하고 이미 함께였는데 더 함께하려 하지만 않았다면. 하여 다시금 집착은 곧 삶이며, 다시금 삶은 곧 병이다. 그리고 그것이 발병하는 그때, 뒤편에는 '그들'처럼 혹은 '벌레들'처럼 정체불명인 세계가 있다.

병든 세계와 병든 인간. 세계가 먼저라는 백 년도 넘은 믿음에 따르면, 세계를 치료하면 인간도 낫는다. 그러나 어디가 어떻게 병들었는지를 알 수 없는 세계라면 어디를 어떻게 고쳐야 하나. 아니, 그에 앞서 세계가 먼저라고 아직도 말할 수 있을까. 벌레가 나오면 불안한가 불안하면 벌레가 나오는가. 우리가 모르는 세계와 세계를 모르는 우리 중 어느 게 원인이고 어느 게 결과인가. 어느 것이 먼저라 할 것도 없이, 또한 어느 것이 어느 것 때문이라 할 것도 없이, 따로 또 같이 병드는 게 지금의 세계와 지금의 우리다. 여기 소설들에 그려진 파국의 풍경이 이러하거늘, 내가 보기에도 우리는 아마 이렇게 끝날 것 같다. 참담하다. 할 수 있는 건 거의 없고, 남은 시간은 너무 길다.

태평성대에 사람들은 목가를 부른다. 어디서부터 얼마나 망가졌는지도 모르게 천천히 스러져가는 세계, 끓는 물 속 개구리처럼 웅크린 채 끝을 노래하는 사람들. 편안한 소진〔安盡〕의 노래. 절망이 희망보다 안락하고 희망이 절망보다 불안하다면 우리는 끝을 향해 가고 있는 게 아닐까. 바로 그 안락을 뒤흔드는 힘이 강화길 소설에는 있다.

그것을 읽으며 우리가 고통스러웠던 것은 그들의 불안이 전염되었기 때문만은 아니다. 왜 너는 병들었는데 아프지 않으냐는 질문이 더 아프다. 서서히 모로 눕는 배에서 가장 먼저 불안에 떠는 것은 쥐떼가 아니라 작가들이다. 환멸과 허무와 도피와 무시와 냉소와 분노가 다 지나간 후, 이제 뭔가가 다시 시작되었다.

작가의 말

"I am the captain of my fate. Laughter is possible laughter is possible laughter is possible."

—Shirley Jackson

| 수록 작품 발표 지면 |

호수—다른 사람 ······ 『Axt』 2016년 9/10월호

니꼴라 유치원—귀한 사람 ······ 『문학동네』 2016년 여름호

괜찮은 사람 ······ 문장웹진 2015년 8월호

벌레들 ······ 『한국소설』 2012년 7월호

당신을 닮은 노래 ······ 문장웹진 2014년 11월호

방 ······ 2012년 경향신문 신춘문예 당선작

눈사람 ······ 『문학들』 2012년 가을호

굴 말리크가 기억하는 것 ······ 『문학동네』 2013년 겨울호
（발표 당시 제목은 '굴 말리크가 잃어버린 것'）

문학동네 소설집
괜찮은 사람
ⓒ 강화길 2016

초판인쇄 2016년 11월 21일
초판발행 2016년 11월 30일

지은이 강화길
펴낸이 염현숙
책임편집 정은진 | 편집 김내리 이성근 황예인
디자인 김선미 유현아 | 마케팅 정민호 박보람 이동엽
홍보 김희숙 김상만 이천희
제작 강신은 김동욱 임현식 | 제작처 한영문화사

펴낸곳 (주)문학동네
출판등록 1993년 10월 22일 제406-2003-000045호
주소 10881 경기도 파주시 회동길 210
전자우편 editor@munhak.com | 대표전화 031) 955-8888 | 팩스 031) 955-8855
문의전화 031) 955-3576(마케팅) 031) 955-8864(편집)
문학동네카페 http://cafe.naver.com/mhdn | 트위터 @munhakdongne

ISBN 978-89-546-4302-3 03810

* 이 도서의 국립중앙도서관 출판예정도서목록(CIP)은 서지정보유통지원시스템 홈페이지
  (http://seoji.nl.go.kr)와 국가자료공동목록시스템(http://www.nl.go.kr/kolisnet)에서
  이용하실 수 있습니다.(CIP 제어번호: 2016026214)
* 이 책은 서울문화재단 '2014 문학창작집 발간지원사업'의 지원을 받아 발간되었습니다.

www.munhak.com